ULRICH WICKERT

DAS MAROKKANISCHE MÄDCHEN

Ein Fall für Jacques Ricou

HOFFMANN UND CAMPE

1. Auflage 2014
Copyright © 2014 by Hoffmann und Campe Verlag, Hamburg
www.hoca.de
Satz: pagina GmbH, Tübingen
Gesetzt aus der Apollo
Druck und Bindung: GGP Media GmbH, Pößneck
Printed in Germany
ISBN 978-3-455-40339-8

Ein Unternehmen der
GANSKE VERLAGSGRUPPE

Für Julia

FÜNFUNDZWANZIG SCHUSS

Paris erwachte langsam, als er um sieben Uhr die rote Eingangstür hinter sich zuzog. Eine Glasscherbe fiel zu Boden. Er schaute hoch und sah das zerbrochene Fenster über dem linken Türflügel. Mit einem Achselzucken lehnte er sich über den Sitz seiner Vespa. Er klappte ihn zurück und legte das Päckchen mit der Pistole und den drei Magazinen in das Helmfach.

Neun Uhr, hatte ihm sein Auftraggeber gesagt, für neun Uhr habe er die Verabredung mit dem Ziel getroffen. Er sprach stets von Ziel oder Zielobjekt, nie von Opfer. Denn ein Objekt ist eine Sache, ein Opfer dagegen ein Subjekt und damit eine Person.

Überaus genau bereitete er seine Einsätze vor.

Deshalb war er in den letzten Tagen mehrmals am frühen Morgen auf verschiedenen Wegen von der Rue Revebal im Osten von Paris zu den Teichen im Wald von Ville-d'Avray gefahren. Er hatte die Strecke auf Staugefahr und Bauarbeiten überprüft, ja, er hatte sich sogar längere Ampelphasen aufgeschrieben.

Seine Analyse ergab: Durch die Stadt an den Quais der Seine entlang war es am kürzesten, dauerte aber am längsten. Über den südlichen Périphérique war die Strecke zwar ein wenig länger als über den nördlichen, aber es ging am schnellsten.

Deshalb fuhr er jetzt die Rue Revebal hoch, bog in die Rue de Belleville ein und rollte in Richtung Porte des Lilas.

Seit zwölf Jahren wohnte er in der siebten Etage dieses riesigen Blocks mit Sozialwohnungen, wo der weiße Lack von den Fensterläden abplatzte. Drei Zimmer, Küche, Bad. Recht komfortabel für einen Kellner aus dem »Le Pacifique«. Von seinem Wohnzimmer schaute er auf das Flachdach des Hauses nebenan, dessen Eingang um die Ecke in der Rue Jules Romain lag. Eine gute Fluchtmöglichkeit. Deshalb hatte er sich eben diese Bleibe ausgewählt.

Das Haus wurde beherrscht von Chinesen aus Wenzhou, die vor Ende des Kalten Krieges nach Frankreich geflohen waren und sofort Aufenthaltsgenehmigungen erhalten hatten.

Flüchtlinge aus Asien, wo Frankreich einst Kolonien besaß, wurden damals aus schlechtem Gewissen schnell aufgenommen.

Er dagegen war erst später aus der nordchinesischen Gegend Dongbei, einst Mandschurei genannt, nach Paris gezogen. Doch inzwischen waren die Behörden kleinlich geworden. Aufenthaltsgenehmigungen waren rar. Und er hatte keine mehr bekommen.

Im Chinatown von Belleville aber half man sich gegenseitig. Die Chinesen aus Wenzhou gaben den Chinesen aus Dongbei Arbeit. Allerdings zu wahren Ausbeuterlöhnen. Denn sie hatten ja keine Papiere. Er und Tausende seiner Landsleute mussten deshalb als Schwarzarbeiter jeden Drecksjob zu miesen Hungerlöhnen annehmen, um zu überleben.

Die Wohnung hatte er als Flüchtling aus Dongbei auch nur bekommen, weil die aus Wenzhou stammende Madame Li, seine Chefin und die Besitzerin von »Le Pacifique«, das Appartement angemietet hatte.

Da er unter Decknamen lebte, hatte er sich bei der Auswahl des falschen Namens einen Spaß gemacht.

Seinen Nachbarn gegenüber gab er sich als Gao Qiu aus. Und so stand es in seinen gefälschten Papieren.

Für einen Franzosen war Gao Qiu ein Name wie jeder andere.

Aber jeder Chinese wusste, wer Gao Qiu war: Eine unheimliche Figur aus dem chinesischen Volksroman »Die Räuber vom Liang Shan Moor«.

Gao Qiu war in diesem populären Klassiker aus dem 14. Jahrhundert ein hoher und korrupter Beamter am kaiserlichen Hofe. Er ermordete alle, die sich seinem Ziel in den Weg stellten: Gao Qiu, der es bis zum Marschall brachte, wollte den Kaiser stürzen und begehrte die Frauen anderer Männer. Und weil sie seiner Lust im Weg standen, verurteilte er diese Männer zum Tode.

Vor jemandem, der sich Gao Qiu nannte, hatten selbst hochnäsige Chinesen aus Wenzhou heute noch Achtung.

Es wird ein schöner Tag, dachte Gao Qiu.

Am Abend zuvor war er noch um die Ecke gegangen, wo die billigen chinesischen Mädchen den Beruf ausübten, den sie »auf der Straße stehen« nannten. Das gehörte zu seiner Vorbereitung.

Er hatte nicht lange gesucht, bis er YuanYuan fand. Auch sie stammte aus Dongbei. Er gab ihr zwanzig Euro.

Die aufgehende Sonne färbte die spärlichen Wolken im Osten blutrot. Doch als er auf den Périphérique einbog und sah, dass eine lange Schlange von Lastwagen die rechte Spur blockierte, fluchte er nur kurz und schlängelte sich geschickt zwischen den Fahrspuren durch.

DAS ERSTE OPFER

An diesem Morgen rasierte sich Philippe Lefèvre Beine und Arme. Eine Marotte. Aber schließlich gehörte es sich für einen Radrennfahrer, auch nur den geringsten Luftwiderstand so gut wie möglich zu beseitigen. Jedes Härchen könnte den Bruchteil einer Sekunde ausmachen. Es rasierten sich doch alle, selbst die Dopingsünder von der Tour de France. Er war zwar kein Rennfahrer, fühlte sich aber manchmal so, wenn das Adrenalin in seinen Körper schoss, wie »Poupou«. So lautete einst der Spitzname von Raymond Poulidor, der dreimal Zweiter und fünfmal Dritter bei der Tour wurde, aber nie Erster. Ein Pechvogel. Wahrscheinlich hat er sich nicht genug gedopt.

Als Philippe Lefèvre um halb acht aus dem Fenster nach dem Wetter schaute und die Sonne sah neben dem Eiffelturm, der in den blauen Himmel hineinragte, sagte er sich: Ein perfekter Tag, um mein neues Rad einzuweihen.

Monsieur Philippe, wie er in seinem Coiffeur-Salon im Pariser Vorort Meudon genannt wurde, hatte das Cannondole Supersix Hi-Mod für nur fünftausend Euro erstanden, mit einem BB30 Tretlagergehäuse, in dem sich eine Carbonkugel von Cannondale dreht. Bremsen und Schaltung stammten aus SRAMs leichter »Red«-Gruppe. Nur sechs Kilo wog das ganze Rad.

Er quetschte sich in sein neues Outfit, eine knielange graue Hose und ein gelbes Trikot mit aufgedruckten schwarzen Hosenträgern. Philippe zog den Bauch ein und presste alle Luft aus dem Brustkorb, um in die hauteng anliegenden Sachen zu passen.

Fast jeden Sonntag war er mit einem halben Dutzend Freunden unterwegs. Nie weniger als sechzig Kilometer, das war Ehrensache. Aber heute, mitten in der Woche, nahm sich außer ihm keiner frei.

Für die Jungfernfahrt mit seinem neuen Rad hatte sich Philippe eine besonders schwere Strecke ausgedacht. Er würde von Meudon aus den abschüssigen Berg nach Sèvres hinabrollen, im Bistro »La Petite Reine«, dem Stammlokal aller Radfahrer der Gegend, anhalten und einen Kaffee trinken. Und natürlich würde er das Rad vorstellen, seine »petite reine«, seine kleine Königin. Das war zärtlich gemeint, die kleine, zarte Königin Rad im Gegensatz zum dieselstinkenden, lauten König Automobil.

Nach dem Kaffee würde Philippe die steile Route des deux Étangs, den Waldweg zu den zwei Teichen, nach Ville-d'Avray hochfahren und von dort hinüber nach Versailles rollen. Das war sein Plan.

DAS ZIELOBJEKT

Um neun Uhr, bitte keine Minute früher, aber auch keine Minute später, möge er, Mohammed, sich im Wald von Ville-d'Avray einfinden. Im Wald, damit man sie nicht zusammen sähe. Es dauere nicht lange. Es gehe wieder um eine Kurierfahrt. Wie immer nach Genf.

Er würde die Familie gern zu einem Ausflug mitnehmen, schlug Mohammed seiner Frau Aicha vor, auch die kleine sechsjährige Kalila, die schulfrei hatte, würde dabei sein. Beim Picknick. Und er wusste auch schon an welchem Feld in der nahen Normandie er anhalten würde. Aber das sagte er seiner Frau nicht.

Gestern war Mohammed in der Nähe von Houdan zufällig an einem Maisfeld vorbeigekommen, das sehr ungewöhnlich wirkte. Er hielt an und sah, dass der Mais andere Pflanzen nur notdürftig verdeckte: Es war ein illegales Hanffeld. Geschwind hatte er einige große Stängel mit ausladenden Blättern abgeschnitten und in den Kofferraum geladen. Einmal getrocknet und zu Hasch verarbeitet, würde ihm die Ernte mindestens hunderttausend Euro bringen. Eben mal so, nebenbei! Vielleicht könnte er heute noch ein wenig mehr abschneiden. Und damit sich die Hanfernte lohnte, hatte er vom Wagen aus seinen ältesten Freund aus der alten Vorortbande angerufen. Kommst du morgen mit? Klar, der war sofort dabei, als Mohammed ihm das mit der Hanfplantage erzählt hatte. Bei dem Ausflug würde für beide viel rausspringen.

Am Abend hatte Mohammed den großen alten Citroën in der engen Einfahrt seines Hauses geparkt und das eiserne Tor zur Straße hin geschlossen. Aber er war nicht mehr dazu gekommen, den Hanf auszuladen. Aicha wartete schon mit dem Essen auf ihn. Zu Ehren seines Schwagers Ibrahim, der morgen früh zurück nach Marrakesch fliegen würde, wo er in einem Ingenieurbüro arbeitete, hatte Aicha eine Tagine mit Lamm gekocht, und anschließend gab es noch ein Couscous.

Als Aicha am nächsten Morgen den Picknickkorb in den Kofferraum stellen wollte, entdeckte sie die Hanfstängel. Hysterisch schrie sie ihn an: »Du unglaublicher Idiot, du bringst uns noch ins Unglück!«

Aicha, die wie Mohammed in den letzten Hütten des Bidonville von Gennevilliers aufgewachsen war, wusste, was Hanf bedeutete. Ihr jüngerer Bruder war im Drogenkrieg mit Kerlen aus dem »Quartier des Courtilles« getötet worden. Er hatte mit der Bande, zu der er gehörte, eine Hanfplantage in einer verlassenen Fabrik geplündert.

»Ich reiß das Zeug alles raus, sobald wir im Wald sind, und schmeiße es weg!«, keifte sie.

»Bist du wahnsinnig geworden, Frau? Haben wir das Zeug erst einmal verkauft, können wir uns endlich ein Haus in Marrakesch leisten!«, brüllte Mohammed zurück und schlug ihr zweimal so fest ins Gesicht, dass ihr Kopftuch verrutschte. »Setz dich ins Auto und schweig!«

Einen schrillen Laut ausstoßend warf Aicha den Picknickkorb auf den Boden, kletterte zu ihrer kleinen Tochter Kalila auf die hintere Bank des Wagens und knallte die Tür zu.

Fluchend sammelte Mohammed Besteck und Tüten ein, die aus dem Korb gefallen waren und stellte ihn in den Kofferraum.

Mohammed schaute auf die Uhr. Jetzt wurde es Zeit, und der Freund war noch nicht da. Er ging auf die Straße, kein Freund nirgendwo zu sehen. Er ging zurück zum Wagen, stieg ein, und als er aus der Ausfahrt auf die Straße bog, stieg sein Freund gerade von seinem Motorrad, sprang auf den Beifahrersitz und drehte sich zu Aicha und Kalila, um sie freundlich zu begrüßen.

Aber er erntete nur eisiges Schweigen.

Als Mohammed losfuhr, schlug ihm Aicha plötzlich mit aller Kraft zweimal auf den Hinterkopf und lehnte sich dann mit einem undurchdringlichen Gesichtsausdruck wieder zurück, als wäre nichts geschehen. Mohammed bremste so scharf, dass Frau und Kind gegen die Rücklehnen der Vordersitze geworfen wurden.

Alle schrien durcheinander.

Die kleine Kalila hielt sich die Ohren zu, dann klappte sie die Armlehne im Rücksitz hoch, wodurch ein breiter Durchschlupf frei wurde. Um dem andauernden Streit der keifenden Eltern zu entfliehen, kletterte sie mit ihrem samtweichen Plüschmarienkäfer im Arm nach hinten, wo Mohammed ein Versteck eingerichtet hatte, das ihm für seine Kurierfahrten in die Schweiz diente, etwa wenn er dort ungewöhnlich hohe Beträge an Bargeld abholte.

Das sechsjährige Mädchen hatte sich angewöhnt, in die dunkle Höhle zu fliehen, wenn die Eltern sich anschrien.

Und das taten sie häufig. In diesem Schutzraum fühlte sich Kalila geborgen. Er schirmte sie vor allem ab.

Wütend gab Mohammed Gas und fuhr schneller als erlaubt auf dem Périphérique, um die Verabredung mit seinem Auftraggeber im Wald von Ville-d'Avray pünktlich einzuhalten.

DER ENGLISCHE ZEUGE

Welche Rahmengröße fahren Sie?«, fragte Monsieur Philippe den Engländer, der sein Cannondale Supersix neben dem Rad des Coiffeurs aus Meudon vor dem Bistro »La Petite Reine« abschloss.

Major Glen Stark zog die Augenbrauen hoch und schüttelte den Kopf. Sein Französisch war so schlecht, dass er die Frage nicht verstand. Philippe beugte sich über das Rad, suchte die eingeprägten Ziffern und sagte: »Ah, Sie haben ein Dreiundsechziger. Sie sind auch größer als ich. Ich habe einen vierundfünfziger Rahmen.«

»Oh, Dreiundsechziger«, lachte Glen Stark, »ja. Ich bin auch sechs Fuß und sechs Zoll groß.«

Jetzt lachte Philippe: »Sehr groß. Aber ich weiß nicht, was sechs Fuß sind.«

Der Coiffeur hatte seinen Kaffee getrunken, stand jetzt mit dem Wirt des Bistros und einem Kellner auf dem Trottoir und führte stolz alle Feinheiten seiner kleinen Königin vor, als Glen Stark auf der Straße anhielt, prustend von seinem Sattel stieg und das Rad auf den Gehsteig hob.

Es war kurz vor halb neun.

Das Palaver ging über den seltenen Zufall, dass sich hier zwei Radfahrer aus verschiedenen Nationen mit dem gleichen, teuren Modell trafen. Allerdings war das Gerät des Engländers schon Tausende von Meilen gerollt und zeigte dies mit allerhand Spuren am Rahmen, am konischen Gabelschaft, an den Rädern.

Stark war schon eine halbe Stunde unterwegs.

Er hatte sein Rad mitgenommen aufs Zimmer Nummer 60 im Hotel »Jeanne d'Arc« im Marais. Als er im Internet nach einer Übernachtung »mit Fahrrad« in Paris gesucht hatte, war er auf diese Adresse gestoßen. Zimmer 60 war karg möbliert. Neben einem Bett mit einer geschmacklosen Blumendecke stand nur noch ein kleiner Bistrotisch. Der Major hatte ein Foto von sich und dem Rad neben dem Bett mit Selbstauslöser aufgenommen und ein zweites neben der Wanne in dem blau gekachelten Bad. Die Aufnahmen wollte der Hotelier auf seine Website stellen, wo man andere Bilder von »room+cycle« anklicken konnte.

Vom Hotel »Jeanne d'Arc« bis zum Bistro »La Petite Reine« waren es knapp fünfzehn Kilometer immer an der Seine entlang. Vierzig Minuten.

Als Tagesziel hatte sich der Major die Gärten von Monet in Giverny vorgenommen, sie lagen noch weitere siebzig Kilometer entfernt. Er würde dort zu Mittag essen und wäre gegen sechs Uhr abends wieder im Hotel.

Major Glen Stark, immer noch durchtrainiert aus seiner Zeit bei der Royal Air Force, leitete den Sicherheitsdienst der National Gallery in London, wo ihn eine große Ausstellung des französischen Landschaftsmalers Jean-Baptiste Corot ein Jahr zuvor so stark beeindruckt hatte, dass er seine heutige Strecke über die »Étangs de Corot« – über die Teiche von Ville-d'Avray – geplant hatte, die Corot so häufig gemalt hatte, dass sie auch seinen Namen trugen.

»Da geht mein Weg auch lang«, sagte Monsieur Philippe und machte sich startklar. »Wollen wir zusammen fahren?«

»Danke für die Einladung«, sagte Major Glen Stark, »aber ich will eben ein Glas Wasser trinken und mich für den Aufstieg ausruhen.«

Bei seiner Aussage vor der Polizei gab er dann an, Monsieur Philippe sei wohl gegen Viertel vor neun losgefahren, fünfzehn Minuten vor ihm.

DIE ALTE WAFFE

Eine Patrone hatte Gao Qiu in den Lauf geschoben. Das Achtermagazin steckte im Griff der Pistole. Zwei weitere Magazine lagen rechts und links in den Jackentaschen.

Heute müsste er mit einem Magazin auskommen.

Es ging ja nur um ein einziges Ziel.

Bei diesem Auftrag hatte sich Gao Qiu für eine deutsche Luger P06 entschieden. Die war 1929 in Bern für die Schweizer Armee in Lizenz hergestellt worden, die Eidgenossen wollten damals ihre Unabhängigkeit von Deutschland beweisen.

Im Internet hatte er im Blog über die Luger P06 folgenden Dialog gelesen: Carbone14 schrieb: Super, du schießt damit? Wenn man von den Resultaten hört, sind die von guter Qualität.

Bosco antwortete: Mit dem Ding machst du nur Zehner!

Zehn Punkte zählt ein Treffer ins Herz der Zielscheibe.

Von einem Auftragskiller erwartete man eine moderne Waffe, eine Heckler & Koch, eine Sig-Hämmerli, eine Walter PPK, eine Mauser oder eine Magnum, eine 9 mm Parabellum, Munition, die genau trifft und tötet, aber doch keine 7,65 Millimeter, wie seine Luger!

Gao Qiu handelte bewusst anders als erwartet, weil er voraussah, welches Verhalten die Polizei einem Killer zuordnete. Wahrscheinlich würden die Ballistiker gar nicht herausfinden, womit er geschossen hatte. Und sollten sie es doch tun, würden sie sich sehr viele Fragen stellen. Wer schießt heute noch mit einer Pistole aus dem Jahr 1929?

Außerdem würden sie über die Herkunft der Luger nie etwas erfahren, denn er setzte eine Waffe nur einmal pro Auftrag ein. Und die Herkunft war sowieso nicht nachzuverfolgen, weil er sich sein Gerät mal in Bulgarien, mal in Rumänien, manchmal sogar in Südamerika besorgte. Dazu kam, dass er erst zahlte, nachdem er mindestens vier Magazine auf eine Zehner-Ringscheibe abgefeuert hatte. Aus zehn Meter Entfernung. Mit keinem Schuss aus der Luger hatte er schlechter als die Acht geschossen.

In Mladost, einem Stadtteil von Sofia, wo er mit dem Wagen hingefahren war, hatte Gao Qiu letzte Woche den Preis für diese Luger auf 370 Leva runtergehandelt und dann mit Euro gezahlt. Großzügig aufgerundet 200 €. Die beiden zusätzlichen Magazine forderte er vom Verkäufer kostenlos obendrauf.

Gao Qiu schaute auf die Uhr.

Kurz vor neun.

Das Ziel würde mit einem großen alten Citroën kommen, hatte der Auftraggeber ihm durchgegeben. Zwischen den beiden Teichen würde der alte Citroën auf dem Waldweg nach oben fahren und an der kleinen Lichtung halten.

Von hier aus fiel der Weg wieder ab in das Tal.

Dort unten stand seine Vespa.

Als Gao Qiu ein Auto den Weg entlangfahren hörte, warf er einen Blick in den Wald. Ein großer alter Citroën. Niemand sonst war zu sehen. Er versteckte sich hinter dem Stamm einer alten Buche und wartete. Das Motorengeräusch war jetzt ganz nah. Dann erstarb es.

Eine Wagentür wurde geöffnet und fiel mit einem dumpfen Geräusch wieder zu.

Im Kies hörte er Schritte. Dann war Ruhe.

»Ist da jemand?«, rief Mohammed. »Hallo?«

Eine kurze Pause. Die Stimme kam näher.

»Monsieur? Ich bin's, Mohammed!«

Die Pistole mit ausgestrecktem Arm bereit zum Schuss, trat Gao Qiu hinter dem Baum hervor, wurde aber durch ein mechanisches Geräusch abgelenkt.

Mohammed stand mitten auf dem Weg.

Er schaute nach links den Hügel hinab, von wo keine zwanzig Meter entfernt ein Radfahrer auf ihn zukam, wie ein Profi gekleidet in eine hauteng, knielange graue Hose und ein gelbes Trikot mit aufgedruckten schwarzen Hosenträgern.

Mit gekrümmtem Rücken warf der Mann das volle Gewicht seines Körpers wie ein Pendel auf die rechte, dann auf die linke Pedale.

Rechts, links. Rechts, links. Rechts, links.

Philippe Lefèvre japste und hatte keinen Blick für die Umwelt, er schaute stur auf den Waldweg, um größeren Steinen auszuweichen.

Weil Gao Qiu in Notsituationen stets blitzschnell richtig entschied, hatte er in seinem Gewerbe einen hervorragenden Ruf.

Die Lage?

Mohammed sah ihn nicht und war zu Fuß. Auf das Zielobjekt brauchte er jetzt nicht als Erstes zu schießen.

Dagegen würde sich der Radfahrer an ihn erinnern und könnte mit seinem Tretross schnell fliehen.

Also zielte Gao Qiu in die Mitte des gelben Trikots und zog zweimal kurz hintereinander ab. Monsieur Philippe fiel vom Rad, stolperte einige Schritte, sackte zusammen und blieb am Anfang der Lichtung kurz vor dem alten Citroën liegen.

Regungslos.

Doch das nahm Gao Qiu nur noch aus dem Augenwinkel wahr, er hatte sein Zielobjekt schon ins Visier genommen.

Mohammed hatte den Doppelknall gehört, den Radfahrer stürzen sehen und dann den Schützen erblickt, der sich eine schwarze Kapuze über den Kopf gezogen hatte. Mohammed rannte zurück in Richtung seines Wagens.

Es fiel Gao Qiu nicht leicht, den Auftrag noch zu erfüllen.

Er schoss alle drei Magazine leer, dann hatte er es geschafft.

Schweißgebadet dachte Gao Qiu, das ist gerade noch mal gut gegangen. Und er notierte in seinem Gedächtnis: Ein viertes Magazin wäre besser gewesen.

Er zog die Kapuze ab und blickte sich um.

Immer noch war niemand zu sehen. Er lief quer durch den Wald ins Tal, wo er seine Vespa abgestellt hatte, holte den Helm aus dem Fach unter dem Sitz, verstaute die Pistole und die leeren Magazine darin und fuhr nach Hause. Der Fahrtwind trocknete seinen Schweiß.

EINE VIERTELSTUNDE SPÄTER

Glen Stark hatte einen Kaffee, der ihn stimulieren würde, und eine kleine Karaffe Leitungswasser getrunken. Eine Viertelstunde nach Monsieur Philippe stieg er auf sein Cannondale und wurde vom Wirt des Bistros »La Petite Reine« persönlich auf der Straße verabschiedet. Er schrie ihm »bonne route« hinterher und wies mit einer ausladenden Handbewegung noch einmal in die Richtung zu dem Weg in den Wald von Ville-d'Avray.

»Das finde ich schon«, rief der englische Major zurück und deutete auf das iPad, das er vor sich an der Lenkstange befestigt hatte. Das GPS-Programm zeigte an, wo er sich gerade befand und wo er hinfahren sollte.

Als er von der Rue des Petits Bois in die Route de Jardy einbog, raste ein weißer Porsche Cayenne um die Kurve und fuhr ihn fast um. Der Fahrer hielt kaum an der Kreuzung und ließ den Motor aufröhren, als er sah, dass er freie Bahn hatte. Stark schaute ihm nach und verfluchte die aggressiven französischen Autofahrer. Es gab eben einen Unterschied zwischen dem angeberischen Blechkönig und der gefühlvollen »Petite Reine«.

In der kühlen Waldluft entspannte er sich.

Die alten Buchen standen weit auseinander und filterten die Sonnenstrahlen zu einem milden Licht. Er hörte Vogelgezwitscher und bedauerte, dass er sich als Junge nie die Mühe gemacht hatte zu lernen, die einzelnen Stimmen zu unterscheiden. Es wäre schön, dachte er, wenn er wüsste, ob ihn da ein Rotkehlchen oder eine Blaumeise begrüßte.

Der Aufstieg war steiler, als er erwartet hatte, aber das tat ihm jetzt gut. Er schaltete zwei Gänge zurück und trat fest in die Pedale. Ihm wurde warm. Gut für die weitere Fahrt.

Der Waldweg war nicht geteert und befand sich in einem schlechteren Zustand, als er erwartet hatte. Da muss man aufpassen, dass der Reifen nicht über einen spitzen Stein holpert und man sich ein Loch einfängt. Konzentriert verlagerte Major Stark sein Gewicht auf die Pedale, rechts, links, rechts, links, rechts, links, schaute auf den Weg zehn Meter vor sich und begann heftiger zu atmen.

Rechts, links, rechts, links. Rechts, links.

Die Anstrengung weitete seine Lungen, er fühlte sich wohl.

Rechts, links, rechts, links. Rechts, links.

Zuerst sah er das Rad von Monsieur Philippe am Rand der kleinen Lichtung liegen und dachte, der wird wohl eine kleine Pause eingelegt haben. Das ist typisch französisch, sagte sich der Engländer, das Rad so achtlos hinzuwerfen. Das würde er nie tun.

Noch viermal getreten, dann öffnete sich der Weg dem Blick.

Es war 9 Uhr 15.

Monsieur Philippe lag am Ende der Lichtung, das Gesicht nach unten, im Gras. Seine Glieder waren merkwürdig verdreht, der Motor des Citroën lief, seine Hinterräder drehten im Sand eines Grabens durch.

Glen Stark legte sein Rad auf den Waldboden und sah nach Monsieur Philippe.

Der war zweimal in die Brust getroffen, atmete aber noch. Stark drehte ihn vorsichtig in Seitenlage, rannte zu dem Wagen und konnte kaum glauben, was er sah. Der Fahrer war über dem Steuer zusammengesunken, der Mann auf dem Beifahrersitz lehnte mit dem Kopf gegen das Fenster, auf der Rückbank lag eine Frau. Er versuchte eine Tür zu öffnen, sie war von innen verriegelt. Mit einem kräftigen Schlag seines rechten Ellenbogens gelang es Stark, das durch Einschüsse zerlöcherte Fenster einzuschlagen. Dann drehte er den Schlüssel im Zündschloss um, der Motor erstarb.

Der Fahrer war mit einem Kopfschuss getötet worden. Genauso hatte man die beiden anderen hingerichtet. Mit Schüssen durch das Fenster an der linken Tür hinten.

Es musste eben erst passiert sein.

Vielleicht versteckt sich der Mörder noch hinter den Bäumen und wartet auf eine gute Gelegenheit, auch ihn umzulegen.

Er schaute sich um. Niemand war zu sehen.

Schnell duckte er sich hinter den Wagen. Vielleicht versteckte sich hier irgendwo ein Verrückter und wartete nur darauf, auch auf ihn zu schießen.

Angst? Ein Mitglied der Royal Air Force hat keine Angst, selbst wenn es längst aus dem aktiven Dienst ausgeschieden ist.

Immer noch im Schutz des Wagens holte er sein Handy hervor und drückte auf den Notrufknopf. Vergebens. Er hatte keinen Empfang. Glen Stark rannte zu seinem Rad.

Auf dem iPad sah der Major, dass der Weg zu den Teichen von Corot wesentlich kürzer war als der, den er bisher durch den Wald genommen hatte. Und er führte wieder bergab.

Also schob er das Rad an, sprang mit dem rechten Fuß auf die Pedale, schwang das linke Bein über den Sattel und fuhr so schnell er konnte den Waldweg entlang.

Eine Minute später traf er auf dem Parkplatz zwischen den Seen einen Spaziergänger mit seinem Jagdhund. Stark rief ihm schon von weitem zu »au secours – help«, und in seinem schlechten Französisch erklärte er radebrechend, drei Tote und ein Schwerverletzter lägen oben im Wald. Pantomimisch formte er mit seiner rechten Hand eine Pistole.

Der Spaziergänger holte sein Smartphone um 9 Uhr 19 hervor und rief um Hilfe.

CROISSANT IM AUX FOLIES

Als Jacques seine Zeitungen am Kiosk von Nicolas bezahlte, hörte er hinter sich die kräftige Stimme von Jérôme, dem beliebten Hausarzt von Belleville.

»Gibst du mir einen Kuss auf den Mund, Valérie?«, fragte er und juchzte lachend.

»Hör auf mit dem Blödsinn!«, antwortete Valérie und sah gequält zu Jacques. »Nachher glaubt Monsieur le Juge auch noch, wir beide hätten was miteinander.«

Jacques sah Nicolas, den Mann von Valérie, mit verzweifeltem Lächeln an und drehte sich zu Jérôme: »Den Witz habe ich jetzt sicher zum fünften Mal von dir gehört!«

»Aber er ist immer noch gut.« Jérôme lachte.

»Ihr habt es aber auch nicht leicht«, sagte Jacques zu dem Ehepaar im Kiosk, das seit Menschengedenken neben dem Eingang zur Metrostation am Anfang der Rue de Belleville Zeitungen und Zeitschriften verkaufte. Jeden Morgen bis neun Uhr war der Andrang so groß, dass beide zusammen ihre Kunden bedienten.

Das Paar hatte es wirklich nicht leicht. In den vergangenen fünf Jahren hatte Nicolas es ertragen müssen, wegen seines Vornamens gehänselt zu werden: Nicolas wie der ungeliebte Präsident Nicolas Sarkozy. Der war so unsympathisch, dass er abgewählt wurde.

Jetzt aber war Valérie dran, hochgenommen zu werden. Denn Valérie hieß auch die zickige Gefährtin des neuen Präsidenten François Hollande. Und was für eine Zicke die war, hatte Jérôme selbst erlebt.

Das Pikante war, dass François Hollande zusammen mit der ehemaligen Ministerin Ségolène Royal, eine äußerst ehrgeizige, aber dröge Person, vier Kinder gezeugt – und sie dann wegen der schönen Valérie verlassen hatte.

Deshalb wurde jetzt Valérie Erste Dame im Staate und nicht Ségolène, die fünf Jahre zuvor selbst als Präsidentschaftskandidatin der Sozialisten in den Wahlkampf gezogen war, aber gegen Nicolas Sarkozy verloren hatte. Also ganz schön verworrene Verhältnisse.

Weil Jérôme es selbst erlebt hatte, wiederholte er seine unglaubliche Geschichte wieder und wieder.

Unglaublich war sie, weil man den kleinen Vorfall, der Jérôme so erregte, weniger im Reich der hohen Politik, als unter pubertierenden Jungen und Mädchen vermuten würde.

Am Tag des Wahlsiegs von François Hollande war der fröhliche Arzt von Belleville mit einer lauten Truppe von Stammgästen aus dem Bistro »Aux Folies« auf die Place de la Bastille gezogen. An der Bastille, dort wo einst die Revolution ausgebrochen war, feierten die Sozialisten aus Tradition, wenn es, was selten genug war, etwas zu bejubeln gab.

Die Leute aus Belleville nahmen an Siegesfeiern der Linken stets mit innerer Überzeugung teil, denn sie vergaßen nie, dass es ihre Vorfahren waren, die einst die Pariser Kommune errichten wollten. Ein politischer Traum, der 1871 zusammenkartätscht worden war. Die Kommunarden aus Belleville waren an die Wand gestellt und füsiliert worden. Seitdem ruhten sie in der süd-östlichen Ecke des Friedhofs Père Lachaise.

Jérôme stand also an jenem Abend auf der Place de la Bastille mit seinen Freunden weit vorne an der Tribüne, wo schon die eine oder andere Flasche kreiste. Dem Sieger nahestehende Musiker gaben ein großes Konzert: Juliette, Cali, Yannick Noah, Ridan, Anaïs, Camélia Jordana. Auch der 86 Jahre alte Schauspieler Michel Piccoli trat auf und heizte die Menge an.

Wie ein Bienenschwarm klammerten sich einige Hundert Menschen an den schräg ansteigenden Sockel der Säule inmitten des überfüllten Platzes.

Gegen elf zeigte sich schließlich der frisch gewählte Präsident François Hollande seinen Wählern.

Mit ihm strömten die führenden Sozialisten auf die Bühne, darunter auch die von ihm verlassene Mutter seiner vier Kinder, Ségolène Royal.

Alle umarmten François Hollande.

Schließlich gab er auch seiner Ex je eine Bise, einen Wangenkuss, zuerst auf die linke und dann auf die rechte Backe. Was nicht viel bedeutet, weil sich in Frankreich ja auch miteinander befreundete Männer so begrüßen.

Man könne es nicht glauben, was dann geschah, feixte Jérôme regelmäßig an dieser Stelle seiner Erzählung. Ja, aber er habe es selber gesehen!

Denn kaum sah Hollandes schöne Valérie diese banale Geste ihres Lebensgefährten gegenüber seiner Ex, da stürzte sie sich auch schon auf ihn, den zukünftigen Präsidenten der Republik, der vorne an der Rampe stand, und brüllte ihm laut und launisch ins Ohr:

»Du küsst mich jetzt sofort vor allen auf den Mund.«
Er tat es. Und der Kuss wurde live gesendet.

Spät abends hat Jérôme die Geschichte brühwarm noch an der Theke von Aux Folies weitergetratscht und alle zum Lachen gebracht. Valérie habe sich benommen wie eine Vierzehnjährige gegenüber ihrem ersten Freund. Jérôme schaute sich die Szene immer wieder auf YouTube an.

»Kommst du mit auf einen Kaffee?«, fragte Jacques den jovialen Hausarzt.

»Geht nicht«, antwortete der und wedelte mit seiner Zeitung, »ich habe gleich Sprechstunde. Vielleicht sehen wir uns heute Abend. Oder hast du viel zu tun?«

»Geht so!« Jacques winkte Valérie und Nicolas im Kiosk zu und ging hundert Schritte die Rue de Belleville hoch zum Bistro »Aux Folies«, begrüßte den Wirt mit Handschlag – salut Gaston, salut Jacques – und setzte sich auf seinen Stammplatz.

Gaston, der es sich nicht nehmen ließ, den populären Untersuchungsrichter selbst zu bedienen, verschwand in der Küche und kam schnell mit einem Café crème und einem warmen Croissant zurück.

Er stellte das Frühstück schweigend vor Jacques, weil er wusste, dass der Richter morgens eher wortkarg war und nur seine Zeitung lesen wollte.

»Blöde Kuh«, rief Jacques plötzlich zornig, warf die Zeitung auf den Stuhl neben sich und hätte dabei fast seinen Kaffee umgestoßen.

Gaston stand an der Tür zur Straße und tat so, als schaue er unbeteiligt auf das Treiben in der Rue de Belleville.

Das Viertel änderte sich wieder einmal.

Madame Wu, die chinesische Engelmacherin, ging schweigend vorbei. Sie war so dick geworden, dass sie ihr Gewicht nur noch mit Hilfe zweier Krückstöcke bewegte. Trotz des warmen Wetters trug sie einen Pelzmantel, der ihr bis auf die Füße fiel.

Es gab Probleme mit den Chinesen im Viertel. Die ersten zogen langsam weiter.

Auf der gegenüberliegenden Seite hatte das »Cok Ming«, ein mit dem Goldenen Essstäbchen ausgezeichnetes thailändisches Lokal, schon vor einigen Monaten geschlossen, und die Räume waren immer noch nicht neu vermietet worden.

Belleville häutet sich wieder einmal.

Die alteingesessenen französischen Handwerker starben aus.

Junge Künstler, die frei werdende Werkstätten billig als Studios anmieteten, zogen auch nicht mehr in Scharen in die Gegend. Und es öffneten auch keine neuen Galerien mehr.

Jacques wohnte gegenüber an der Place Fréhel. Seine Fenster schauten auf zwei riesige Wandgemälde an der Kreuzung Rue de Belleville und Rue Julien Lacroix. Eines von Ben. Ben Vautrier. Ein Maler aus Nizza. Auf dem Bild versuchen zwei männliche Kunstfiguren im Blaumann eine riesige Schiefertafel an dem Haus hochzuziehen. Auf der Tafel steht geschrieben: Il faut se méfier des mots – man muss sich vor den Worten hüten.

Auf der Hauswand daneben hatte Jean Le Gac ganz realistisch auf eine zehn Meter hohe Gebäudemauer einen Detektiv gemalt. Er hockte da im Anzug, hatte auf dem

Kopf einen Canotier, einen Strohhut, wie man ihn in den zwanziger Jahren trug und entzifferte mit der Lupe einen Zettel, auf dem stand, der junge Detektiv solle die Verfolgung über die Rue Julien Lacroix aufnehmen.

Ja, Belleville häutet sich eben wieder einmal.

Langsam wurden die letzten Maghrebiner, die in den fünfziger Jahren nach Belleville gekommen waren und ihre Couscous-Lokale eröffnet hatten, verdrängt.

Stattdessen tummelten sich in den Straßen immer häufiger Afrikaner, die sich ohne Papiere durchschlagen mussten; die lebensgefährliche Reise hatten sie über das Mittelmeer in einer Nussschale geschafft. Sie kamen über das große Wasser auf die italienische Insel Lampedusa und kauften sich dort eine Fahrkarte nach Paris. Mit der Sprache der alten Kolonialmacht Frankreich waren sie ja aufgewachsen.

Jacques starrte vor sich hin. »Blöde Kuh«, stieß er genervt hervor und atmete tief durch. »Blöde Kuh!«

»Hast du das schon gelesen, was Margaux über mich schreibt?«, fragte er Gaston.

»Ja, habe ich gelesen«, antwortete der, »aber was willst du? So sind sie eben, die Frauen, wenn sie sich getroffen fühlen. Nimm's nicht tragisch!«

»Sie stellt mich doch wie einen Depp dar«, erregte sich Jacques. »Schon die Überschrift: Ricous Mutation zum Lifestyle-Richter!« Er schlug den Artikel wieder auf. »Hier, lies das doch mal: ›Zu lebenslanger Haft verurteilte Richter Jacques Ricou die vierfache Mutter Anne Rampal. Sie hat ihren Mann vergiftet, um sich mit seiner Lebensversicherung (350 000 Euro) eine Brustvergrößerung zu leisten.‹ – Die dumme Ziege. Die weiß ganz genau, dass ich nichts mehr hasse als Mordprozesse. Ich habe genug falsche Urteile erlebt. Richter haben auch ihre Vorurteile.

Ein Metzger wird schnell wegen Mordes verurteilt, weil er ja mit seinem Hackebeil Tiere zerlegt. Und da geht's blutig zu. Ein Bäcker wird dagegen schnell freigesprochen, denn er gibt ›uns unser täglich Brot‹! Aber was schreibt Margaux? Ich lese es dir mal vor:

›Gibt es denn keine politischen Skandale mehr? Wir erinnern uns noch an Ricous glanzvolle Zeiten, als sich korrupte Politiker vor dem unbeugsamen Untersuchungsrichter fürchteten, weil er sogar den Staatspräsidenten vorgeladen hat. Das Motto von damals lautete: Man muss allen, auch den unmöglichen Spuren nachgehen. Und heute? Nichts als künstliche Brüste! Ricou ist neulich vierzig geworden. Monsieur le Juge, es ist zu früh für eine Midlife-crisis!‹ – Blöde Kuh!«

Gaston konnte sich ein Lachen nicht verkneifen.

»Es ist eben dumm, wenn man mit einer Journalistin befreundet ist und sich dann von ihr trennt.«

»Kommt vor!«

Jacques schaute von der Zeitung auf, sah Gaston einen Augenblick nachdenklich an und sagte: »Bring mir noch ein Croissant und einen Crème.« Nach einer winzigen Pause fügte er ein »Bitte« hinzu.

Gaston wusste, dass Jacques' Buttercroissant ein wenig aufgewärmt werden musste, dann schmeckte es ihm noch besser.

»Scheißzeitung«, sagte Gaston ironisch, und Jacques musste wider Willen lachen.

Denn als »Scheißzeitung« hatte die zickige Valérie die Illustrierte *Paris Match* bezeichnet und sich beim Chefredakteur über Fotos beschwert, die sie und den Präsidenten beim Sonntagsspaziergang im Jardin du Luxembourg zeigten. Die Schelte war besonders deswegen peinlich, weil Valérie von dieser »Scheißzeitung« immer noch ein festes Monatsgehalt als Literaturkritikerin erhielt, obwohl sie inzwischen die Erste Dame im Staate war.

Jacques' Telefon klingelte.

Er schaute auf das Display. Martine Hugues, seine Gerichtsprotokollantin, rief an.

»Guten Morgen, Martine«, sagte er bewusst fröhlich. Er wollte den Ärger über Margaux und den »Scheißartikel« vergessen. »Was gibt's?«

»Guten Morgen, Jacques. Ich wollte dich nur daran erinnern, dass du um zehn einen Termin bei Betonmarie hast.«

Die Kammerpräsidentin Marie Gastaud, seine Vorgesetzte, nannten sie Betonmarie, weil deren Frisur stets perfekt wie eine Betonskulptur auf ihrem Kopf saß. Es handelte sich freilich um einen unabhängigen Kopf, der Jacques schon das eine oder andere Mal vor politischem Ungemach beschützt hatte.

»Danke! Wie viel Uhr ist jetzt?«

»Viertel nach neun. Kommst du mit dem Auto?«

»Nein, du weißt doch, der Dienstwagen ist, wie meist, im Büro.«

Er meinte, in der Tiefgarage des Palais de Justice auf der Île de la Cité. In der Rue de Belleville fand man fast nie einen Parkplatz, noch nicht einmal einen verbotenen. Aber Jacques scheute auch vor Strafzetteln nicht zurück. Er gab sie ungerührt weiter an Jean Mahon, den Kommissar der Police judiciaire, mit dem er zusammenarbeitete.

Über seine Kontakte in der Präfektur sorgte Jean Mahon dann dafür, dass Strafzettel des Untersuchungsrichters Jacques Ricou vernichtet wurden.

Gaston brachte die große Schale Kaffee und das zweite Croissant. Jacques blätterte in den Zeitungen, schaute kurz auf die Uhr. Es würde knapp werden. Aber es gab auch keinen kein Grund zur Eile.

ARZNEIMITTEL WEIN

Und schauen Sie sich diese schöne Anzeige vom Beginn des letzten Jahrhunderts an«, sagte Marie Gastaud und blätterte in dem Bildband eine neue Seite auf. Sie kicherte, was Jacques noch nie von ihr gehört hatte. Ein fast mädchenhaftes Gekiekse. Er lachte nur gequält.

Über der gemalten Anzeige stand »Bier ist nahrhaft«, und auf der linken Seite war eine glückliche Amme zu sehen, die ein Glas Bier trank und ein strahlendes Kind an ihrer vollen Brust nährte. Auf der rechten Seite sah man eine griesgrämige Amme, die kein Bier trank, weshalb an ihrem flachen Busen ein hungriges Kind missmutig nuckeln musste.

»Weil es bei dieser Sache aber um Wein geht, hat Monsieur Suguenot hier ein rotes Merkzettelchen eingelegt«, Marie Gastaud klappte das Buch an der Stelle auf, »ich vermute, er meint es ironisch. Denn so weit würde heute selbst ein Commandeur des Chevaliers du Tastevin, Abgeordneter und Bürgermeister von Beaune nicht gehen. Nämlich zu behaupten, Wein sei ein Arzneimittel.«

Marie Gastaud hatte sich wie immer mit dem Rücken zum Fenster an den Konferenztisch gesetzt. Von ihrer Mutter hatte sie gelernt, dass eine Frau ab einem gewissen Alter dann jünger wirkt. Falten fallen im Gegenlicht weniger auf.

Sie schob das Buch näher zu Jacques und las vor: »Gegen Allergien hilft ein Glas Médoc pro Tag, gegen Arteriosklerose sollten es schon vier Glas Graves ein. Bronchitis heilt man mit drei Tassen Burgunder oder Bordeaux. Tassen wohlgemerkt, gewürzt mit Zucker und Zimt.«

Gegen Fieber wurde eine Flasche trockener Champagner täglich empfohlen, gegen extreme Dickleibigkeit eine Flasche Rosé aus der Provence. Auch täglich.

»Ich ahne, dass ich Ihnen eine Last aufbürde, wenn ich Sie jetzt um einen Gefallen bitte«, sagte Marie Gastaud. »Aber ich nehme an, es wird auch in der Politik positiv vermerkt werden, wenn Sie das Gutachten schreiben. Es muss ja nicht lang sein.«

Jacques dachte verzweifelt nach, wie er sich aus der Zwickmühle befreien könnte. Er könnte sich einfach weigern, denn Untersuchungsrichter sind völlig unabhängig, und keiner kann ihnen Weisungen erteilen. Nicht einmal der Staatspräsident. Der Untersuchungsrichter kann verhaften, wen er will, er kann durchsuchen lassen, was er will. Er ist wie ein kleiner Tyrann im Dienste der Justiz. Aber sich dieser Banalität zu verweigern wäre auch nicht klug.

Marie Gastaud hatte ihm erklärt, worum es ging.

Seit die Europäische Kommission verboten hatte, für Alkohol Werbung zu machen, war der Verbrauch von französischem Wein jährlich um einige Prozent gesunken.

Jetzt hatte die spanische Regierung gesetzlich festgelegt, dass Wein ein Nahrungsmittel ist. Und für Nahrungsmittel darf man werben.

Deshalb drängte Alain Suguenot, Bürgermeister von Beaune, Zentrum des Burgunderweins, als Abgeordneter in der französischen Nationalversammlung auch auf ein solches Gesetz.

»Ich will ganz ehrlich sein«, sagte die Kammerpräsidentin, »Suguenot ist ein guter Freund meines Mannes. Sie waren im selben Jahrgang in der ENA.«

»Ich vermute, nicht in der Promotion Voltaire?«, fragte Jacques scheinheilig.

Jeder Jahrgang gibt sich in der ENA einen Namen. Und da François Hollande, wie übrigens auch seine Ex, Ségolène Royal, aus der Promotion Voltaire stammte, waren jetzt viele seiner Kommilitonen aus diesem Jahrgang vom neuen Präsidenten in wichtige Positionen im Staatsdienst gehievt worden.

»Nein, das nicht.« Marie Gastaud fand die Bemerkung nicht passend und ließ es sich anmerken.

»Aber glauben Sie das wirklich? Ist Wein tatsächlich ein Nahrungsmittel?«, fragte Jacques. Er dachte an den beleidigenden Artikel von Margaux über den Lifestyle-Richter Ricou.

»Hier, lesen Sie, wie Suguenot argumentiert: ›Wein ist ein besonders Nahrungsmittel. Es hat nutritionalen Wert. Man kann es allein verzehren. Es ist ein Lebensmittel, das man mit anderen Lebensmitteln zusammen zu sich nimmt. Aber es ist ein Lebensmittel.‹«

Als wenn man Wein essen würde, dachte Jacques, aber er verkniff sich seine spitze Bemerkung. Stattdessen sagte er: »Das ist doch eher ein Thema für Ernährungswissenschaftler als für einen Juristen ...«, doch seine Chefin unterbrach ihn unsanft.

»Sie wissen, Monsieur le Juge, in der Juristerei kommt es nur auf die Begründung an. Sie können jemanden in ein und demselben Fall freisprechen oder zum Tode verurteilen. Wie gesagt, es kommt nur auf die Begründung an. Von der Ernährungswissenschaft dagegen erwartet man nachprüfbare Ergebnisse.«

In diesem Augenblick stürzte Justine, die Assistentin der Kammerpräsidentin, in das große Büro und sagte mit einem Seitenblick auf Jacques: »Entschuldigen Sie, Madame la Présidente, wenn ich störe. Aber ich glaube, es ist wichtig. Eine furchtbare Sache ...« und reichte Marie Gastaud ein Blatt Papier.

»Vierfacher Mord im Wald von Ville-d'Avray«, stand darauf.

»Ist die Police judiciaire schon eingeschaltet?«, fragte die Kammerpräsidentin.

»Ja, Kommissar Jean Mahon ist eben mit seinen Spurenlesern losgefahren.«

»Wann ist es passiert?«

»Ich weiß auch nicht mehr, als das, was hier steht. Zwischen neun und halb zehn. Wir bekamen die Meldung eben von der Feuerwehr, bei der ein Notruf eingegangen ist.«

Die Kammerpräsidentin wandte sich an Jacques. »Arbeiten Sie nicht immer mit Kriminalkommissar Mahon zusammen?«

»Ja, meistens«, sagte Jacques.

»Dann sollten Sie auch diesen Fall übernehmen«, sagte Marie Gastaud. Sie schlug das Buch zu und stand auf. »Und den Wein vergessen wir mal.«

Heute gab sie ihm ausnahmsweise nicht die Hand zum Abschied, sondern ging über den großen Ardabil-Teppich, der ihr privat gehörte, zum Schreibtisch. Ihr Vater hatte einst als französischer Konsul im Iran gedient und dort angefangen, Teppiche zu sammeln. Als er starb, lagen in seiner Wohnung Teppiche doppelt und dreifach übereinander.

Jacques und Justine standen einige Sekunden ratlos in der Mitte des Raumes. Dann ging Jacques schnellen Schritts zur offenen Tür hinaus. Als er in seinem Büro ankam, atmete er tief durch und rief Martine zu sich.

»Hast du gelesen ...?«, fragte er sie.

Martine machte nur eine wegwerfende Handbewegung. Vergiss es.

»Eben wollte mir Betonmarie noch ein anderes Lifestyle-Thema aufdrücken. Ich sollte juristisch belegen, dass Wein ein Nahrungsmittel ist!«

Martine lachte laut auf.

»Ein Nahrungsmittel? – Und darüber willst du wirklich ein Gutachten schreiben?«

»Nein«, sagte Jacques. »Ich habe Glück gehabt. Wenn man es Glück nennen kann. Es soll ein vierfacher Mord verübt worden sein. Den habe ich jetzt an der Backe. Und du weißt, wie sehr ich Mordsachen hasse. In neunzig Prozent der Fälle geht es um Familienprobleme. Mann erschlägt Ehefrau, Ehefrau vergiftet Mann, Liebhaber lässt Ehemann ermorden, Sohn erschlägt Eltern. Dann doch lieber Mord als Lifestyle.«

»Na ja«, grinste ihn Martine an, »oder aber Mord, um einen größeren Busen zu finanzieren.«

»Hör auf! Ruf lieber Kommissar Jean Mahon an«, sagte Jacques. »Erklär ihm, ich hätte heute Vormittag noch drei Termine, die ich nicht verschieben könne. Ich könnte frühestens am Nachmittag zum Tatort kommen. Frag, ob das dann noch Sinn macht?«

DER AUFTRAGGEBER

Pünktlichkeit ist die Höflichkeit der Könige«, sagte der Auftraggeber, als er nur eine oder zwei Minuten nach eins die Tür von »Le Pacifique« öffnete und seinen gewohnten Platz an einem der großen Fenster zur Rue de Belleville ansteuerte. Auf dem Fensterbrett standen große weiße Orchideen.

Gao Qiu hatte unwillkürlich auf seine Uhr geschaut, als die Tür aufging, und war sofort an den Tisch des neuen Gastes getreten.

»Dieser Satz stammt übrigens von Louis XVIII. und nicht, wie manche Leute behaupten, schon von Louis XIV. Der Sonnenkönig war einer der unhöflichsten Menschen überhaupt!«, sagte der kräftige Mann, um die fünfzig, der offensichtlich einen Hang zu banalen Redensarten und Besserwisserei hatte.

Bis auf drei Paare war das große Lokal leer. Goldfische und kleine Karpfen bewegten sich träge in einem riesigen Aquarium.

Gao Qiu reichte dem Neuankömmling die Speisekarte und fragte: »Kann ich Ihnen schon ein Getränk bringen, Monsieur?«

»Gerne«, sagte der Auftraggeber, »bitte ein Qingdao Pijiu«, und lachte. Er kam jetzt zum fünften Mal und bestellte stets das Gleiche auf die gleiche Art: ein Pijiu, ein chinesisches Bier aus der Brauerei, die von Deutschen vor dem ersten Weltkrieg in ihrer chinesischen Kolonie Tsingtau errichtet worden war.

»Ich habe gehört, Sie hatten Geburtstag«, sagte er zu Gao Qiu, »deshalb habe ich Ihnen ein kleines Etwas mitgebracht.«

Mit den ein wenig hilflos ausgesprochenen Worten »Yi wan ci xingfu« überreichte er ihm ein Holzkistchen des Chocolatiers Sadaharu Aoki, ein Japaner, der es in Paris zu einem der besten Pralinen-Konditoren gebracht hat. Das Konfekt hatte der Auftraggeber aufgegessen, bevor er zehntausend Euro in den edel wirkenden Kasten gelegt hatte.

Seinen Namen hat er Gao Qiu nie gesagt.

»Nennen Sie mich einfach Monsieur.«

»Monsieur wie? Monsieur. Einfach Monsieur Monsieur, wenn Sie so wollen.« Er lachte dabei laut.

Monsieur war eines Mittags ins »Le Pacifique« gekommen und hatte sich an einen Tisch am Fenster gesetzt, wo Gao Qiu bediente. Das wusste Monsieur wohl. Und Monsieur sagte zur Begrüßung, was als Code-Worte verabredet worden war: »Yi wan ci xingfu.« Seine Aussprache war erbärmlich, von einem Franzosen aber kaum anders zu erwarten.

Zehntausendmal Glück.

Zehntausend Euro für den Auftrag, bedeutete das.

Für Gao eine ungeheure Summe.

Aber nicht immer ging es bei den Aufträgen um die volle Summe. Auch nicht um das volle Programm.

Der alte Chef der Triade mit dem Namen 14K, der die chinesischen Lokale in Belleville kontrollierte, hatte vor zwei Jahren den ersten Auftrag vermittelt und Gao Qiu davor gewarnt, unnötige Fragen zu stellen. Weder zur Person, die ihn ansprechen würde, noch zum Auftrag selbst. Je weniger er wüsste, desto sicherer wäre es für alle Beteiligten.

Beim ersten Mal hatte Gao seiner Neugier nachgegeben. Kaum hatte Monsieur ihm die Details seines Auftrags erklärt und eine Anzahlung gemacht, war Gao in die Küche geflitzt, hatte seine Schürze abgelegt und war zum Seitenausgang geeilt. Er war dem Mann die Rue de Belleville hinab gefolgt, vorbei am Kiosk von Nicolas bis zur Metrostation, war vorsichtig die Treppen hinter ihm hergerannt, um ihn in der Unterwelt von Paris nicht aus den Augen zu verlieren. Doch gleich hinter der Eingangstür der Metro hatten zwei kräftige Burschen Gao Qiu aufgehalten. Chinesen. Er kannte sie vom Sehen. Sie waren Handlanger des alten Chefs. Keiner hatte ein Wort gesagt. Sie hatten ihn so fest an den Schultern gepackt, dass es schmerzte, ihn umgedreht und ihn die Treppe hinaufgestoßen.

Das war nicht sehr professionell gewesen. Er sah es ein. Und als ihm das später noch einmal nebenbei, aber doch sehr deutlich gesagt worden war, hatte Gao beschämt genickt und sich beim Drachenmeister entschuldigt, wie der Chef des 14K genannt wurde. Nein, das war wirklich nicht professionell.

Professionell wäre es gewesen, in die Zeitung oder die mondäne Presse zu schauen. Da hätte er ab und zu Fotos von Monsieur gesehen. Doch Gao Qiu lebte wie die meisten seiner Landsleute in Paris in einer abgeschotteten Welt. Er las nur Kan Zhong Guo, eine in Paris kostenlos verteilte chinesische Zeitung. Selbst französisches Fernsehen interessierte ihn nicht.

Gao legte den kleinen Holzkasten auf dem Tisch kurz ab, nahm seinen Block in die linke und den Kuli in die rechte Hand, so als wollte er die Bestellung aufnehmen und sagte leise: »Das Zielobjekt kam nicht allein, sondern mit zwei anderen im Wagen. Es ist ausgestiegen, als mitten im Wald ein Radfahrer auftauchte. Ich habe den Auftrag trotzdem ausgeführt. Es dürfte keine brauchbaren Hinweise geben.«

»Ich habe es im Internet gelesen«, sagte Monsieur und tat so, als suche er im Menü nach einer Speise. »Vier Ermordete machen natürlich einen viel größeren Lärm als einer. Es wäre vielleicht besser gewesen, Sie hätten auf eine neue Gelegenheit gewartet.«

»Vielleicht wäre es besser gewesen«, sagte Gao und zeigte mit seinem Kuli auf ein Gericht in der Menükarte. »Aber er stand allein im Wald, als ich auf ihn schießen wollte. Da kam der Radrennfahrer. Also musste ich den Zeugen zuerst erschießen. Denn der wäre mit dem Rad schnell wieder verschwunden.«

»Sie hätten warten können, bis der Radfahrer vorbei war.«

»Nein, das konnte ich nicht. Er war auf den Weg getreten und rief, er sei Mohammed. Das Auto konnte ich nicht sehen. Und ich war gerade hinter einem Baum hervorgetreten und zielte auf das Objekt, als der Radfahrer ankam.«

»Und wo waren die beiden anderen?«

»Im Auto, etwa zehn Meter weit entfernt, aber eben nicht zu sehen. Ich erschoss den Radfahrer, woraufhin

Mohammed zu seinem Wagen zurückrannte und wegfahren wollte. Er setzte zurück, blieb dann aber glücklicherweise mit den Hinterreifen im Sand stecken. Ich habe alle drei im Auto erschossen. Sie haben mir schließlich gesagt, es sei eilig. Sonst hätte ich die Sache verschoben.«

»Zu beurteilen ob das schlimm gewesen wäre, wäre meine Sache gewesen«, sagte Monsieur.

»Aber es war zu spät. Die drei hatten mich ja gesehen. Ich hatte zwar eine Maske über den Kopf gezogen, aber man weiß ja nie …«

Monsieur schwieg mit strenger Miene und schaute wirklich in das Menü.

»Als Vorspeise nehme ich gedämpfte Reisravioli mit Lauch«, sagte er schließlich nach einer unangenehm langen Pause: »Danach von den Salz-und-Pfeffer-Spezialitäten des Hauses die Wachtel und die Krabbenzangen. Dazu Tagesgemüse aus dem Wok.«

Als Gao Qiu die Dampfravioli in einem geschlossenen, kleinen Bambuskörbchen brachte, fragte Monsieur: »Stehen Sie in den nächsten Wochen zur Verfügung?«

»Ich bin hier«, antwortete Gao Qiu.

»Ich will wissen, ob ich Sie zur Not einsetzen kann, wenn es die Entwicklung des Falles erfordert?«, fragte Monsieur ungeduldig.

»Das können Sie.«

»Gut. Dann fahren Sie heute Nachmittag in die Goutte d'Or und kaufen sich dort bei irgendeinem Afrikaner ein billiges Handy.« Er hob den geflochtenen Deckel des Bambuskörbchens ab, die Ravioli dampften noch. Ein köstlicher Geruch stieg ihm in die Nase. Er schluckte. Der Speichel lief ihm im Mund zusammen.

Als Gao Qiu ihm die Rechnung über siebzehn Euro reichte, legte Monsieur einen Zwanziger hin und schrieb auf die Rückseite der Rechnung eine Telefonnummer.

»Dorthin schicken Sie mir eine SMS mit Ihrer neuen Nummer. Das Telefon benutzen Sie nur, und zwar wirklich nur, um mit mir zu kommunizieren. Geben Sie die Nummer niemandem sonst. Niemandem. Haben Sie verstanden?«

»Ja«, sagte Gao Qiu in einem Ton, der Monsieur nicht ahnen ließ, wie sehr ihn seine hochmütige Art ärgerte. Dich krieg ich auch noch, dachte der Kellner. Ich hab' die Luger noch nicht entsorgt!

Als Monsieur gegangen war, nahm er die kleine Holzkiste mit in den winzigen Umkleideraum neben der Toilette. Er klemmte einen Keil unter die Tür, damit niemand hereinplatzen und ihn überraschen könnte. Dann schob er den blechernen Kleiderschrank zur Seite, nahm vorsichtig ein altes, vergilbtes Plakat von Edith Piaf von der Wand, das dort hing, seit sie als Sechzehnjährige in den Lokalen der Rue de Belleville aufgetreten war, und zog einen großen Stein vor, den er gelockert hatte, um ein Versteck zu bauen.

In Paris mussten Leute aus Dongbei ihr Leben in einer Parallelwelt organisieren. Wer keine Aufenthaltsgenehmigung besaß, konnte bei keiner Bank ein Konto eröffnen oder einen Safe mieten. Wer aber sein Bargeld mit sich trug, wurde immer häufiger ein Opfer von jungen Afrikanern, die mit dem Boot nach Lampedusa gekommen waren und sich dann in einen Zug nach Paris gesetzt hatten. Auch sie waren Menschen, die sich ohne Papiere durchschlagen mussten. Sie hatten festgestellt, dass Chinesen in Belleville häufig viel Geld mit sich trugen. Leichter konnte man nicht an Bares kommen.

Gao Qiu holte aus dem Versteck ein ziemlich dickes Paket, das er in eine Plastiktüte gepackt hatte. Er öffnete es und legte achtzehn der zwanzig Fünfhunderter aus der feinen Konfektschachtel zu dem Haufen hinzu, verschnürte das Paket und legte es zurück. Daneben lagen, trocken eingewickelt, die Luger und drei gefüllte Magazine.

ERSTES GEHEIMES ABHÖRPROTOKOLL

Die Nummer des Anrufers ließ sich nicht feststellen. Aber der Standort des Apparats, von dem er sprach, wies auf das obere Ende der Avenue Foch hin, nur wenige Hundert Meter entfernt vom Étoile und dem des Arc de Triomphe mit der Ewigen Flamme am Grab des Unbekannten Soldaten.

So war es dann auch im Abhörprotokoll des Renseignement Interieur, des neu benannten Inlandsgeheimdienstes vermerkt.

Nicht weit entfernt saß Georges Hariri allein in der Brasserie »Le Stella« in der Avenue Victor Hugo. Er hatte ein köstlich angemachtes Steak tartare mit Pommes frites gegessen, dazu ein Glas Bourgueil, den er dem Chinon vorzog, getrunken und wartete auf den Kaffee.

Einen Tisch weiter saß der alte Monsieur Dassault, der ihn mit einem kurzen Nicken beim Eintreten gegrüßt hatte. Georges Hariri hatte dabei so etwas wie Stolz empfunden. Serge Dassault weiß um meine Bedeutung, dachte er, und er schneidet mich nicht, sondern nimmt mich mit einem Kopfnicken wahr. Immerhin. Das war schon was. Denn der Flugzeughersteller Serge Dassault war nicht nur einer der fünf reichsten Franzosen, sondern inzwischen auch ein Medienunternehmer, dem unter anderem die konservative Tageszeitung *Le Figaro* gehörte. Und in *Le*

Figaro war Hariri kürzlich als »der Schattenmann« bezeichnet worden, der für Präsident Nicolas Sarkozy als wichtiger Vermittler in Saudi-Arabien, Marokko und besonders im Libyen von Gaddafi eingesprungen war. »Schattenmann« wurde Hariri genannt, weil er sich stets im Hintergrund hielt, keine Interviews gab und in der Presse nur dann vorkam, wenn er es nicht verhindern konnte. Er hielt sich für umso wirksamer, je weniger die Öffentlichkeit von seinen Aktionen, die ihm viele Millionen einbrachten, wusste.

Hariri zögerte kurz, ob er den Anruf von einem Mobilphone mit unterdrückter Nummer annehmen sollte, aber er hatte ja Zeit und fühlte sich entspannt, also drückte er auf die grüne Taste.

»Sag mal Georges, steckst du dahinter?«, fragte eine durchdringende Stimme laut, »willst du mir Probleme machen? Dann hast du selbst auch bald eins, denn er hat ja nicht nur für mich und für dich gearbeitet, sondern auch für Ronsard!«

Hariri erkannte die Stimme von Alexandre Dati sofort. Und wenn Dati mit Ronsard, bis vor kurzem Innenminister in der abgewählten konservativen Regierung, drohte, dann empfand er das als boshaft.

»Wie kommst du auf diese Idee? Pass auf, was du sagst«, antwortete er in seiner leisen, unaufgeregten Stimme. »Ich habe keine Ahnung, wer dahintersteckt. Für mich ist es genau so ein Problem wie für dich. Denn wer holt uns jetzt die …« er zögerte kurz, wollte sich möglichst unverbindlich äußern und sagte schließlich, »… Kastanien aus dem Feuer?«

»Seit der Neue die Zahlungen blockiert, habe ich keine Kastanien mehr im Feuer. Das betrifft dann nur noch dich, Georges, und deine Lieferungen an Ronsard!«, sagte Alexandre Dati schnell.

Hariri war hellhörig geworden. Ganz gegen seine Gewohnheit sprach ihn Alexandre Dati die ganze Zeit mit Namen an. Ging er davon aus, dass dieses Gespräch abgehört wurde? Verwunderlich wäre es nicht. Vielleicht benutzte er deshalb ein Mobilphone ohne Kennung. Und vielleicht wiederholte er den Vornamen Georges mehrmals, damit die Leute vom Abhördienst einen Hinweis auf ihn hätten.

»Lass uns das nicht am Telefon besprechen, Iskandar«, sagte Georges Hariri. Und wie erwartet explodierte Alexandre Dati, als Hariri ihn »Iskandar« nannte.

Tatsächlich hatten Datis marokkanische Eltern ihrem Sohn bei der Geburt diesen Vornamen gegeben. Als er aber in die Pubertät kam und bei seinen Kumpels in der Banlieue angeben wollte, nahm er sich Alexander den Großen zum Vorbild. Ein Mann, der nicht nur ein großer Soldat und Heerführer war, sondern auch so klug, den Gordischen Knoten zu lösen. Wie? Mit Gewalt. Wie sonst?

Weil Dati, einmal von der Pariser Bourgeoisie respektiert, als gebürtiger Franzose gelten wollte, hatte er alle Spuren, die auf seinen ursprünglichen Vornamen »Iskandar« hinwiesen, beseitigen lassen. In seinen Papieren stand jetzt »Alexandre« als Vorname. Ja, er hatte es sogar geschafft, die Geburtsurkunde und die Eintragung im Geburtenregister beim Amt korrigieren zu lassen. Das war nicht ganz so einfach gewesen.

»Hör mit solchem Scheiß auf!«, schrie er jetzt ins Telefon. »Immer noch Alexandre!«

»Alexandre, meinetwegen. Ich war nur in Gedanken in unserer Jugend. Und was deine Anspielung angeht: Ich habe genauso wenig wie du erhalten. Der Einzige, der sein Geld in Sicherheit gebracht hat, ist Ronsard. Und der versucht verzweifelt, es auf ein französisches Konto …«

»Hör auf«, rief Dati, »das sollten wir wirklich mal in Ruhe besprechen. Mein Büro macht mit deinem einen Termin für ein Abendessen aus.«

Georges Hariri gab keine Antwort mehr. Alexandre Dati hatte gleich nach seinem letzten Wort ausgeschaltet.

Dem Abhörprotokoll des Gesprächs war die Bemerkung beigefügt, dass der Gesprächspartner mit der unterdrückten Nummer geortet werden konnte. Er sprach aus einer Wohnung 17, Avenue Foch. Die lag in einem alten Appartementhaus mit hohen, eleganten Eisengittern. Die Namen der sechs Parteien, die in diesem Haus wohnten, waren im Protokoll aufgeführt.

AM TATORT

Sechs Stunden nach den tödlichen Schüssen war der Tatort noch immer nicht geräumt. Die Mitarbeiter von Kommissar Jean Mahon gingen jeder nur möglichen Spur nach. Fünfundzwanzig Patronenhülsen hatten sie inzwischen eingesammelt.

Wer war zuerst erschossen worden?

Der Radfahrer oder die Menschen im Auto?

Der Radfahrer lag weit weg von seinem Rad und war offensichtlich von dem rückwärts fahrenden Wagen mitgeschleift worden.

Als Jacques endlich angekommen war und durch die Absperrung ging, schüttelte ihm Kommissar Jean Mahon die Hand. Er hob schweigend die Augenbrauen und machte eine Kopfbewegung, die heißen sollte, komm mit.

»Wir wissen bisher nicht viel«, sagte er.

»Vier Menschen sind erschossen worden. Drei davon in einem Auto. Marokkaner. Und ein französischer Radfahrer. Coiffeur. Wir wissen nicht, in welcher Reihenfolge die Opfer getroffen worden sind. Vermutlich zuerst der Radfahrer, dann die Menschen im Auto. Der Fahrer vorn, daneben sein Beifahrer, und eine Frau auf der Rückbank. Jeweils mit Kopfschuss. Regelrecht hingerichtet. Der Motor des Wagens lief noch und die hinteren Räder drehten sich im Schlamm eines feuchten Grabens. Wahrscheinlich wollte der Fahrer schnell wenden, um dann nach vorwärts zu fliehen.«

»Wieso vorwärts?«, fragte Jacques.

»Wenn der Täter von links gekommen ist, dann hätte der Wagen nach rechts ausbrechen können.«

»Kopfschüsse, sagst du. Auch der Radfahrer?«

»Nein, der nicht«, antwortete Jean Mahon. »Der hat nur zwei Schüsse in die Brust bekommen. Und als er entdeckt wurde, lebte er noch. Er ist aber gestorben, ehe die Retter vor Ort waren. Das Ganze muss sehr schnell gegangen sein, denn die Erschossenen wurden von einem englischen Radfahrer gefunden, der den französischen Cyclisten kurz zuvor im Bistro »La Petite Reine« in Sèvres getroffen hatte. Der Franzose war dann eine Viertelstunde vor ihm losgefahren. Zwischen dem Mord an dem Radfahrer und der Entdeckung der Morde liegen also nur fünfzehn Minuten.«

Als der Kommissar und der Untersuchungsrichter auf die kleine Lichtung kamen, wo der Wagen stand und die Leichen immer noch nicht weggebracht worden waren, deutete Jean Mahon auf das Rad. Es lag auf dem Weg, der tote Radfahrer aber in der Nähe des Autos.

»Der englische Radfahrer hat erklärt«, sagte der Kommissar, »der Mann mit dem Rad habe noch gelebt, als er ankam. Er habe ihn vom Auto weggezogen, weil er Angst hatte, der Wagen könnte ihn noch überrollen und ihn dann in Schräglage gelegt. Der Zeuge muss ein kalter Hund sein. War in der britischen Armee. Dann ist er zum Auto gegangen, dessen Räder durchdrehten, weil sie im Schlamm des Grabens feststeckten. Er hat das Seitenfenster eingeschlagen, das durch die Schüsse schon zersplittert war, und hat dann den Schlüssel umgedreht und den Motor ausgestellt. Er hat gesehen, dass die drei Menschen im Auto tot waren und wollte Hilfe rufen, aber sein Handy hatte keinen Empfang.«

»Wer hat uns denn dann benachrichtigt?«, fragte Jacques.

»Die Feuerwehr! Bei der kam ein Notruf von einem Spaziergänger an. Der Brite ist auf sein Rad gestiegen und zu den Teichen von Corot gefahren. Da war er in vielleicht ein oder zwei Minuten. Der Kerl ist high-tech ausgerüstet. Fährt nach GPS auf seinem iPad. Das hat er vor seinem Lenker befestigt.«

»Wie sieht denn der genaue Zeitablauf aus?«

»Grob gesprochen so: Um neun werden die vier Menschen erschossen. Um Viertel nach neun kommt der Brite. Er braucht gerade einmal vier Minuten, um die Lage zu peilen, den Coiffeur vom Wagen wegzuziehen und auf die Seite zu legen. Er geht zum Wagen, sieht was los ist, springt wieder auf seinen Drahtesel, und um 9 Uhr 19 geht bei der Feuerwehr der Notruf ein.«

Jacques sah sich den Tatort von ferne an. Als sein Blick aber auf den toten Radfahrer fiel, wandte er sich schnell ab.

»Der Wagen sieht ja aus, als hätte jemand wild drauflosgeballert«, sagte er. In der Tür sah er mehrere Einschüsse. Blut war von innen an die Scheiben gespritzt. Er schaute auf die Uhr. Es war zwanzig nach drei.

»Und warum sind die Toten immer noch nicht abtransportiert? Ist das nicht menschenunwürdig, sie hier liegen zu lassen?«

»Je weniger wir am Tatort verändern, desto besser können wir uns ein Bild machen«, antwortete Jean Mahon ruhig.

Der Kommissar stand kurz vor seiner Pensionierung. Seine Truppe hatte er über Jahre hinweg mit großer Sorgfalt zusammengestellt. Zu ihm kamen junge, aufstrebende Spezialisten gern. Er hatte einen hervorragenden Ruf. Wer sich hier auszeichnete, hatte später gute Chancen auf Beförderung.

Kommissar Jean Mahons Büro war im selben Gebäudekomplex wie das des Untersuchungsrichters Jacques Ricou. Beide betraten das Palais de Justice auf der Île de la Cité durch den Eingang 36, Rue des Orfèvres.

Als Jacques noch mit Jacqueline verheiratet gewesen war, was allerdings schon einige Jahre zurücklag, sind die beiden Ehepaare oft gemeinsam in den Skiurlaub gefahren. Jean und Jacques scheuten selbst vor Touren im Tiefschnee nicht zurück, während Jacqueline Ricou und Isabelle Mahon ihre Pelzmäntel spazieren trugen und sich jedem neuen Wellnesstrend hingaben, um abends für das Après-Ski runzelfrei und sportlich zu wirken. Ihre Falten bekämpften sie heimlich mit Botox, solange das modern war, später mit »Weiß-Gott-was« sagten Jean und Jacques im Chor und verdrehten die Augen.

Jacques war zu bodenständig für eine Frau wie Jacqueline. Mit seinem Gehalt als Untersuchungsrichter konnte er ihr die Wünsche nach neuen Klamotten und Schuhen, die sie ständig immer aggressiver wiederholte, nicht erfüllen. Als Jacqueline dann bei einer der häufiger werdenden Streitigkeiten um Geld, eine Flasche Champagner nach ihm warf, ihn zwar nicht traf, aber mit dem Champagner bespritzte, rief er lachend: »Schade um das Gesöff!«

Sie schrie hysterisch auf, er packte seinen Koffer und zog zu Margaux, die er kurz zuvor kennengelernt hatte.

Da er aber bald merkte, dass er nach der anstrengenden Ehe seine Unabhängigkeit brauchte, blieb er bei Margaux, der Journalistin, die unter Kollegen in Paris geachtet wurde, weil sie immer wieder besondere Fälle aufdeckte, nur so lange wohnen, bis er eine eigene kleine Wohnung in Belleville gefunden hatte. Ihre Beziehung ging auseinander, sie kamen wieder zusammen, gingen wieder auseinander. Aber in Zeiten, in denen sie nicht zusammen waren, blieben sie sich doch nah. Die letzte Trennung war allerdings »endgültig« gewesen.

Zwei blaue Kastenwagen der Polizei fuhren am Tatort vor. Sie hatten keine Fenster. Polizisten öffneten die Hintertür und zogen tragbare Bahren aus ihren Halterungen.

»Warum werden die Leichen von der Polizei abtransportiert und nicht von einem Beerdigungsinstitut?«, fragte Jacques seinen Freund, den Kommissar.

»Ach, das ist so 'ne leidige Sache«, seufzte Jean. »Die bekommen für jede Leiche, die sie selbst in der Gerichtsmedizin abliefern, einen ordentlichen Zuschlag.«

»Dafür müsste man mir schon viel zahlen«, sagte Jacques.

»Das kann gut hundert Euro pro Leiche ausmachen«, sagte Jean. »Das Geld kommt aus einem Sonderfonds des Präfekten. Irgendwie pervers.«

Der Radfahrer wurde auf eine Bahre gelegt und in einen Wagen getragen. Zwei Polizisten zogen den Fahrer, der hinter seinem Steuer zusammengesunken war, aus dem Citroën, streckten ihn auf einer Bahre aus und verstauten ihn im selben Wagen wie den toten Coiffeur.

Als die Frau von der Hinterbank gehoben wurde, griff eine Polizistin mit an. Sie legte jeweils eine Decke über die Toten. Dann wurden die hinteren Türen der Polizeiwagen wieder geschlossen. Sie fuhren mit Blaulicht, aber ohne Sirene ab.

Erst jetzt wagte es Jacques, sich den großen alten Citroën genauer anzusehen.

»Kannst du dir das erklären?«, fragte er Jean. »Der Mörder muss wild drauflos geballert haben. Es gibt Einschüsse in die Seitenfenster, in die Windschutzscheibe vorn, in die Fahrertür, und hier sogar in die Motorhaube. Ich frage mich, wie viele Täter es waren. Denn die drei Leute im Auto wurden präzise mit je nur einem Kopfschuss exekutiert.«

»Nach den Patronenhülsen zu urteilen, die wir gefunden haben«, sagte Jean, »war nur eine einzige Waffe im Einsatz. Das bedeutet aber nicht, dass es nicht doch mehrere Täter gewesen sein können. Wir müssen warten, bis wir alles ausgewertet haben. Vielleicht sind die Leute mit dem Citroën jemandem in die Quere gekommen. Eigentlich hatten die ja ein Picknick vorbereitet.«

Jean ging hinten um den Wagen herum. Der Kofferraum stand offen. Der Picknickkorb stand auf den Hanfstängeln.

»Ist das nicht Hasch?«, fragte Jacques laut, griff ein Hanfblatt und schaute Jean Mahon an.

»Hanf. Aber das wird zu Hasch.«

»Könnte das nicht ein Motiv für den Überfall sein?«

»Vielleicht. Haben wir uns auch schon gedacht. Aber warum hat der Mörder den Hanf dann nicht mitgenommen?«

»Vielleicht weil der Radfahrer kam?«

»Vielleicht, vielleicht, vielleicht. Vielleicht sind das Opfer eines Bandenkriegs«, sagte der Kommissar. »Wir haben viele Fragen zu klären.«

Jacques schlenderte um den Wagen herum und steckte gerade den Kopf durch die offen stehende Tür des Beifahrersitzes, als er auf dem Rücksitz eine Bewegung wahrnahm.

Ein Plüschmarienkäfer wurde vorsichtig von einer kleinen Hand durch eine kaum erkennbare Öffnung aus der Rücklehne herausgestreckt. So als sollte das Tierchen die Lage erkunden. Der Kopf des Käfers drehte sich leicht nach links, dann leicht nach rechts.

Jacques stockte der Atem.

»Jean«, flüsterte er, »Jean, schau mal! Jean!«

KALILA

Kalila folgte ihrem Knuddeltierchen langsam. Zuerst kam der Kopf. Sie schaute sich um. Dann kroch sie aus ihrem Versteck. Sie sagte kein Wort.

Jean forderte über Funk eine Polizistin an und gab Order, dass alle sich vom Tatort zurückziehen und ruhig verhalten sollten.

»Bonjour«, sagte Jean Mahon mit seiner tiefen Stimme in mildem Ton, ganz wie ein liebender Großvater. Diese weiche Seite von ihm kannte ich noch gar nicht, dachte Jacques, der sich der Lage hilflos ausgesetzt fühlte.

Das Mädchen schaute den alten Kommissar aus seinen dunklen Augen mit wachem Blick an, antwortete aber nicht.

Auf dem Waldweg kam Fabienne, eine junge Frau aus Jeans Truppe, eigentlich Spezialistin für Recherchen im Web, angelaufen. Sie winkte den Kommissar und den Untersuchungsrichter zur Seite und kniete sich vor das kleine Mädchen, das immer noch schweigend auf der äußersten Kante des Rücksitzes saß, die Beine zur Tür hinausbaumeln ließ und sein Plüschtier an Hals und Wangen presste.

»Ich heiße Fabienne«, sagte die Polizistin, »ich bin von der Polizei, und wir sind deine Freunde. Wir wollen dir helfen. Wie heißt du?«

Schweigen.

»Hast du Durst?«

Kalila nickte.

Fabienne nahm eine kleine Plastikflasche, die sie in der Hand gehalten hatte, drehte den Deckel ab und reichte sie dem Kind.

Das Mädchen legte den Käfer zur Seite, nahm einen kleinen vorsichtigen Schluck, setzte die Flasche ab, schaute Fabienne an, nahm einen größeren Schluck und trank. Ohne ein Wort zu sagen, reichte es die fast leere Flasche mit ausgestrecktem Arm zurück.

»Hast du Hunger?«, fragte Fabienne.

Kalila schüttelte zaghaft den Kopf.

»Und kannst du mir nicht doch sagen, wie du heißt?«, fragte Fabienne.

Das Mädchen schwieg.

Es schaute an der Polizistin vorbei, als suche es etwas in der Ferne.

Jacques trat einen Schritt auf sie zu, aber Jean hielt ihn mit kräftigem Griff fest, zog ihn einige Meter zurück und sagte: »Du darfst jetzt nicht mit ihr reden. Man darf einem Kind in solch einer Lage keine Fragen stellen, bevor man nicht ihr Vertrauen gewonnen hat. Und bis wir so weit sind, kann es Tage dauern. Wir müssen Geduld haben und sie in die Obhut von Leuten geben, die auf solche Situationen vorbereitet sind.«

Jacques schwieg einen Moment, drehte sich vom Wagen weg und sagte leise: »Das wird schwierig. Ob sie uns überhaupt was sagen kann?«

»Und noch schwieriger wird sein«, sagte Jean Mahon, »ob du es juristisch verwerten darfst! Das Mädchen ist nicht älter als sechs, sieben, acht.«

»Versteht Fabienne was von Kindern?«, fragte Jacques.

»Vermutlich hat sie eine entsprechende Ausbildung auf der Polizeischule bekommen, das ist eigentlich Pflicht für Frauen. Und ihr Schwager hat zwei oder drei Kinder. Er ist auch Polizist. Allerdings wohnt er in Rennes. Aber Fabienne hat mir erzählt, die ganze Familie mache jedes Jahr gemeinsam Urlaub im Familienhaus im Périgord noir. Eltern, Tanten, Brüder, Schwestern, Kinder. Wie in den guten alten Zeiten.«

»Das habe ich nie gehabt«, sagte Jacques. Er war als Einzelkind im Süden Frankreichs aufgewachsen, in der Gegend, wo sich einst die Hugenotten in Höhlen vor der Verfolgung durch die katholischen Fürsten versteckten, und wo noch früher die Katharer von den Katholiken ermordet worden waren. Ein Grund, weshalb die Leute im Süden auch Jahrhunderte später bei Wahlen noch gegen die konservative Macht in Paris stimmten. Seine Eltern waren Lehrer gewesen, kritische Geister, aber längst verstorben.

Immer noch an der rückwärtigen Tür des Citroëns sitzend, versuchte die junge Polizistin mit dem Mädchen Kontakt aufzunehmen.

»Das ist aber ein lieber Käfer, den du da hast«, sagte sie, »der hilft dir sicher immer. Hat der denn auch einen Namen?«

Das Mädchen lenkte seinen Blick kurz in die Augen der Polizistin, öffnete die Lippen einen kleinen Spalt, als überlege es sich, etwas zu sagen, dann streckte es seine kleine Hand nach der Wasserflasche aus.

Fabienne reichte sie ihr und machte Jean Mahon Zeichen, er möge kommen.

»Monsieur le commissaire, was machen wir? Soll ich versuchen, sie auf den Arm zu nehmen?«

»Jetzt kommt gleich ein Krankenwagen. Sie fahren dann mit dem Kind in die Klinik, wo es untersucht und in der Kinderstation untergebracht wird«, sagte der Kommissar. »In der Zwischenzeit versuchen wir, irgendjemanden aus der Verwandtschaft des Mädchens aufzutreiben.«

Minuten später fuhr der Krankenwagen vor. Fabienne bot dem Mädchen die Hand an, doch es blieb sitzen. Vorsichtig nahm sie die Kleine auf den Arm, die sich gleich an ihre Brust kuschelte und trug sie zum Wagen. Hier wurde das kleine Kind auf eine große Bahre gelegt, auf der es wie verloren wirkte.

Nur einmal stieß es tief die Luft aus, dann drückte es den Käfer enger an sich und schwieg.

Der Wagen fuhr ab.

Jacques fluchte plötzlich laut und zeigte mit seiner Hand in den Wald. Hinter einem Baum lugte ein großes Zoom-Objektiv hervor.

»Scheiß-Paparazzi«, rief er.

Jean Mahon gab sofort den Befehl, den Mann festzunehmen. Das dürfte nicht schwer sein. Der ganze Wald war abgesperrt.

Der Paparazzo kannte sich jedoch gut aus. Er konnte unentdeckt entkommen.

MARGAUX AM TELEFON

Das Telefon klingelte ununterbrochen auf dem Schreibtisch von Martine, nachdem Jacques ihr aus dem Auto auf der Rückfahrt vom Tatort einen kurzen Bericht diktiert hatte, den sie, auf seine Anordnung hin, an die Kammerpräsidentin Marie Gastaud weiterleitete.

Sobald Jacques zurück sei, möge er bitte sofort zur Präsidentin kommen.

Sobald Jacques zurück sei, möge er sich beim obersten Polizeipsychologen melden.

Sobald Jacques zurück sei, möge er Jérôme anrufen.

»Jérôme?«, hatte Martine gefragt.

Ja, Jérôme! Jacques weiß schon Bescheid. Jérôme, der Hausarzt aus Belleville.

Ach ja, lachte Martine, ich weiß, der gemütliche Hausarzt.

Gemütlich? Na, ich bin dick, Mädchen, sei nicht so höflich! Wir haben schon einmal zusammengesessen, als Gaston die Übernahme von »Aux Folies« gefeiert hat.

Ja, ist schon eine Weile her. Ist es wichtig? Jacques ist bis über die Ohren im Stress.

Ja, ich weiß, er hat mich angemorst. Es geht um die Frage, wie man mit dem kleinen Mädchen umgehen müsse. Ich sag ihm, dass Sie angerufen haben, sagte Martine und war verblüfft, als Jérôme ihr per Leitung ein Bisou, einen Wangenkuss hinterherschickte.

Das Telefon klingelte, während Martine sich von Jérôme verabschiedete. Es war die direkte Leitung, die nur Jacques benutzte.

»Oui, Jacques, was gibt's?«

»Ich bin's«, sagte eine Frauenstimme.

Martine musste kurz überlegen. Ich bin's? Ich, das kann jeder sein. »Ich bin's« ist meist ein zu kurzer Satz, um jemanden zu erkennen. Während Martine noch überlegte, sagte die Stimme: »Ich bin's, Margaux. Martine?«

»Oups!«, sagte Martine, »du traust dich anzurufen?«

»Wieso, habe ich was ausgefressen?«

»Halt mich nicht für doofer, als ich bin, Margaux. Du hast doch deinen Artikel von heute früh nicht schon vergessen?«

»Ach Gott, das war ein versteckter Geburtstagsgruß«, sagte Margaux leicht dahin, sie hoffte wohl, den boshaften Text überspielen zu können, »außerdem musste das mal sein. Wegen seiner blöden Mara. Parfumtante und Lifestyle-Tussi!«

Mara Talbot war eine attraktive Frau, Chefin des Parfumherstellers Talbot, eines Familienunternehmens in Grasse. Und für kurze Zeit mit Jacques liiert.

»Hör doch auf! Das ist doch schon seit dem Winter vorbei. Du scheinst nicht auf dem Laufenden zu sein«, sagte Martine.

»Vorbei? Das sah mir gar nicht danach aus«, sagte Margaux spitz.

»Sie war für Jacques zu weltläufig. Sie wollte ihn ständig zu Galeriewochenenden nach London und Basel, Berlin und Leipzig mitnehmen, und schätzt auch das Leben in den Sternelokalen. Geld genug hat sie ja«, sagte Martine. »Aber du kennst Jacques doch, dazu ist er zu bodenständig.«

»Och, in gute Lokale geht er schon gern. Eine Zeitlang hat er das anscheinend genossen«, sagte Margaux.

»Wie auch immer«, antwortete Martine. »Er ist alles andere als ein Lifestyle-Richter. Das war gemein von dir. Du weißt genau, dass er immer noch der unerbittliche Kerl ist, der sich geradezu mit Verbissenheit auf Fälle stürzt, in denen er Korruption, Unterschlagung, Steuerbetrug vermutet. Besonders, wenn Große aus der Politik oder der Finanzwelt darin verstrickt sind.«

»Vielleicht ist er weich geworden«, sagte Margaux.

»Ich habe keine Zeit, mit dir über dein Liebesleben zu blödeln«, sagte Martine sachlich. »Jacques hat nie vergessen, dass sogar der Geheimdienst einmal versucht hat, ihn umzubringen. Nur weil seine Untersuchungen dem Präsidenten und dessen Partei gefährlich geworden waren. Das wird er bis zum Ende seines Lebens den Herren an der Macht übel nehmen. Hast du was Konkretes oder war's das?«

»Okay. Vielleicht war der Artikel heute früh ein Kurzschluss.«

»Ein Kurzschluss?« Martine lachte trocken. »Der war einfach blöd.«

»Meinetwegen«, sagte Margaux. »Ich wollte was von dir wissen. Hat es Sinn, dass ich Jacques nach dem Mädchen frage, das heute Mittag den Mordanschlag überlebt hat?«

Martine schwieg einen Moment überrascht.

»Oder kannst du mir was dazu sagen?«, schob Margaux nach.

»Zu dem Fall kann ich gar nichts sagen. Der ist ja gerade mal einige Stunden alt«, sagte Martine.

»Ein Paparazzo bietet Bilder und die Geschichte an«, erklärte Margaux.

»Ach, schreibst du jetzt nicht mehr die großen politischen Reportagen, sondern bist zur Paparazzi-Reporterin degradiert worden?«, fragte Martine.

»Billige Retourkutsche!«, sagte Margaux.

»An deiner Stelle würde ich Jacques deshalb nicht anrufen. Außerdem verbietet das Persönlichkeitsrecht, Bilder von Kindern abzudrucken. Das sage ich ganz offiziell als Mitarbeiterin der Gerichtsbehörde. Aber ich werde Jacques von deinem Anruf berichten. Ich kann mir nicht vorstellen, dass er zurückruft. Der ist so was von sauer.«

Und zwar zu Recht, dachte Martine, nachdem sie aufgehängt hatte. Aber dann klingelte schon wieder ein Telefon. Ihr Handy. Ob es heute Abend bei der Verabredung zum Squash bleibe, fragte der Anrufer. Ja, sie hoffe es. Sie hoffte es wirklich. Denn sie fand den neuen Squashpartner interessant. Nicht nur wegen seiner sportlichen Figur.

MONSIEUR

Monsieur hatte seine Nachrichten-App so eingestellt, dass jede Meldung über den Mord an den Corot-Teichen sofort auf seinem Smartphone aufpoppte.

»Massenmörder übersieht Zeugin!«

Das war die Überschrift der Meldung, wonach ein kleines Mädchen die Ermordung von vier Personen unentdeckt überlebt hat.

Der sonst so gelassene Monsieur wurde nervös.

Gao Qiu hatte noch keine SMS mit seiner neuen Telefonnummer geschickt. Aber jetzt musste schnell gehandelt werden, bevor jemand auf die Idee käme, besonderen Schutz für das Mädchen anzuordnen.

Monsieur malte sich aus, was nun mit dem Mädchen geschehen würde. Zuerst würde es in einem Krankenhaus medizinisch untersucht und dann psychologisch betreut werden. Wo, das wäre schnell herauszufinden. Es müsste ja eine Klinik mit einer besonderen Abteilung für Kinderpsychologie sein. Und da bot sich nur das Hôpital Necker in der Rue de Sèvres an. Necker war Frankreichs ganzer Stolz. Es war das älteste auf Kinder spezialisierte Krankenhaus der Welt, Anfang des 19. Jahrhunderts gegründet, heute Universitäts- und Vorzeigeklinik.

In den nächsten zwei oder drei Stunden würde Gao Qiu dieses Problem noch leicht lösen können. Mit jeder Stunde würde es schwieriger. Wenn die Polizeimaschine erst einmal ans Laufen käme, wäre sie nur schwer zu stoppen.

Also galt es, schnell zu handeln.

Monsieur wählte eine Nummer, die er, so war es von ihm verlangt worden, auswendig gelernt hatte. Er sagte sein Codewort vom zehntausendfachen Glück, gab seine Nummer durch und wartete auf einen Rückruf.

Nervös schaute er auf seine Uhr.

Genau nach sieben Minuten rief der Drachenmeister des 14K von Belleville an. Wie geht's? Monsieur hielt sich kurz, nachdem er sich höflich für die Störung entschuldigt hatte. Nein, für das »Ungemach« bat er um Pardon, so vornehm formulierte er seine Bitte gegenüber dem alten Chinesen, von dem er wusste, wie streng er auf Etikette bedacht war.

Er, sagte Monsieur, müsse Gao Qiu so schnell wie möglich erreichen. Ihn fragen, ob der Chef der Triade ihm helfen könne. Es gehe dabei buchstäblich um Leben und Tod.

Nämlich um den schnellen Tod eines kleinen Mädchens.

Doch das verschwieg Monsieur. Der Drachenmeister hatte gleich aufgehängt, nachdem er zugesagt hatte, alles zu tun, was in seiner Macht stehe. Monsieur hatte keinen Zweifel daran, in den nächsten dreißig Minuten von Gao Qiu zu hören.

DIE ALTE PISTOLE

Jacques war müde. Er saß allein im nüchtern einge-
richteten Büro von Kommissar Jean Mahon und wartete. Nur einmal läutete das Telefon, dreimal, aber er hob
nicht ab. Dreimal klingeln lassen und dann ausschalten!
Das ist sowieso zu knapp. Da ist jemand ungeduldig. Und
schließlich war es ja auch nicht sein Apparat, dachte er.
Für mich wird es schon nicht sein.

Jean Mahon war eilig aufgestanden, als Jacques an der
nur angelehnten Tür klopfte, und hatte gesagt, er wolle
schnell Eiswürfel und eine Flasche Perrier aus der Kantine holen. Die halb volle Flasche Bruichladdich mit dem
hellblauen Etikett stand schon auf dem Schreibtisch, daneben zwei Gläser.

»Lass doch!«, sagte Jacques, »wir können einfach Leitungswasser nehmen.« Die Kantine war weit weg, im Keller.

»Hast du den Wahnwitz über unser Leitungswasser
nicht gelesen?«, sagte der Kommissar lachend.

»Nee. Was war da?«

Jean Mahon zog die Nadel aus einem bedruckten Blatt
Papier, das an der Pinnwand neben seinem Schreibtisch
hing, und reichte es Jacques.

»Lies das, bis ich aus der Kantine zurück bin.«

Die Überschrift lautete: »Empfehlung an Benutzer für
den Verbrauch von Wasser.«

In fünf Punkten wurde festgehalten, dass im Palais de Justice nur kaltes Wasser getrunken werden sollte, allerdings erst nachdem der Hahn zwei Minuten lang aufgedreht worden war. Heißes Wasser solle man auch nicht für Kaffee oder Tee verwenden. Und Schwangeren wurde schließlich ganz davon abgeraten, Wasser aus der Leitung zu trinken. Die Rohre waren zu alt und zu defekt. Nicht nur Blei und andere Metalle, auch irgendwelche unangenehmen Bakterien tummelten sich in dem Nass.

Mit dem Gedanken, es werde nun wirklich Zeit für einen Neubau des Palais de Justice, legte Jacques das Blatt zurück auf den Schreibtisch.

Es war schon weit nach sechs.

Martine war glücklich, noch pünktlich zu ihrer Squash-Verabredung aufbrechen zu können.

Die Kammerpräsidentin hatte sich den Zwischenbericht von Jacques schweigend angehört.

Dem Oberpsychologen hatte Jacques am Telefon gesagt, dass er keine Zeit habe und auch keinen Rat benötige. Im Moment noch nicht. Auch was den Umgang mit dem Mädchen betrifft? Damit werde er sich später beschäftigen, sagte Jacques. Jetzt gehe es erst einmal darum, die Fakten zu sortieren. Soweit das überhaupt schon möglich war.

In den langen Fluren des Palais de Justice war Ruhe eingekehrt.

Jacques genoss die Stille.

Dann fiel ihm der Anruf von Margaux ein. Nein. Er würde sie nicht zurückrufen. Warum auch? Ein wenig bedauerte er, dass sie nicht mehr zusammen waren. Er dachte an ihren Körper. Den hatte er gern berührt. Und an ihren Witz. Der war originell. Nach diesem Artikel über den Lifestyle-Richter, der ihn auch jetzt am Abend noch ärgerte, spürte er endgültig keine Lust mehr, mit ihr zu sprechen. Noch nicht einmal über Berufliches.

Martine hatte ihm von ihrer Bemerkung über die »Paparazzi-Reporterin« erzählt. Darüber hatten sie kurz gelacht.

Jacques versuchte sich zu erinnern, wie er durch autogenes Training Entspannung finden könnte. Eine Freundin hatte ihm diese Methode vor Jahren einmal empfohlen. Besser als Yoga, hatte sie gesagt. Aber er hatte sich leider nie tief genug in die Kunst versenkt, die Schwere und dann die Wärme zu erleben und damit dem Gehirn zu sagen, es möge auf Entspannung schalten. Jetzt könnte ich das gebrauchen, dachte er, als er die schweren Schritte von Jean Mahon im Gang hörte.

Aber Whisky wirkt ähnlich entspannend wie autogenes Training, sagte er sich und setzte sich locker auf.

»Du glaubst es nicht. In der Kantine sind die Eiswürfel ausgegangen. Aber wenigstens habe ich eine eiskalte Flasche Perrier«, sagte der Kommissar, schraubte die Flasche Bruichladdich auf, goss einen Daumen breit Whisky in jedes Glas. Perrier? Fragend hielt er die Flasche Sprudel hoch. Jacques nickte und deutete mit Daumen und Zeigefinger das Maß an. Bitte Perrier bis das Glas voll ist.

Jacques und der Kommissar hatten sich vor Jahren aus Spaß auf die Tropenregel geeinigt, die da lautet: Erst wenn die Sonne untergegangen ist, darf man zum Drink greifen.

Und in den Tropen geht die Sonne immer um sechs unter. Deshalb durften sie nach sechs ihren Whisky trinken. Und daran hielten sie sich streng. Sollten sie schon um fünf vor sechs zusammensitzen, dann schauten sie auf die Uhr und schüttelten den Kopf. Nein, noch nicht. Und warteten brav bis die Zeiger auf Punkt sechs standen. Und von wegen Whisky. Es musste ein Bruichladdich sein. Mindestens ein zwölfjähriger. Schließlich hatten Jacques und Jean im Winter vor zwei Jahren beim Skifahren in Megève den Master-Destiller Jim McEwan aus Islay in Schottland getroffen. McEwan war verantwortlich für »brook laddie«, wie man den Brand aussprach. Aber McEwan hatte letztes Jahr gekündigt, als die französische Firma Rémy Cointreau »brook laddie« kaufte. Jacques und Jean Mahon hatten kurz darüber diskutiert, ob sie den Whisky wechseln sollten. Denn was sollte das, ein französischer Whisky? Schließlich blieben sie bei ihrer Marke. Sie hatten sich an den Geschmack gewöhnt.

Sie schwiegen, bis jeder einen kräftigen Schluck genommen hatte.

Fragend hob Jacques die Arme. Und?

»Ein wirklich vermaledeiter Fall«, sagte der Kommissar.

»Fangen wir bei den Opfern an«, sagte Jacques.

»Nee, das bringt uns noch nicht weiter«, sagte Jean Mahon. »Wir wissen zu wenig über den Radfahrer und über die Leute im Auto. Wir wissen noch nicht einmal, in welcher Reihenfolge die Morde begangen wurden. Ich vermute, zuerst wurde der Radfahrer erschossen und dann die Leute im Wagen. Alles andere macht keinen Sinn. Denn der Radfahrer wäre doch geflohen, wenn er gesehen hätte, dass jemand auf das Auto schießt.«

»Es sei denn, er war doof genug zu glauben, er könne den Mörder aufhalten«, sagte Jacques.

»Das kann eigentlich nicht sein«, sagte Jean Mahon,

»denn der Radfahrer wurde ja von dem Wagen ein Stück mitgeschleift, als der Fahrer rückwärts in den Graben fuhr. Also lag er schon angeschossen auf dem Boden, als der Autofahrer noch lebte. Vermutlich wollte der Fahrer vor dem Täter fliehen, legte den Rückwärtsgang ein, gab Gas und zog den Körper des am Boden liegenden Radfahrers mit. Das wäre eine Möglichkeit.«

»Was habt ihr über die Opfer herausgefunden?«, fragte Jacques.

»Wenig. Der Radfahrer scheint ein harmloser Coiffeur aus Meudon zu sein. Über die Leute im Auto wissen wir wenig mehr als die Namen. Ein Mohammed Arfi. Soviel wir wissen, stellt er in einem kleinen Betrieb Lederjacken her. Und er hat eine Vergangenheit in der Banlieue. Daher hat er auch Kontakte zu einigen windigen Leuten. Und der ermordete Beifahrer gehörte offenbar auch zu seiner alten Bande. Ich habe meinem gesamten Team eine Nachtschicht verordnet, damit es sich umhört. Einige durchsuchen das Internet, die anderen sind ausgeschwärmt. Morgen wissen wir mehr.«

»Habt ihr Verwandte des kleinen Mädchens gefunden?«

»Nein, noch nicht. Sie ist jetzt im Hôpital Necker. Besser kann sie nicht aufgehoben sein. Sie hat immer noch kein Wort gesprochen. Was man ja verstehen kann. Das arme Kind ist Zeuge davon, wie seine Eltern erschossen werden und versteckt sich, weil es Angst um sein eigenes Leben hat. Falls es das schon versteht.«

»Hast du jemanden abgestellt, um sie zu schützen?«

»Im Necker ist sie sicher. Auf die Psychiatrie kommst du nur durch eine Schleuse. Und es kann sein, dass Fabienne noch bei ihr ist.«

»Oh, da solltest du noch jemanden hinschicken und Fabienne vorwarnen«, sagte Jacques. »Schon seit Stunden läuft die Nachricht im Internet, dass eine Zeugin der Morde überlebt hat. Das hat dieser Scheiß-Paparazzo verkauft.« Jacques zögerte einen Augenblick, dann atmete er tief durch, schaute Jean Mahon direkt in die Augen und sagte: »Du glaubst es kaum. Und Margaux war noch dreist genug, bei Martine wegen des Mädchens anzurufen. Martine war klasse. Sie hat Margaux gefragt, ob sie, die große politische Journalistin jetzt zur Paparazzi-Reporterin abgestuft worden sei.«

Jean Mahon lachte. Beide hoben ihr Whiskyglas.

Dann griff Jean Mahon nach dem Hörer, wählte eine dreistellige Nummer und ordnete an, dass sofort, ja, die Betonung liegt auf »sofort«, wiederholte er, dass sofort eine Wache im Hôpital Necker vor das Zimmer des Mädchens von den Corot-Teichen Stellung bezieht. Ja, und zwar Tag und Nacht. Bis auf weiteres.

»Können wir über den Täter sprechen?«, fragte Jacques.

»Was wissen wir über den Täter?« Jean Mahon konzentrierte sich. »Oder über die Täter. War es einer, waren es zwei, waren es mehrere? Auch dafür ist es noch zu früh. Im Moment würde ich sagen, es war nur ein Schütze. Vielleicht hat ein zweiter Schmiere gestanden. Oder drei?«

»Wieso gehst du davon aus, dass es nur ein Schütze war?«

»Weil nur eine einzige Pistole benutzt wurde. Die allerdings gibt uns auch einige Rätsel auf«, sagte der Kommissar. Er lachte kurz auf. »Ich habe hier einen Ausdruck.« Er reichte das Blatt Papier über den Schreibtisch. Jacques sah eine alte Pistole.

»Die sieht ja aus wie im Stummfilm«, sagte Jacques verblüfft.

»Es handelt sich eher um ein Sammlerstück«, fuhr der Kommissar fort. »Diesen Typ Waffe würde nie ein Professioneller gebrauchen. Es ist eine Luger, aus den zwanziger Jahren. Sie war berühmt für ihre Treffgenauigkeit. Und sie war besonders zuverlässig und leicht zu bedienen. Aber die Waffe, die der Mörder benutzte, zeichnet sich noch durch eine Besonderheit aus.«

»Dann müsste ihr Weg ja auch leicht nachzuverfolgen sein«, sagte Jacques.

»Im Gegenteil. Die Luger ist eine deutsche Waffe, die von französischen Gendarmen bis 1949 getragen wurde. In Frankreich gibt's also sicher noch ein paar Hundert Exemplare davon. Wir haben einige Splitter des Griffs am Kopf des Radfahrers gefunden. Offenbar hat der Täter versucht, ihn mit der Pistole totzuschlagen.«

»Warum das? Der hätte ihm doch nur einen Kopfschuss verpassen müssen, wie den anderen.«

»Ja. Aber vielleicht hatte er keinen Schuss mehr übrig. Wir haben insgesamt 25 Patronenhülsen gefunden. Das bedeutet, dass er eine Patrone im Lauf hatte und drei Magazine leer geschossen hat. Drei Magazine, das ist eine Menge. Das erklärt vielleicht auch, weshalb der Radfahrer noch lebte, als Major Stark ihn fand.«

»Was sagen die Splitter vom Griff aus?«

»Es war eine in der Schweiz für die Schweizer Armee hergestellte Luger. Die deutsche Luger verschießt 9 mm Munition, die Schweizer 7,65. Und die Schweizer Armee hat aus nationaler Eitelkeit die deutsche Waffe in der

Schweiz nachgebaut. Das war in den zwanziger Jahren, also ewig her.«

»War der Täter vielleicht irgendein Irrer?«

»Tatsächlich hat vor fünf Jahren ein verrückter Schweizer mit einer Luger ein ganzes Magazin ohne irgendeinen Grund auf einen alten Bauern geleert. Der war dreimal tot. Aber das war in einem kleinen Dorf an der Grenze zu Frankreich. Der Schütze sitzt inzwischen in der Psychiatrie in Luzern. Aber jede Luger hat eine Kennzahl. Wir werden die Splitter also an die Waffenexperten der deutschen Kripo schicken. Die sind Weltmeister in ihrem Gewerbe. Vielleicht finden die Näheres raus.«

»Hoffentlich. Du sagst, es seien 25 Patronenhülsen gefunden worden. Alle wirklich aus einer Waffe?«

»Es sieht so aus. Wir prüfen das noch genau nach.«

»Und was sagt der Fundort der einzelnen Patronen über den Ablauf der Schießerei aus?«

»Auch das ist noch reine Spekulation, aber ich will es mal versuchen«, sagte der Kommissar. »Mohammed Arfi ist aus dem Wagen ausgestiegen und steht am Rand des Weges. Da kommt der Radfahrer vorbei. Der Täter schießt auf den Radfahrer, Mohammed Arfi flüchtet in seinen Wagen, verriegelt ihn von innen und fährt rückwärts in den Graben. Der Täter rennt schießend hinter ihm her. Wir haben eine Reihe von wild abgegebenen Schüssen registriert, die in den Wald gingen, andere in die linke Seite des Autos. Eine Kugel hat die linke Hinterscheibe zerstört und vielleicht die Frau auf dem Rücksitz getroffen. Als der Wagen im Graben festsaß, hat ihn der Täter erreicht und äußerst kaltblütig alle drei Insassen mit einem Kopfschuss hingerichtet.«

»Und das ganze in weniger als fünfzehn Minuten«, sagte Jacques. »Denn als Major Stark kam, war keine Spur vom Täter zu sehen. Wirklich irre. Warum ist der Täter abgehauen?«

»Weil er seine Aufgabe erledigt hatte, oder?«, fragte Jean Mahon.

Jacques nahm noch einen Schluck Whisky und stellte das leere Glas auf den Schreibtisch. Mit der Rechten winkte er ab: keinen Nachschlag, bitte.

»Und was war sein Auftrag? Wenn's nicht doch ein Irrer war?«, fragte Jacques.

»Was weiß ich. Vielleicht ging's um den Hanf im Kofferraum. Mohammed Arfi und sein Kumpel könnten ihn von einer versteckten Hanfplantage gestohlen haben. Und das war die Rache.«

»Manchmal macht man es sich auch viel zu kompliziert«, sagte Jacques. »Neunzig Prozent der Mordfälle haben einen familiären Hintergrund.«

»Ich bin da vorsichtig, was das Motiv betrifft. Hast du noch im Kopf, was hinter dieser Mordserie in Deutschland steckte? Ich weiß nicht, neun oder zehn Morde an Türken und Griechen. Und eine deutsche Polizistin. Da vermuteten alle, Polizei, Geheimdienste, Medien, es handele sich um Mafia-Morde. Was war's? Die Taten einer rechtsradikalen Minigruppe. Wir dürfen uns nicht zu schnell auf etwas festlegen. Deshalb werden wir in alle Richtungen ermitteln. Da ist an allererster Stelle mal der Hanf. An den Schnittstellen konntest du sehen, der war erst am Tag zuvor geerntet worden. Vielleicht gibt es einen Grund, der in der Banlieue-Vergangenheit von Mohammed Arfi steckt. Vielleicht hat er da gelernt, mit

Drogen zu handeln? Wundern würde es mich nicht. Weiß der Teufel. Islamismus? Die Frau trug ein Kopftuch. Und Rechtsradikale gibt es inzwischen auch bei uns genug. Ich schließe wirklich nichts aus, selbst das nicht, was mir noch nicht eingefallen ist.«

»Als Erstes müssen wir wissen, wer dieser Mohammed Arfi war«, sagte Jacques. »Aber meinst du nicht, dass vieles für den Hanf spricht?«

»Das wäre auch für mich die erste Spur. Aber nicht die einzige«, sagte Jean Mahon.

Aber als der Kommisar den Korken aus der Flasche Bruichladdich ziehen wollte, winkte der Untersuchungsrichter noch einmal ab. Es war schon nach acht Uhr abends.

»Ich habe noch ein paar Sachen im Büro zu erledigen«, sagte Jacques, »und dann eine späte Verabredung.«

Als Kommissar Jean Mahon ihn mit einem Schmunzeln ansah, reagierte Jacques schroff. Er schüttelte den Kopf, atmete laut und verdrehte die Augen nach oben.

»Mit Jérôme. Nicht, was du wieder denkst!«

MARGAUX UND KALILA

Kalila hieß das kleine Mädchen. Das herauszufinden war nicht schwer gewesen. Margaux hatte die Fotos unter die Lupe genommen, das Nummernschild des Wagens an Oliver, einen pfiffigen Rechercheur ihrer Zeitung, durchgegeben und schon zwanzig Minuten später Namen und Adresse des Wagenhalters erfahren. Mohammed Arfi. Als Margaux sich lobend bedankte, sagte der Rechercheur lachend, es koste die Zeitung immerhin dreieinhalb Millionen. Wie bitte? Bist du verrückt geworden? Alte Centimes, mach dir nicht in die Hose. Alte Centimes? Ja, ganz alte. 3,5 Millionen Centime geteilt durch hundert macht 35 000 alte Franc, durch hundert macht 350 neue Franc, durch sieben macht fünfzig Euro. Okay? Idiot. Wer rechnet denn heute noch so? Meine Mutter, wenn sie klagt, wie teuer es auf dem Markt geworden ist und mein Vater, wenn er klagt, wie viel Steuern der Staat ihm wieder aufgedrückt hat. 3,5 Millionen klingen eben mehr als fünfzig. Vergeude nicht meine Zeit, meinte Margaux, fahr mal lieber zu der Adresse und hör dich um.

Die Fotos, die der Paparazzo von Kalila aufgenommen hatte, gaben wenig her. Das Mädchen war kaum zu erkennen. Ein Bild zeigte eine junge Frau, die vor der hinteren Tür des Citroëns kniete, das Kind verdeckte und nur den Blick auf die beiden aus dem Wagen baumelnden Beine frei ließ. Auf einem anderen trug die junge Frau das Mädchen zu einem Krankenwagen. Das Kind vergrub seinen Kopf in der Halsbeuge der Frau und drückte ein rotes Plüschtier an sein Gesicht. Die langen, dunklen Haare hingen ihm ein wenig wirr über die Schultern.

Margaux überlegte, ob es sich lohnte, eine der Aufnahmen des Paparazzo zu drucken. Der verlangte dafür ein dickes Honorar. Exklusiv, bitte schön!, würde er die Bilder verkaufen.

Martine hatte sie vor den juristischen Konsequenzen gewarnt.

Sie schaute auf die Uhr. Noch zwei Stunden bis Redaktionsschluss. Ob Jacques sich melden würde? Sie könnte ihn auch auf seinem Handy anrufen. Vielleicht würde er ihren Anruf gar nicht annehmen, aber einen Versuch könnte es wert sein. Sagte Jacques nicht immer, ein Untersuchungsrichter müsse allen Spuren nachgehen, sogar den unmöglichen?

Das gilt erst recht für Journalisten. Aber dann fühlte sie sich plötzlich unwohl. Die Sache mit dem Lifestyle-Richter war schon gemein gewesen. Sie hätte sich beherrschen sollen. Einen Moment dachte sie nach, dann stand sie auf und ging in das Büro ihres Chefredakteurs.

Auf dem mit herausgerissenen Zeitungsfitzeln zugemüllten Schreibtisch stand ein großer Aschenbecher voller gelber Kippen. Maispapier. Daneben lag eine eckige blaue Pappschachtel, aus der Jean-Marc Real eine Gitane zog, als seine Chefreporterin ohne anzuklopfen die Tür öffnete.

»Ich glaube, ich löse bei dir irgendeinen Tick aus«, sagte Margaux. »Kaum siehst du mich, zündest du dir auch schon eine Gitane an.«

»Du weißt doch, wie das ist mit den Mücken«, sagte Jean-Marc lachend. »Rauch vertreibt sie.«

»Ich bin allerdings eine hartnäckige Stechmücke«, sagte Margaux, fiel in sein Lachen ein und setzte sich auf den Stuhl vor dem Schreibtisch.

»Probleme?«, fragte Jean-Marc.

»Überlegungen. Lass uns mal nachdenken«, sagte Margaux und machte eine Handbewegung, um einen Redeschwall des Chefredakteurs im vorhinein zu stoppen. »Wir haben die Bilder des Paparazzo. Und zwar als Einzige. Das hat uns einen Recherchevorsprung gegeben. Wir haben über die Autonummer die Adresse des Opfers herausgefunden. Ein Mohammed. Ich habe jemanden hingeschickt, der mit seinem Motorrad in zwanzig Minuten dort war. Rue de la Paix in Gennevilliers. Keine schlechte Wohngegend. Und wenige Häuser neben Mohammeds Haus steht das Restaurant ›L'Alchimiste‹, das schon auf seiner Markise damit wirbt, alle Speisen seien ›halal‹ zubereitet. Man kennt sich. Mohammed stammt aus dem Bidonville von Gennevilliers, hat sich hochgearbeitet, besitzt jetzt eine kleine Fabrikation von Lederjacken, die er mit Erfolg vertreibt, weil er den Sohn von Alain Delon als Werbeträger einsetzt. Früher gehörte er zu einer gewalttätigen Bande. Inzwischen besitzt er mehrere Immobilien in Gennevilliers und betrügt seine Frau ständig. Aber er liebt seine Tochter abgöttisch. Sie heißt Kalila und geht in die Grundschule gleich hinter dem Haus.«

»Das ergibt doch mehrere Motive für den Mord«, sagte Jean-Marc, der kunstvoll drei Rauchringe in die Luft blies. »Die beste Schlagzeile wäre natürlich: Eifersuchtsdrama. Ein eifersüchtiger Ehemann bringt den Nebenbuhler Mohammed um. Oder aber: Bandenkrieg um Hausbesitzer. Noch schöner: Rache an Delon? Warum musste sein Textilfabrikant sterben. – Genau, das machen wir: Rache an Delon. Auf die erste Seite in fetter Schrift und in riesigen Lettern.«

»Du bist verrückt. Er ist doch nicht der Jackenhersteller von Delon!«, sagte Margaux.

»Das hast du aber eben gesagt«, antwortete der Chefredakteur, der seinen Stummel im Aschenbecher ausdrückte und sich einen Tabakkrümel zwischen den gelben Zähnen herauspulte.

»Der Sohn von Delon!«

»Der heißt doch auch Delon, oder?«

»Ja, aber …«

»Kein aber. Wir brauchen ja keinen Vornamen zu schreiben.«

»Und das Kind?«

»Das Kind? Davon dürfen wir sowieso kein Bild drucken. Und außerdem lenkt das Mädchen nur von unserer Geschichte ab: Rache an Delon. Die Leute kennen doch noch die Geschichte von Alain Delons Leibwächter Markovic, der umgebracht worden ist, übrigens auch mit einem Genickschuss, und keiner weiß, ob Alain Delon nicht sogar der Mörder war. Das wird 'ne Supergeschichte. Hast du wieder mal gut gemacht, Mädchen!«

GAO QIU UND KALILA

Sie kam aus der engen Impasse de l'Enfant Jésus, der Sackgasse des Jesuskindes, heraus und bog links in die Rue Falguière. Gao Qiu beobachtete sie versteckt hinter einem Lieferwagen, um zu sehen, ob ihr jemand folgte. Er sah niemanden.

Der Abend war angebrochen. Es wurde dunkel.

So, als ginge sie den Weg häufig, überquerte sie die Straße und eilte zum »Bistro Falguière«, das, weil es bald schließen würde, völlig leer war, stieß die Tür auf und setzte sich, wie verabredet, an einen Tisch an der hinteren Wand.

Gao Qiu folgte ihr und nahm mit dem Rücken zur Straße auf dem Stuhl ihr gegenüber Platz, damit ihn niemand von draußen erkennen könnte.

»Bist du Linda?«, fragte er die Krankenschwester auf Chinesisch.

»Oh, du kommst auch aus Dongbei, wie ich«, sagte sie fröhlich, »das höre ich an deinem Dialekt. Seit wann bist du hier? Hast du auch schon Papiere?«

Die kleine Chinesin verwirrte Gao Qiu. Sie war sehr zart, hatte die Haare zu einem Pferdeschwanz gebunden und gab sich freundlich und offen, als kennten sie sich schon lange.

Der Kellner kam. Linda bestellte eine Cola, Gao Qiu einen Kaffee.

»Ich habe nur zwanzig Minuten Pause. Wie kann ich dir helfen?«

»Wer hat dich angerufen?«, fragte Gao Qiu.

»Ein Onkel. Er arbeitet für den Drachenmeister, den du kennst. Zumindest hat das der Onkel gesagt. Ich soll dir helfen. Es sei ganz wichtig. Aber was kann eine kleine Krankenschwester aus dem Hôpital Necker schon für den großen Marschall Gao Qiu tun?« Linda lachte.

Sie kannte offensichtlich die Geschichte der Räuber vom Liang-Shan-Moor. Das war Gao Qiu peinlich.

»Was kann ich schon für meinen Namen?«, entschuldigte er sich.

»Ich kann auch für meinen nichts!«

»Haben deine Eltern dich wirklich Linda genannt?«

»Ich heiße Lin mit Nachnamen. Hier ist mein Vater Tellerwäscher, aber in Dongbei war er Lehrer. Er gab mir den Vornamen ›da Yü‹. Er wollte, dass ich heiße wie die unglückliche Lin da Yü aus dem Traum der roten Kammer, sozusagen als Symbol. Aber bei den Franzosen hält jeder Yü für meinen Familiennamen und Linda für den Vornamen. Warum auch nicht. Ist ganz praktisch so.«

»Was für ein Symbol! Lin da Yü. Die Cousine, die ihren Geliebten nicht heiraten kann, sich aus Kummer verzehrt und stirbt! Nein wie schrecklich«, rief Goa Qiu.

»Besser als dein Name!«, lachte Linda. »Der eines Mörders!«

Sie schaute auf die Uhr. »Noch zehn Minuten, dann muss ich zurück.«

»Kurz gefasst: Ich muss wissen, wo die Psychiatrische Abteilung liegt und muss dort heute Nacht noch unauffällig hineinkommen. Außerdem muss ich wissen, in welchem Zimmer das Mädchen Kalila Arfi liegt, das heute Nachmittag eingeliefert worden ist.«

Linda blickte ihn einen Moment schweigend an.

»Hast du was zu schreiben?«

Gao Qiu gab ihr einen Kugelschreiber. Mit wenigen, äußerst präzisen Strichen malte sie die Lage des großen Krankenhauses auf und kreuzte ein Haus an.

»Sie liegt in der dritten Etage. Zimmernummer weiß ich nicht. Aber man kommt nur mit einer Besucherkarte durch die Schleuse.«

»Besorg mir eine.«

Linda dachte nach. Sie schaute vor sich hin und knabberte mit den unteren Zähnen an ihrer Oberlippe.

»Mein Onkel hat gesagt, ich soll dir keine Fragen stellen. Meinetwegen. Ich will sehen, was ich machen kann. Ich habe Nachtdienst und kann gegen elf oder halb zwölf eine Zigarettenpause machen. Ich rauche zwar nicht, aber das macht ja nichts.«

Dann zeichnete sie eine Stelle auf dem Plan ein.

»Hier gegenüber meiner Station ist eine Grünfläche. Dort steht eine Bank. Dahinter wartest du in einem Busch.«

»Wie lange?«

»Bis ich komme.«

Er zahlte. Als sie auf der Straße standen, drehte Linda sich so fröhlich wie zu Beginn ihres Treffens um, zupfte mit zwei langen Fingern an seiner Hemdkante, so als wolle sie ihn an sich ziehen und sagte: »Eine Frage habe ich aber doch: Bist du nicht Kellner im ›Pacifique‹ in Belleville? Ich habe dich doch da bedienen sehen.«

»Wie kommst du darauf?«, fragte Gao Qiu verwundert.

»Ich war da vor zwei Wochen mit einigen Mädchen. Am kommenden Samstag haben die Eltern meiner besten Freundin das ganze Lokal gemietet, um die Hochzeit ihrer Tochter zu feiern. Hast du dann Dienst?«

»Ja, wahrscheinlich. Bei uns feiern viele Hochzeit.«

»Ich freu mich, dich dann zu sehen«, sagte Linda.

»Ja.« Mehr fiel Gao Qiu nicht ein.

DAS MORDTRAUMA

Die Stimme der Piaf schmachtete den Milord an. Allez venez milord, vous asseoir à ma table. Setzen Sie sich zu mir, Milord, draußen ist es so kalt.

»Mon dieu, Gaston, musst du diese ollen Kamellen spielen? Und kalt ist es auch nicht.«

Jacques kam spät und schlechter Laune ins »Aux Folies«, wo ihm Wirt Gaston sofort ein Glas Champagner in die Hand drückte.

»Georges Moustaki ist heute gestorben. Und ich wollte eigentlich mein Fünfjähriges im › Aux Folies‹ feiern.«

Der Sänger Georges Moustaki gehörte zu den »Nationalhelden« in Gastons Bistro. Er hatte Lieder für Edith Piaf geschrieben, den Milord etwa, und die Piaf, die in der Rue de Belleville zur Welt gekommen war, so wollte es zumindest die Legende, war hier etwas wie eine »Nationalheilige«. Höher konnte man im Ansehen von Gaston nicht steigen. Aufgewachsen war der »Spatz von Paris«, wie die kleine Piaf später zärtlich genannt wurde, tatsächlich in der Rue de Belleville und hatte als junges Mädchen ihre ersten Auftritte mit einigen Liedern im »Aux Folies« versucht.

Vor fünf Jahren hatte Gaston das alte Bistro übernommen, das schon seit 1850 in den Gazetten von Paris erwähnt wird. Gaston hielt die Traditon hoch und hatte

in der Gaststube die vergilbten Plakate der letzten acht-
zig Jahre hängen lassen. Auch Maurice Chevalier hatte
im »Aux Folies« seine ersten Versuche als Chansonier
gemacht. Und Gaston, ein Mann mit einem versteckten
Hang zur Gefühlsduselei, spielte Piaf, wann immer es sich
anbot.

Jacques setzte sich am Tresen neben Jérôme und nahm
einen kleinen Schluck aus dem Champagnerglas.

Sie nickten einander zu.

Jacques mochte dieses prickelnde Zeug, wie er es nannte, nicht, und wenn er schlechte Laune hatte, sagte er gern,
Champagner werde aus schlechten Weinen zusammenge-
panscht und dann der Arbeit von Bakterien überlassen,
die kleine Luftblasen herstellen und den schlechten Wein
einigermaßen genießbar machen. Und das meinte er sogar
ernst. Jetzt war er übel gelaunt. Aber um Gaston nicht zu
beleidigen, hielt er sich zurück.

Der Wirt schien schon länger zu feiern. Vergnügt packte er Jacques und Jérôme an den Schultern, zog ihre Köp-
fe zu sich, bis sie mit seinem zusammenstießen.

»Nun seid mal nicht so muffig. Sonst stelle ich meinen
Bart auf halbmast.«

Der schwarze Zwirbelbart war Gastons ganzer Stolz. Er
sah aus wie eine alte Lenkstange, die zuerst von der Oberlippe aus gerade zu den Seiten strebt und sich dann im
rechten Winkel nach vorn dreht.

Jetzt packte er ganz vorsichtig jeweils mit Daumen und
Zeigefinger die beiden äußeren Spitzen seines nach auver-
gnatischer Tradition gezwirbelten Schnäuzers und drehte
sie nach unten.

»Halbmast!«

Alle lachten.

»Na, wen hast du heute verknackt?«, fragte Jérôme.

»Und wem hast du heute 'ne Giftspritze gegeben?«

»Owei, ist es so schlimm?« Jérôme schaute Jacques nachdenklich an. »Ärgere dich doch nicht über den Artikel deiner Verflossenen. Weißt du, ich hab es heute auch nicht leicht gehabt. Wie würdest du dich fühlen, wenn du einen Abbruch nicht verhindern kannst, eine Frühgeburt, das Kind kommt zur Welt. Wiegt gerade mal achthundert Gramm. Ja, solch ein kleines leichtes Geschöpf kann heute überleben. Das schafft die Medizin. Aber die Schäden sind doch enorm. Dieses Frühchen hielt gerade mal drei Stunden durch. Kannst du dich in so kurzer Zeit in die Seele der Mutter versetzen oder in die des Vaters? Oder auch die des Arztes? Weißt du, warum ich Arzt geworden bin?«

Jacques schüttelte den Kopf. Sein aggressiver Ausbruch eben gegen Jérôme war ihm unangenehm. Aber er konnte sich noch nicht dafür entschuldigen.

»Weil ich Menschen glücklich machen will. Du wirst dich sicher nicht erinnern, aber wir haben uns schon einmal über Glück unterhalten.«

»Ich erinnere mich gut. Dich macht glücklich, wenn du anderen helfen kannst. Ich habe darüber nachgedacht. Und ich glaube, du hast recht. Voraussetzung von Glück ist, von sich selbst absehen zu können.«

»Und das habe ich heute nicht geschafft. Ich habe nicht helfen können. Gerade hier in Belleville, wo ich nun schon seit dreißig Jahren als Arzt die kleinen, manchmal sehr armen Leute in ihren kargen Wohnungen besuche, mache ich wahrscheinlich mehr Menschen glücklich, als etwa im schicken 7. oder im reichen 16. Arrondissement. Da hätte ich auch meine Praxis aufmachen können und wäre reich geworden. Aber die Leute, die da wohnen, verbringen im Sommer zwei Monate auf ihrem Landsitz und fahren zu Weihnachten und Ostern auch jeweils zwei Wochen weg. Während der ganzen Zeit sitzt du in deiner Praxis, langweilst dich, und es kommt nichts rein. Hier in Belleville bleiben die Leute das ganze Jahr über zu Hause. Und sie brauchen mich.«

»Tut mir leid, Jérôme.« Jacques bestellte ein Glas Rotwein, sah den Arzt an und zog die Augenbrauen hoch. »Ja. Also zwei Glas Rotwein, bitte.« Er atmete tief durch.

»Ich will dich nicht mit meiner schlechten Laune belämmern. Die hat nichts mit Margaux' Artikel zu tun. Es ist viel ärger.«

»Immer raus damit. Ich habe dir meinen Kram auch erzählt.«

Jacques zögerte. Er gab ungern preis, was in ihm rumorte.

»Ich habe heute etwas ungewöhnlich Bedrückendes erlebt. Ein Mann, seine Frau und ein Begleiter sind per Kopfschuss in ihrem Wagen sitzend regelrecht hingerichtet worden. Im Wald von Ville-d'Avray. Okay. Das kommt vor. Aber da war noch etwas anderes. Ich komme sechs Stunden, nachdem sie ermordet worden sind, zum Tatort. Die Polizei untersucht stundenlang den Tatvorgang. Die Leichen hocken immer noch im Wagen, und während ich mit Kommissar Jean Mahon den Wagen ansehe, klettert ein sechsjähriges Mädchen mit ihrem Plüschtierchen in der Hand aus einem Versteck hinter dem Rücksitz. – Die Vorstellung, dass sie mitbekommen hat, wie ihre Eltern erschossen wurden und sie sich dann hinter den Leichen versteckt hat, macht mich jetzt noch fertig. Was muss in dem Mädchen vorgehen?«

»Wie hat sie reagiert?«

»Sie hat geschwiegen und sich an dem Plüschtierchen festgehalten. Sie hat nichts gesagt. Nicht geweint. Nichts. Sie hat nur vor sich hin gestiert. Hat etwas Wasser getrunken, aber auf keine Frage geantwortet.«

»Hast du sie befragt?«

»Nein, nein. Eine Polizistin. Und die ist auch ganz sanft mit dem Mädchen umgegangen.«

»Und was habt ihr mit dem Kind gemacht?«

»Die ist jetzt in psychosomatischer Behandlung im Necker.«

»Gut. Die haben da sehr gute Leute. Aber gibt es keine Familienangehörigen, die das Mädchen aufnehmen könnten? Das ist immer noch das beste für ein Kind.«

»Nicht in Paris. Ein Onkel und eine Tante leben in Marrakesch, zwei Tanten in Ouarzazate. Warst du mal in Ouarzazate?«

»Nee. Wo ist das?«

»Hinter dem Atlasgebirge fast in einer Wüstenlandschaft. Aber hier im Necker ist sie in guter medizinischer Betreuung.«

»Und ihr könnt sie vernehmen. Darum geht es euch doch sicher. Aber denk daran. Die Eltern sind tot. Das Kind hat noch ein langes Leben vor sich. Und das sollte nicht mit Traumata belastet sein. Zumindest so wenig wie möglich. Das Wohl des Kindes ist wichtiger als der Wunsch des Richters, Gerechtigkeit auszuüben.«

Jacques schwieg.

Einen Augenblick blickte Jérôme wie abwesend in sein volles Rotweinglas. Er nahm einen Schluck, stützte seinen schweren Körper auf dem Tresen ab und sagte: »Du weißt, ich stamme aus der Gegend von Tours und habe dort Medizin studiert. Und später auch noch im Krankenhaus gearbeitet. Und in dem Krankenhaus hat sich ein Freund auf posttraumatische Behandlung von Kindern spezialisiert. Sexueller Missbrauch von kleinen Mädchen kommt heute noch viel häufiger vor, als du denkst. Nicht nur bei den Bauern, wo die älteste Tochter die Rolle der Mutter übernehmen muss, wenn die Frau früh stirbt, nein, das gibt's auch in guten Familien der Bourgeoisie. Mein Freund war genial und entwickelte eine besondere Methode, die Kinder über den Schock, der das Trauma auslöst, zum Sprechen zu bringen. Das ist bei der Therapie sehr wichtig. Die geht davon aus, dass ein Kind vertrauensseliger gegenüber einem anderen Kind reagiert. Und da hatte mein Freund eine kluge Idee. Auf seiner Station arbeitete eine sehr kleinwüchsige junge Frau, und wenn der ein Kind begegnete, hatte es fast das Gefühl, ein anderes Kind zu treffen. Ihre Stimme war hell und weich. Und sie war von Natur aus freundlich. Mein Freund bildete sie darin aus, traumatisierte Kinder zum Sprechen zu bringen. Mit phantastischem Erfolg.«

»Ich will dich damit jetzt nicht belasten, aber das klingt interessant. Hast du noch Kontakt zu ihm?«

»Eingeschränkt. Aber ich nehme an, dass ich ihn finden kann.«

»Einen Versuch wäre es wert. Obwohl ich aufpassen muss, mich da nicht zu weit reinzuhängen.«

»Lass das erst einmal eine Sache zwischen uns beiden sein. Bis jetzt ist es ja auch nur eine Idee und mehr nicht.«

Jacques sah auf die Uhr. Es war kurz nach Mitternacht. Er trank sein Glas aus.

Sein Handy klingelte. Der Bildschirm zeigte die Nummer von Jean Mahon.

»Jean? Was ist?«

»Jacques? Sitzt du noch am Tresen?«

Jacques hörte die Ironie in der Stimme des Kommissars.

»Nein, ich liege mit einer kühlen Blonden im Bett!«

»Pass mal auf, da scheint etwas Krummes im Necker zu laufen. Fabienne ist bei dem Mädchen geblieben, weil die beiden sich ein wenig angefreundet haben.«

»Hat sie schon was gesagt?«

»Nichts Wesentliches. Als nun die zusätzliche Wache erschien, ging Fabienne trotzdem nicht nach Hause, weil sie meinte, es sei besser, in der Nähe des Mädchens zu sein. Sie blieb also auf der Station. Dort kommt man nur mit einem besonderen, elektronischen Ausweis rein. Weil aber das Mädchen tief schläft, wollte Fabienne schnell mal in die Kantine des Hauses gehen, um einen Kaffee zu trinken und bat deshalb den Stationsarzt um dessen Karte, damit sie ohne Probleme wieder durch die Schleuse käme. Und jetzt kommt's: Der Arzt durchsucht seinen Kittel, der auf einem Kleiderständer hängt, und findet seine Karte nicht. Er wird nervös, weil er sie eben noch benutzt hat. Also löst er sofort stillen Alarm aus. In solch einem Fall wird die Schleuse automatisch verriegelt. Das ist so eingerichtet worden für den Fall, dass zum Beispiel ein suizidgefährdeter Patient versuchen sollte, von der Station zu fliehen. Du kommst also nicht mehr rein, nicht mehr raus. In der ganzen Station haben sie dann die Karte des Arztes gesucht, sie aber nicht gefunden. Fabienne hat es mir eben gemeldet, weil sie sagt, man kann nie wissen … Und auch mir kommt das merkwürdig vor. Ob da jemand die Karte weitergeben will, um jemand anderem den Zutritt zu verschaffen? Ich schicke noch zwei Mann hin.«

»Das ist gut so. Ich hatte doch gleich eine Ahnung, als ich dich gewarnt habe. Wenn drei Leute per Genickschuss umgebracht werden, steckt dahinter entweder ein Verrückter oder ein Berufskiller. Beide werden versuchen, die kleine Zeugin zu beseitigen. Brauchst du mich?«

»Nein. Ich wollte dich nur informieren, falls du noch weitergehende Wünsche hast.«

»Wie in etwa?«

»Na ja, wir können das Mädchen auch ins Val-de-Grâce verlegen. Das liegt um die Ecke.«

»Nee, doch nicht ins Militärkrankenhaus!«

»Da wäre sie hundertprozentig sicher!«

»Was macht das Mädchen denn jetzt?«

»Schläft. Hat ein Mittel bekommen.«

Jacques bat um einen Moment Geduld und erklärte Jérôme, worum es ging.

»Ins Militärkrankenhaus verlegen? Bloß nicht! Das wäre ein neuer Schock.«

»Lass sie schlafen«, sagte Jacques. »Ich vermute, du hast schon die richtigen Sachen veranlasst. Stell zur Abschreckung noch einen Streifenwagen vor den Eingang.«

SCHOCK BEIM CAFÉ AU LAIT

Ich habe keine Zeit«, sagte Jacques unfreundlich, »ich habe jetzt keine Zeit, und ich habe heute Mittag keine Zeit und heute Abend keine Zeit.«

»Wie du meinst«, sagte Margaux, »aber ich kann dir viel über Mohammed Arfi erzählen. So gehört er …«

»Er gehörte, wenn schon.«

»Wie du willst: Also er gehörte zu den engen Freunden von zwei zwielichtigen Figuren. Aus seiner Zeit als Bandenmitglied in der Banlieue von Gennevilliers ist er … war er mit Alexandre Dati verbandelt.«

»*Dem* Dati? Dem Multimillionär und Spezialisten für schmutzige Geschäfte?«

»Und Freund der Politik! *Dem* Dati. Aber es wird noch besser. Gleichzeitig hatte er eine enge Beziehung zu Georges Hariri, dem Schattenmann und Handlanger zumindest des ehemaligen Innenministers Ronsard.«

»Woher weißt du das?«

»Wir haben die ganze Nacht recherchiert. Und das meiste haben wir in dem einen oder andern Club erfahren. Und Jean-Marc, du kennst unseren Chefredakteur …?«

»Der Gitanes-Raucher!«

»Ja, der mit den gelben Zähnen. Jean-Marc kennt Ronsard aus alten Zeiten und hat ihn einfach angerufen. Ronsard war nicht begeistert, hat aber auch nichts geleugnet.

Er kennt Dati, er kennt Hariri und er kennt auch Mohammed. Er nannte ihn ›den Handlanger‹.«

»Schau an. Louis de Ronsard.«

Wär' schön, den dranzukriegen, dachte Jacques. Dieses Ekelpaket!

Margaux schwieg. Sie schaute scheinbar unbeteiligt auf das frühe Treiben in der Rue de Belleville. Ihr Blick kreuzte sich mit den Augen von Bistrowirt Gaston, der wie zufällig an der Tür von »Aux Folies« stand. Sie zwinkerte ihm zu. Er reagierte nicht. Jacques hätte es sehen können.

»Wie hart sind deine Fakten?«

»Hast du meine Geschichte heute früh gelesen? Nichts von dem Mädchen steht drin.«

»Ja, aber was du über Mohammeds Beziehung zum Sohn Delon schreibst, klingt abenteuerlich. Und dann die Schlagzeile: Rache an Delon! Das habt ihr wieder mal so gedreht, dass der Leser erst einmal denkt, es handle sich um Alain Delon.«

»Der Sohn heißt auch Delon.«

»Wie auch immer. Ich habe wirklich keine Zeit. Heute Mittag gehe ich zu Nicole, sie hat mich extra angerufen und in ihr neues Restaurant in Paris eingeladen. Und ich nehme Jean mit.«

»Den Kommissar! Das passt doch. Dann kann ich euch beiden zusammen alles erzählen. Dann machen wir daraus ein Arbeitsessen, meine Zeitung übernimmt die Spesen! Und keiner, der uns sieht, wird sich was dabei denken.«

»Um eins in der ›Petite Maison‹ im ›Fouquet's‹. Sei ausnahmsweise pünktlich. Ich habe nur eine knappe Stunde Zeit.«

Margaux stand auf, gab ihm weder eine Bise noch die Hand, nickte nur leicht, ging zu Gaston, hielt ihm die linke und die rechte Wange hin und lief mit schnellen Schritten die Rue de Belleville hinab zur Metrostation.

Jacques sammelte seine Zeitungen zusammen. Er blickte zu Gaston, und als er dessen Blick auf sich gerichtet sah, hob er die rechte Hand und rieb den Daumen auf dem zweiten Glied seines Zeigefingers. Zahlen, bitte. Ein internationales Zeichen.

»Was war das?«, fragte Gaston und trat an den Tisch von Jacques. Er hatte gesehen, wie Margaux die Straße hinaufgekommen war und sich an den Tisch von Jacques gesetzt hatte, ohne ihn weiter zu begrüßen.

»Nichts Privates. Wenn sie jemanden brauchen kann für ihren Job, dann kennt sie keine Skrupel. Und jetzt interessiert sie sich für den Mordfall, den ich, der Lifestyle-Richter, nun einmal bearbeite, und schon ist sie da.«

»Wer weiß?«

»Na, die hat mich doch richtig abgepasst! Heute bin ich eine gute Dreiviertelstunde früher gekommen als sonst. Das konnte sie nicht wissen. Also hat sie irgendjemanden beauftragt, Schmiere zu stehen. Ich habe eine halbe Stunde hier gesessen, bevor sie antrottelte. Zwanzig Minuten braucht sie von ihrer Wohnung mit der Metro hierher. Aber eins muss ich ihr lassen. Sie ist eine hervorragende Rechercheurin.«

BRAUNES GIFT

Ein rundes Dutzend gewalttätiger Rechtsradikaler, alle zwischen zwanzig und dreißig, verbergen sich hinter dem Namen »Nomad 88«. Die Acht bedeutet den Buchstaben »H«, achter im Alphabet: Heil Hitler. Zwei Mitglieder von Nomad 88 hatten vor einiger Zeit sogar mit einer Maschinenpistole auf linke Jugendliche in einem Vorort von Paris geschossen.

Nomad 88 meldete sich mit einem Bekennerschreiben im Blog:

»Mohammed, kennst du das Lied von den zehn kleinen Negerlein? Jetzt sind es nur noch neun. Und endlich triffst du deinen Propheten. Und deinen Harem hast du auch gleich dabei. Vier Muslime weniger, das verdankt ihr uns, den Kameraden von Nomad 88. Dies war die Aufgabe für einen Gefreiten, der damit zum Feldwebel aufsteigt. Wartet auf sein Gesellenstück. Dann werden sich auch die Meister zeigen. 88!«

Kommissar Jean Mahon schüttelte den Kopf, als er das las. Er leitete den Text an Untersuchungsrichter Jacques Ricou weiter mit der Bemerkung: »Wir gehen dem nach, aber ich halte die für Verrückte, die auf einen fahrenden Zug aufspringen wollen. Ein echter Bekenner deutet immer irgendetwas Besonderes zum Tatablauf an, sodass die Polizei ihn als Täter identifizieren kann. Dazu gibt's hier gar nichts. Die Leute von Nomad 88 hoffen, damit in die Zeitungen zu kommen. Vermutlich ist die Mail dort schon längst angekommen. Wer klug ist, schweigt sie tot.«

DER DENUNZIANT

Martine sprach immer von einer Versandtasche, und Jacques wusste nicht, was sie meinte. Eine Versandtasche? Du weißt doch, ein großer brauner Briefumschlag in den viel reingeht. Aha. Eine Versandtasche. Nun gut, und was ist damit?

Eine große braune Versandtasche war in den Morgenstunden von einem Kurier beim Pförtner am Eingang Quai des Orfèvres abgegeben worden. Für Monsieur Jacques Ricou.

»Mehr stand nicht drauf«, sagte Martine. »Ich habe die Versandtasche erst einmal durchleuchten lassen. Nix. Nur Papier drinnen. Dann habe ich sie zur Spurensicherung getragen, auch wieder Fehlanzeige. Kein Fingerabdruck. Selbstklebend, also auch keine DNA auf der Verschlusslasche.«

»Ich kann da jetzt also ran?«, fragte Jacques, und als Martine nickte, beugte er sich an seinem Schreibtisch sitzend über den braunen Umschlag und zog den Inhalt vorsichtig heraus.

Ein Foto und zwei Bankauszüge.

»Mehr war da nicht drin?«

»Nee, sonst war nichts dabei.«

»Keine Erklärung, kein Brief?«

»Nee, ich sag doch, sonst war da nichts drin. Aber das

ist doch schon was. Ist das nicht dieser Mohammed, der gestern ermordet wurde?«

Martine hatte sich über das Foto gebeugt und zeigte auf einen der beiden Männer, die vor einem gediegenen Bürohaus standen, auf dem in eleganter Schrift die Worte GoldGenève angebracht waren.

»GoldGenève kennen wir doch!«, sagte Jacques. »Die geben sich fein und sind in Wirklichkeit eine Geldwaschanlage. Ja, das könnte Mohammed Arfi sein. Aber wer ist der andere?«

»Keine Ahnung. Aber ich habe Kommissar Jean Mahon das Foto gemailt. Seine Leute sind schon dran.«

Neben dem Foto lagen nur noch die zwei Bankauszüge in dem Umschlag.

Das eine Konto gehörte Aziz Arfi. Ein Euro-Konto.

Das zweite war ein Nummernkonto. Ein Dollar-Konto.

Von dem Konto von Aziz Arfi waren vor zehn Tagen fünfzigtausend Euro bar abgehoben worden. Aber es blieb noch genügend übrig, etwas mehr als eine Million Euro.

Das Nummernkonto belief sich auf etwas mehr als 73 Millionen Dollar.

»Martine, speicher das und versuch Françoise aufzutreiben. Vielleicht kann die mal einen Blick auf die Konten werfen.«

»Mails sind schon versandt. Aber an Françoise habe ich nicht gedacht.«

Fünf Minuten später rief ihn seine Kollegin, die Untersuchungsrichterin Françoise Barda an.

Als er das erste Mal mit ihr zusammenarbeiten musste, hatte ihn sogar die Gerichtspräsidentin Marie Gastaud bemitleidet. Die lacht wie eine Henne, sieht aus wie ein Mops und gräbt wie ein Dackel. Die scheinbar humorlos grimmige Françoise entpuppte sich aber als eine selten begabte Finanzexpertin und verblüffte Jacques damit, dass sie an einem Sonntagnachmittag als Jazzsängerin in der Kirche Saint-Merri auftrat.

»Wo hast du das her?«, fragte Françoise.

»Ein Corbeau hat es mir geschickt.«

»Ein Corbeau, schau an. Woher kommt eigentlich dieser französische Hang zum Denunziantentum?«

»Wenn der Corbeau krächzt, das weiß jeder Landsmann, dann will irgendein schräger Vogel Geheimnisse verpfeifen, ohne selbst in Erscheinung zu treten. Der Corbeau ist nicht nur ein Rabe, über dessen Eitelkeit sich schon der Dichter Jean de La Fontaine lustig gemacht hat, sondern er ist auch, als anonymer Denunziant, ein widerlicher Bestandteil des täglichen Lebens in Frankreich«, sagte Jacques. »Ich weiß nichts Genaues! Ist mir aber auch gleich. Hauptsache wir kommen weiter. Erkennst du jemanden auf dem Foto?«

»Nein. Aber du könntest doch mal deine Freundin Margaux fragen. Die kennt sich doch in der feinen Gesellschaft aus.«

»Feine Gesellschaft?«

»Schau dir doch das Bild an, Jacques. Genf. Privatbank. Der eine trägt 'ne Rolex am Arm.«

»Mohammed Arfi soll mit Alexandre Dati und mit Georges Hariri im Geschäft gewesen sein. Dati ist das nicht. Ich habe mir eben Fotos von ihm im Netz angesehen. Es könnte Hariri sein, von dem gibt es aber keine Fotos. Zumindest habe ich in der Eile keine gefunden.«

»Hariri, der Schattenmann«, sagte Françoise. »Gegen den haben wir mal einen Prozess geführt, weil er in Frankreich keine Steuern bezahlt. Er ist aber nie persönlich erschienen.«

»Wer hat ihn vertreten?«

»Philippe Tessier. Es gibt keinen besseren Anwalt in Steuerfragen«, sagte Françoise.

»Und wie ist es ausgegangen?«

»Er hat leider gewonnen. Raffinierter Kerl.«

»Okay! Kannst du mit den Kontoauszügen was anfangen?«

»Mal sehen. Gib mir bis morgen Zeit, Jacques. Ich knabbere gerade noch an einem anderen Fall rum.«

DER VERDÄCHTIGE SCHWAGER

Du kannst doch nicht in ein Starbucks gehen, wenn drei Meter weiter ein nettes französisches Bistro offen hat«, sagte Jean Mahon dem ihn begleitenden jungen Polizisten.

»Aber bei Starbucks kann ich den Kaffee mitnehmen.«

»Statt des Kaffeebechers sollten wir uns die Zeit für eine zivilisierte Tasse nehmen. Wir trinken im Bistro unseren Kaffee – stehend an der Theke. Wie unsere Väter und Großväter.«

Der Polizist überlegte, ob er dem Altvorderen Widerworte geben sollte, schwieg dann aber doch aus Vorsicht vor der Laune seines Chefs. Dessen Marotte, sich mit aller Macht gegen das Aussterben der Bistros einzusetzen, nahm manchmal schon peinliche Züge an. Und von wegen Aussterben, es gab noch Bistros zuhauf, nur brachte die schnelllebige neue Zeit eben andere Gewohnheiten mit sich. Wie eben den Pappbecher.

Das Bistro lag in der Rue des Petits Carreaux genau neben der Einfahrt zu den Hinterhöfen, in denen sich die Lederjackenproduktion von Mohammed Arfi befand.

Die beiden Polizisten verliefen sich mehrere Male, bis sie die richtige Treppe gefunden hatten, die zu dem Atelier führte, in dem die Jacken der Marke »Antoine Delon« genäht wurden.

Ein elegant gestaltetes Schild auf einer frisch gestrichenen Eisentür verwies auf die Modemarke. Die Tür war verschlossen. Erst nach dem dritten Klingeln öffnete eine junge Frau die Tür einen Spalt weit und schaute sie fragend an.

Kommissar Jean Mahon stellte sich besonders höflich vor und bat, den Geschäftsführer sprechen zu dürfen. Die Frau zuckte mit den Schultern, so, als verstehe sie ihn nicht, zögerte einen Moment und öffnete die schwere Tür dann ganz.

In dem hellen, großen Atelier saßen dreißig Frauen und einige Männer an Nähmaschinen. Es roch nach frischem Leder.

Sie zeigte auf eine Tür am Ende des Raumes. In genau so feinen Lettern wie an der Eisentür stand dort auf einem Schild in Augenhöhe: Geschäftsführung, Mohammed Arfi. Wieder klopfte Jean Mahon höflich und trat ein, als »Was is'?«, gebrüllt wurde.

An einem Konferenztisch saß Antoine Delon mit einem Mann, der neben sich ein halbes Dutzend Aktenordner aufgereiht hatte und auf einem Block mit Bleistift endlose Zahlenreihen notierte.

Ein moderner Designer schien das Büro gestaltet zu haben. Ganz im Gegensatz zu dem nüchternen Atelier wirkte der große Raum mit seiner hellen Holztäfelung wie das Direktionszimmer einer vornehmen Privatbank.

An den Wänden hingen Bilder moderner französischer Maler. Einen Jean-Charles Blais erkannte der Kommissar, aber das auch nur, wie er später dem ihm begleitenden jungen Polizisten gegenüber zugab, weil Blais die Metrostation Assemblée Nationale künstlerisch gestaltet hatte, woran sich Jean Mahon erinnerte.

Ein flacher Sekretär, eine Sitzgruppe mit einem niedrigen Tisch, und eben der lange Konferenztisch.

Antoine Delon rief von seinem Stuhl aus: »Was wollen Sie? Sie stören uns, heute ist kein Geschäftsbetrieb. Haben Sie nicht gehört, Arfi hat sich erschießen lassen.«

Und dann fügte er »ce vieux con« hinzu, »der alte Arsch«.

»Verzeihen Sie, dass wir Sie stören«, sagte Kommissar Jean Mahon, »gerade deshalb sind wir hier.« Er zog aus seiner Jackentasche den Dienstausweis und hielt ihn Delon hin. Der winkte ab.

»Wunderbar, wunderbar, Herr Kommissar. Sie kommen gerade recht. Wissen Sie, was wir hier machen? Wir gehen die Bücher durch. Und was stellen wir fest? Ce vieux con hat mich durch die Bank beschissen. Und es wundert mich auch nicht, dass er sein Fett abgekriegt hat. Der hat ja nicht nur mich beschissen.«

»Dürfen wir uns einen Augenblick zu Ihnen setzen, Monsieur Delon?«, fragte Jean Mahon und wartete die Antwort gar nicht erst ab. Er zog einen Stuhl am Konferenztisch vor, nahm Platz und wies seinen jungen Kollegen mit einer Handbewegung an, es ihm gleichzutun. Antoine Delon wirkte ein wenig irritiert. Doch Jean Mahon fuhr schnell fort: »Was Sie sagen, kann für unsere Untersuchung von großer Bedeutung sein. Wir haben bisher weder Anhaltspunkte dafür, wer hinter dem Mord stehen könnte, noch kennen wir ein Motiv. Sie sagen, er habe Sie betrogen. Seit wann wissen Sie das?«

»Ach, Monsieur le commissaire, da haben Sie bei mir kein Glück. Mein Anwalt und ich sitzen hier seit gestern Nachmittag über den Büchern und haben jetzt erst ein

Loch von fünfzigtausend Euro entdeckt. Zu dumm, aber wir fallen leider als Täter aus. Kein Motiv. Denn als wir das Loch entdeckten, da schmorte er schon in der siebten Hölle. Und es würde mich überhaupt nicht wundern, wenn …« und das hob er mit besonderer Betonung hervor »… Monsieur *Ibrahim Rossi* eine Kugel in den Hinterkopf seines Schwagers Mohammed befördert hätte.«

Der junge Polizist, der mitschrieb, blickte verblüfft auf. Dagegen ließ sich Jean Mahon nicht anmerken, ob ihn die Aussage Delons verwunderte.

»Verzeihen Sie die Frage, Monsieur Delon, aber wer ist Ibrahim?«

»Nicht *Ibrahim*. Bloß nicht *Ibrahim*«, rief Delon wieder unkontrolliert laut. »Wehe, Sie nennen ihn *Ibrahim! Monsieur Ibrahim Rossi* legt großen Wert darauf, *Monsieur* genannt zu werden. Auch nicht *Monsieur Ibrahim*. Einen Chauffeur oder Gärtner spricht man mit dem Vornamen *Ibrahim* an, hat er mir erklärt. *Monsieur Ibrahim* sagt man zu seinem Frisör. Er aber ist *Monsieur Rossi!* Und will man ihn von seinem Schwager Mohammed unterscheiden, dann ist er *Monsieur Ibrahim Rossi*.«

»Hatten die Streit miteinander?«

»Ja, und wie!«

»Wissen Sie, worum es ging?«

»Um Geld. Worum sonst? Irgendeine Familiengeschichte. Angeblich. Aber ich weiß nicht, ob das nicht nur so 'ne Chiffre war. Vor zwei Wochen platzte Monsieur Ibrahim Rossi wieder mal rein, als wir mit unserem Modechef über eine neue Jacke für den Herbst diskutieren. Er brüllte Mohammed an: Wenn ich die hunderttausend bis Montag nicht habe, dann lege ich vor deinen Augen deine

Tochter um, dann deine Frau, schließlich dich! Und jetzt stellen wir fest, Monsieur le commissaire, dass uns rund fünfzigtausend Euro abhanden gekommen sind.«

»Wie das, Monsieur Delon?«

»Abgehoben. Bar abgehoben. Von Mohammed. Der hat noch nicht einmal versucht, das irgendwie zu kaschieren.«

»Hätte Monsieur Ibrahim Rossi damit kein Motiv mehr?«

»Wieso? Fünfzig ist doch immer noch nicht hunderttausend!«

Jean Mahon dachte an die fünfzigtausend Euro, die von dem Konto eines Aziz Arfi vor wenigen Tagen in Genf abgehoben worden waren. Zusammen wären es hunderttausend.

»Kennen Sie einen Aziz Arfi?«, fragte er.

»Das war der Vater von Mohammed. Ein armer Schlucker. Und der hat angeblich ein Erbe hinterlassen. Was ich mir nun gar nicht vorstellen kann. Ich kenne Mohammed seit Jahren. Es war nie Geld vorhanden.«

»Wie und wann haben Sie Mohammed denn kennengelernt?«

»In Nachtclubs. Wissen Sie, der stammt aus ärmsten Verhältnissen. Mohammed und sein Schwager sind in den verratzten Hütten des Bidonville von Gennevilliers aufgewachsen. Monsieur Ibrahim hat immerhin so was wie Ingenieur gelernt und einige Jahre bei der Eisenbahn am Ausbau der Schnellstrecke Paris-Bordeaux gearbeitet. Mohammed dagegen gehörte einer üblen Jugendbande an. Ich glaube, der hat sogar mal wegen eines bewaffneten Überfalls auf ein Schmuckgeschäft gesessen. Mohammed ist erst durch so manche Beziehungen, die er in den Nachtclubs anbahnte und sicher auch durch das Geschäft mit meinem Modelabel zu Geld gekommen. Und jetzt hat er mich auch noch beschissen. Ich vermute, dass er mich nicht nur um die fünfzigtausend behumst hat, sondern die Buchführung stetig zu seinen Gunsten schönte. Wir werden es rausfinden.«

»Wissen Sie, wo wir Monsieur Ibrahim Rossi finden können?«, fragte Jean Mahon.

»In Paris? Keine Ahnung.«

»Arbeitet er noch bei der Eisenbahn?«

»Wie man's nimmt. Der lebt jetzt in Marrakesch. Angeblich arbeitet er bei einem Ingenieurbüro, das mit dem Bau einer Schnellstrecke der Bahn in Marokko zu tun hat. Als wenn die nicht schon jetzt schnell genug hierherkämen!«

»Aber vor vierzehn Tagen war er hier in Paris?«

»Ja. Hier im Büro.«

»Wissen Sie, ob er vielleicht jetzt auch noch in Paris ist?«

»Nee, keine Ahnung. Wirklich keine Ahnung.«

Jean Mahon ließ seinen Blick über die teure Einrichtung des Büros schweifen. Dann sagte er: »Vornehm eingerichtet!«

»Typisch Mohammed. Hat uns 'ne Stange Geld gekostet. Aber er musste ja angeben.«

Auf der Fahrt zum »Fouquet's« auf den Champs-Élysées, wo Jacques ihn zum Mittagessen mit Margaux in dem neu eröffneten Restaurant »La Petite Maison« erwartete, ließ Jean Mahon die Fahndung nach Ibrahim Rossi anlaufen. Und noch bevor er beim Restaurant ankam, erhielt er die

Kurznachricht auf seinem Smartphone, Ibrahim Rossi sei drei Stunden nach dem Mord an seinem Schwager Mohammed vom Flughafen Orly mit einer Direktmaschine nach Marrakesch geflogen.

MITTAGS BEI NICOLE

Margaux kam zu früh. Was erstaunlich war. Aber weil man an dieser Ecke Avenue des Champs-Élysées und Avenue Georges V., wo das »Fouquet's« liegt, nie einen Parkplatz findet, war sie in die Metro gestiegen. Im mehr als hundert Jahre alten Traditionshaus »Fouquet's« verkehrten immer noch Politik, Film und Autoren von Weltruhm.

Und für jeden berühmten Stammgast hielt das Restaurant einen Serviettenring mit eingraviertem Namen bereit.

Doch der Ruf hatte in den letzten Jahren gelitten. Vielleicht auch deswegen, weil Nicolas Sarkozy hier wie ein neureicher Protzer, der er ja auch war, seinerzeit den Sieg in den Präsidentschaftswahlen mit seinen Bling-Bling-Freunden gefeiert hat. Jener Abend im »Fouquet's« war in Paris noch unvergessen. Deshalb hatte der Besitzer beschlossen, seinem Haus ein frisches Image zu geben und das Konzept und den Namen des als cool angesehenen Restaurants »La Petite Maison« aus Nizza auf sein Lokal zu übertragen.

»Ich habe keine fünfzehn Minuten von der Redaktion bis hierher gebraucht«, sagte Margaux zu Nicole, der Wirtin von »La Petite Maison« in Nizza, als die sie mit zwei Wangenküssen empfing.

»Kommst du allein?« fragte Nicole.

112

»Wieso, darf ich das nicht? Gilt hier immer noch die Regel aus den Zeiten von Sarah Bernhardt, wonach alleinstehende Frauen im ›Fouquet's‹ keinen Zugang haben?«

»Das war vor hundert Jahren, als man Geldschmusen hat fernhalten wollen. Aber welche Frau ist das heute nicht?«

Nicole, wie immer ganz in Schwarz von Sonia Rykiel eingekleidet, führte Margaux an einen Tisch, der für drei Personen eingedeckt war. Sie kannte Margaux, weil die Journalistin in Nizza manchen Abend mit Jacques in der »Petite Maison« verbracht hatte.

»Nicole, ich dachte, dein Pariser Ableger mache nur abends auf.«

»Die ersten vier Wochen auch mittags, damit sich's rumspricht«, sagte Nicole, deren Stammlokal in Nizza jeden anzog, der an der Côte d'Azur vorbeikam. Bono von »U2« war dort ebenso Stammgast wie der Schauspieler Michael Caine und die Herrschaften aus Monaco. Elton John hat sich da wieder mit Madonna versöhnt, und Bill Clinton aß in der »Petite Maison« mit großer Entourage. Nicolas Sarkozy sowieso, denn dessen Anwalt hatte Nicoles Tochter geheiratet. Und Sarkozy hatte, als er im Amt war, Staatsgäste und Präsidenten wie Hu Jintao aus China, Zuma aus Südafrika, Medwedew aus Russland in »La Petite Maison« in Nizza geschleppt.

Nicoles Ruhm war inzwischen weit über die Côte d'Azur hinausgedrungen. Restaurateure in London, Dubai und Beirut, in Cannes und nun auch in dem »Fouquet's« in Paris hatten ihre Lizenz gekauft. Die bestand aus nichts anderem, als aus ihrem Kochbuch mit provenzalischen Gerichten und machte sie reich.

Während Margaux sich setzte, eilte Nicole wieder an die Tür, um Jacques zu begrüßen. Zwei Wangenküsse. Und dann sagte sie laut genug, dass auch Margaux, falls sie die Ohren spitzte, es hören könnte: »Gestern wärst du hier auf Mara getroffen. Schade. Sie sah gut aus.«

Auch mit Mara hatte Jacques im vergangenen Sommer häufig in der »Petite Maison« in Nizza gegessen. Mara hatte Jacques im letzten Sommer kennengelernt, als sie ihn darum bat, ihren verschwundenen Onkel zu finden. Sie fürchtete, er befinde sich in den Händen der russischen Mafia. Das Gegenteil war der Fall. Der Onkel war Teil der georgischen Mafia. Es war ein dramatischer Fall, bei dem Margaux' Cousine Gina ermordet und Margaux selbst fast Opfer der Georgier geworden war.

Aber Mara war vorbei.

Warum das so war, das ging niemanden etwas an.

Auch Jacques war allein gekommen. Eine Viertelstunde vom Palais de Justice mit der Metro, erzählte er Nicole.

Als sie ihn zum Tisch führte, überlegte er, wie er Margaux begrüßen sollte. Doch Margaux nahm ihm die Entscheidung ab. Sie gab ihm freundschaftlich zwei Wangenküsse.

»Schön, dich zu sehen, Jacques. Wolltest du nicht mit Jean kommen?«

»Der kommt von einem Termin direkt hierher.« Und nach leichtem Zögern fügte er hinzu: »Gut siehst du aus. Warst du im Urlaub?«

»Nein, das sieht nur so aus. Ich war zu einer Reportage bei unseren Truppen in Mali.«

»Habe ich gelesen.«

Es war belanglos, worüber sie redeten. Bloß nichts Persönliches ansprechen.

Jacques' Telefon klingelte. Der Name Jérôme blinkte auf. Mit dem Arzt von Belleville dauerte jedes Gespräch mindestens eine Viertelstunde. Wahrscheinlich wollte er sich für den Abend verabreden oder hatte etwas über seinen Freund aus dem Krankenhaus in Tours herausgefunden. Das könnte warten. Jacques schaltete das Gerät aus.

Nicole schickte zwei Gläser Champagner an ihren Tisch und ließ gleich ein drittes Glas folgen, als sich Kommissar Jean Mahon zu ihnen setzte.

Kein Platz im Lokal war mehr frei.

Jacques sah an einem Tisch im Rücken von Margaux zwei Männer.

Einer nickte ihm zu.

Er grüßte mit einer leichten Kopfbewegung zurück. Senator Louis de Mangeville. Alter Burgunder Adel, dessen Vorväter schon mit Philippe le Bel gegen Flandern gekämpft hatten. Ein alter Flirt von Margaux. Die andere Person, die gepflegt und elegant gekleidet wirkte, kannte er nicht. Der Herr nickte ihm auch zu. Jacques reagierte höflich, aber distanziert.

Jean bestellte eine Bouillabaisse, Margaux Langustenschwänze, Jacques eine gegrillte Dorade. Nicole goss ihnen einen trockenen Rosé ein, obwohl sie keinen Wein trinken wollten. Aber Nicole widerspricht man nicht, wenn sie sich großzügig zeigt.

Jean berichtete von Ibrahim, der kurz nach dem Mord nach Marrakesch abgeflogen war.

»Zeitlich hätte Ibrahim das ohne weiteres schaffen können«, sagte der Kommissar. »Um Viertel nach neun war die Tat schon vollbracht. Nehmen wir mal an, Ibrahim hat diesen weißen Porsche Cayenne gefahren, von dem der englische Radfahrer berichtet hat, dann wäre er spätestens zweieinhalb Stunden vor Abflug in Orly gewesen. Zeit genug, um einen Leihwagen abzugeben und gemütlich einzuchecken.«

»Margaux, nun erzähl du doch mal: Was weißt du über Mohammed?«, fragte Jacques, »und über Ibrahim?«

Margaux holte aus ihrer Handtasche ein kleines Notizbuch, schlug es an der Stelle auf, wo ein Lesebändchen drin lag, und berichtete in kurzen und knappen Worten.

Mohammed gehörte als Jugendlicher zu einer Bande in seiner Banlieue, die sich anfangs mit Kleinkriminalität finanzierte. Schon als Vierzehnjähriger legte er großen Wert auf starke Muskeln, trainierte regelmäßig, nahm Steroide und Aufbaupräparate. Chef der Bande war Iskandar Dati, zehn Jahre älter als Mohammed und ein Mann von großem Geltungsbedürfnis.

»Dati? Alexandre Dati?«, fragte Kommissar Jean Mahon. »Ja, der Dati.«

»Der war schon als junger Kerl gefährlich«, erinnerte sich Jean Mahon. »Seine Gang war damals für den Tod eines Jungen verantwortlich. Aber man konnte es ihm nicht nachweisen. Als 22jähriger wurde er bei einem Überfall auf einen Juwelier mit der Waffe in der Hand festgenommen. Das ist jetzt fast dreißig Jahre her. Aber ich habe es mitbekommen, weil ich damals auf dem Revier von Gennevilliers Dienst tat.«

»Und bei dem Überfall auf den Juwelier machte auch Mohammed mit«, sagte Margaux. »Dati ist ein kleiner, schmächtiger Mann, so um die fünfzig. Er benutzte den

Muskelmann Mohammed als seinen persönlichen Bodyguard. Und dadurch hat er Mohammed mit nach oben gezogen. Denn Dati besitzt angeblich die besondere Gabe, Menschen anzusprechen und einzuwickeln. Er nennt sich jetzt Alexandre, weil das französisch klingt, und so steht es in allen Papieren. Dati hat angeblich nur ein Ziel: als Franzose Teil der Haute Bourgeoisie zu werden. Ganz genial hat er seine Beredsamkeit immer wieder eingesetzt, um aufzusteigen. Und den Zugang zu Leuten aus der Haute Bourgeoisie hat er in den angesagten Pariser Nachtclubs gefunden. Dort hat er sich an die richtigen Menschen rangeschleimt, hat Kontakte geknüpft und war ihnen zu Diensten. Ich besorg euch dies, ich besorg euch das. Einem Geheimdienstchef hat er zum Beispiel Mädchen zugeführt. Und der hat als Gegenleistung die Polizeiakte von Dati verschwinden lassen. Im Schlepptau lief Mohammed immer mit. Dabei hat auch er einiges aufgeschnappt.«

Margaux nahm einen Schluck Rosé.

»Und schließlich hat sich Dati für größere Gefälligkeiten Anteile an Geschäften seiner neuen Bekannten übertragen lassen. So hielt er sie am kleinen Finger, den er aber nicht mehr losließ. Dann erhielt Dati von Politikern oder Wirtschaftsleuten Aufträge, die denen zu heikel waren, aber immer viel Geld abwarfen. Heute ist er Multimillionär und an einer ganzen Reihe von Firmen beteiligt. Und für Mohammed blieb auch immer ein guter Anteil. Er begann, in der Banlieue billige runtergekommene Immobilien zu kaufen, bis er dann in einem der Clubs den Sohn Delon kennengelernt hat. Die Halbwelt der Mode verkehrte auch in den Nachtclubs, und so kam die Idee auf, Delon als Aushängeschild für eine Lederjacken-Firma einzuspannen.«

Jeans Handy klingelte. Er entschuldigte sich, nahm das Gespräch an und stand auf, um vor dem Restaurant zu telefonieren. Es dauerte eine Weile, bis er mit ernster Mine wiederkam.

»Is' was?«, fragte Jacques.

»Später«, sagte der Kommissar und las eine aufpoppende Kurzmitteilung. Er antwortete mit flinken Fingern.

»Und Dati weiß auch, wie man sich ein gutes Image zulegt«, sagte Margaux. »Er spendet viel an Wohltätigkeitsorganisationen, am liebsten an die, deren Schirmherrin die jeweilige Première Dame der Republik ist.«

»Nicht dumm. Hast du irgendetwas rausgefunden, was auf ein Mordmotiv hinweisen könnte?«, fragte Jacques.

»Nicht direkt. Aber Mohammed wird nachgesagt, er diene sich als Geldwäscher an.«

»Drogengelder? Man hat in seinem Kofferraum Hanf gefunden.«

»Nicht mehr. Das gehörte wohl zum Lebensinhalt seiner alten Bande. Aber das ist angeblich vorbei. Allerdings war der Tote auf dem Beifahrersitz früher Dealer, der für Mohammed gearbeitet hat.«

»Und Ibrahim? Hast du etwas von einem Streit um Geld erfahren?«

»Nein. Überhaupt nicht. Ibrahim ist wohl aus der Art geschlagen, wenn man das so sagen kann. Er stammt aus derselben Banlieue. Und hat mit der Vergangenheit seines Schwagers angeblich nichts am Hut. Ibrahim ist nicht zu einer der Banden gegangen, sondern hat die Schule abgeschlossen, sich sogar um einen Studienplatz an der École

Polytechnique beworben, ist aber zweimal bei der Aufnahmeprüfung durchgefallen. Immerhin ist er dann bei der École des Ponts angenommen worden, eine der besten Ingenieurschulen im Lande. Vor fünf oder sechs Jahren ist er zurück nach Marokko gegangen und leitet jetzt ein Ingenieurbüro in Marrakesch. Anders als sein Schwager, wirkt Ibrahim angeblich fein und gebildet.«

Das war's. Alle drei versanken für einen Moment in ihren Gedanken.

Kein Dessert, nur drei Kaffee. Und die Rechnung gleich dazu. Als der Kaffee gebracht wurde, trat Senator Louis de Mangeville an den Tisch, grüßte und gab Margaux zwei Wangenküsse.

»Margaux, wie wunderbar, dass ich dich hier treffe«, rief er, »ich habe nämlich einen Anschlag auf dich vor.«

Louis de Mangeville trat einen Schritt zur Seite und zog seinen Begleiter näher zu sich heran.

»Darf ich Alexandre Dati vorstellen? Er wollte dich schon immer kennenlernen, und ich habe ihm versprochen, das zu vermitteln. Hast du morgen Abend Zeit zu einem privaten Dîner? Es kommt wahrscheinlich auch die Première Dame Valérie – deine Kollegin!« Der Senator lachte angestrengt.

»Ich würde mich geehrt fühlen, wenn eine der am meisten gerühmten Federn der französischen Presse mir die Ehre gäbe«, sagte Dati, beugte sich über ihre Hand und deutete einen Handkuss an. Formvollendet. Den beiden Männern nickte er zu.

»Lass uns telefonieren, Louis«, sagte Margaux kurz angebunden. »Ich muss jetzt ganz schnell los.«

»Sollen wir dich fahren?«, fragte Kommissar Jean

Mahon. »Für dich würde ich sogar das Blaulicht anschalten.«

Margaux lachte. »Mit der Metro geht's schneller.«

Jean Mahons Polizeiwagen stand vor der Tür. Der junge Polizist, der ihn am Morgen begleitet hatte, ließ den Motor an, als Jacques und der Kommissar einstiegen.

»Wir fahren zum Necker«, sagte der Kommissar zu Jacques, »Kalila ist verschwunden. Das war der Anruf vorhin.«

Der Polizist am Volant schaltete das Blaulicht an.

»Keine Sirene!«, sagte der Kommissar scharf.

PANIK IM NECKER

Das hättest du mir gleich sagen müssen, Jean! Wir wären sofort aufgebrochen.«

»Jacques, das hätte doch auch nichts geändert. Ich habe gleich meine besten Leute hingeschickt, als ich davon gehört habe.«

»Wie ist das denn passiert?«

»Da gibt's nicht viel zu erzählen. Kalila wurde am späten Vormittag in ihrem Krankenhausbett zum Chef der Kinderpsychologie gefahren. Sie schlief, weil sie ihr ein Sedativ gegeben hatten. Das Büro des Chefarztes liegt eine Etage tiefer. Fabienne und ein weiterer Polizist haben Kalila begleitet. Als Kalila in ein Beratungszimmer gefahren wurde, bat die Krankenschwester beide Begleiter, vor der Tür zu warten.«

»Warum?«

»Das Mädchen sollte langsam aufwachen. Und dann wollte der Chefarzt versuchen, vorsichtig Kontakt mit Kalila aufzunehmen. Das sollte in großer Ruhe stattfinden. Die Krankenschwester scheint das Kind allein gelassen zu haben. Auf jeden Fall war Kalila eine halbe Stunde später, als der Chefarzt meinte, sie solle jetzt langsam geweckt werden, nicht mehr in ihrem Bett.«

»Aber Fabienne wachte doch vor der Tür.«

Das Beratungszimmer grenzte an eine Reihe weiterer

Untersuchungsräume, die untereinander mit Türen verbunden waren. Jacques und der Kommissar schüttelten beide den Kopf, als sie sich den »Tatort« ansahen. Die Tür des letzten Besprechungszimmers führte in einen Flur, der nicht nur um die Ecke, sondern auch neben dem Aufzug und dem Treppenhaus lag.

Fabienne hatte bis dorthin nicht sehen können. Völlig zerknirscht warf sie sich vor, versagt zu haben, weil sie nicht im Untersuchungszimmer neben dem Bett des Mädchens gewacht hatte.

»Sie kannte mich doch inzwischen! Ich wäre für sie keine Fremde gewesen, wenn sie aufgewacht wäre.«

»Ist die Abteilung hier auch gesichert, damit niemand unkontrolliert rein oder raus kann?«, fragte Kommissar Jean Mahon.

»Nein, das ist hier nicht nötig«, sagte die diensthabende Ärztin, die den Kommissar und den Untersuchungsrichter auf Anordnung des Chefarztes begleitete. Jacques hatte als Erstes nach ihm gefragt, aber er war außer Haus.

An allen Ausgängen des Krankenhauses standen Jean Mahons Leute. Auch die unterirdischen Gänge zu den anderen Häusern des Klinikkomplexes waren bewacht. Das Gebäude wurde systematisch von unten nach oben durchkämmt. Kein Zimmer, keine Besenkammer, kein Schrank blieben verschlossen. Und jeder wurde befragt. Ohne Ergebnis. Kalila blieb verschwunden.

»Unfassbar, unfassbar«, sagte Jacques. Er war wütend und schaute an Jean vorbei. »Ich fahre jetzt ins Büro. Ich hoffe sehr, du kannst das aufklären.«

»Wir können dich doch fahren, Jacques. Nimm meinen Wagen.«

»Ich nehme die Metro. Ich glaube, es ist besser, wenn ich jetzt erst einmal einen Moment für mich allein bin.«

Er ging ohne Gruß.

Für den Fehler war allein Kommissar Jean Mahon verantwortlich. Und das schmerzte Jacques, weil er dem erfahrenen Polizisten bisher blind vertraut hatte. Ohne Einschränkung.

Noch auf der Straße schüttelte er den Kopf, ohne es zu bemerken.

Zu viele Gedanken spielten »Nachlaufen« in seinem Kopf.

Marie Gastaud würde ihre Betonfrisur hin- und herwiegen und ihm doch noch die Arbeit über Wein als Nahrungsmittel aufbrummen. Zur Bewährung, so würde sie es ausdrücken.

Margaux hätte einen schönen Aufhänger für einen weiteren hämischen Artikel über den »Lifestyle-Richter«.

Jacques schämte sich.

Er wollte mit jemandem über diese Panne, diese enorme Peinlichkeit reden, aber ihm fiel niemand ein, dem er genügend vertraute. Früher hätte er Margaux angerufen. Und sie hätte ihm vielleicht einen ganz brauchbaren Tipp gegeben. Oder Michel Faublée, den Freund und Maler, der ihn nach Belleville gelockt hatte. Aber seitdem der in der Banlieue wohnte, sahen sie sich viel zu selten. Ich muss mich mal wieder melden, dachte er.

Aber wen sollte er sonst anrufen?

Jean Mahon kam nicht infrage. Der hatte das Missgeschick zu verantworten.

Françoise Barda? Die jetzt über dem Brief des Corbeau brütete? Lieber nicht. Dann wäre der Skandal vielleicht bald rum im ganzen Palais de Justice. Ja, es war ein Skandal!

Martine? Ob die seine Laune verstehen würde?

Nein, dazu war der Fall zu ernst.

Als er vor der Metrostation Falguière stand, holte er sein Handy aus der Jacke, um im Büro anzurufen und zu fragen, »ob was war«. Er könnte im Lauf des Gesprächs immer noch überlegen, ob er Martine einweihen sollte.

Zu seiner Verblüffung stellte Jacques fest, dass sein Gerät immer noch ausgeschaltet war. Als der Kommissar ihm das Verschwinden von Kalila beichtete, hatte er offenbar vor Schreck vergessen, auf den Knopf an der oberen Kante zu drücken und seine PIN-Nummer einzugeben.

Jetzt fiel ihm auch wieder ein, dass Jérôme angerufen hatte. Der Arzt hatte in der ihm eigenen Art auf Jacques' Mailbox gesprochen.

»Hallo Richter. Heute hört ja jeder mit. Also gleich einmal alle Kennworte für die NSA und deren französische Freunde: Inschallah, Osama, Terror, Schwarzgeld, Zypern. Okay. Habt ihr's, ihr Säcke? Wegen der Amis und Prism will ich nur so viel andeuten: Lass dich nicht ins Bockshorn jagen. Wir werden das Kind schon schaukeln. Denn ich habe meine beiden alten Freunde aus Tours hier in Paris aufgetan. Was sagst du jetzt! Ist das nicht großartig? Es erleichtert alles. Und dich kostet es mindestens eine edle Flasche. Was auch immer. Wir haben auch schon alle notwendigen Maßnahmen ergriffen. Du brauchst nicht zu erschrecken. Nichts ist verloren. Alles ist in Ordnung. Ruf mich nach sieben an. Ich bin jetzt auf der Runde. Also noch mal: lass dich nicht ins Bockshorn jagen. Wie sagt der Cowboy? Ruhig Brauner! Hihi!«

Jacques entspannte sich.

Wenn die Nachricht von Jérôme bedeutete, was er vermutete, dann war Kalilas Verschwinden zu erklären.

Er hörte sich die Nachricht noch einmal an.

Jérôme hat beide alten Freunde gefunden: den Arzt und seine kleine Helferin. In Paris. Sie haben die notwendigen Maßnahmen ergriffen? Nichts ist verloren? Meint er Kalila? Alles ist in Ordnung?

Auf seinem Handy war die vierte Kurzwahltaste mit der Nummer von Jérôme belegt. Man weiß ja nie, wann man mal schnell einen Arzt braucht, so hatte er es Margaux erklärt, die er auf der zweiten und dritten Taste untergebracht und immer noch nicht gelöscht hatte. Zwei – das Handy. Drei – die Büronummer. Unter der eins lag die Mailbox.

Er drückte die Vier. Es läutete fünf Mal, und als Jérômes Mailbox ansprang, unterbrach Jacques die Verbindung.

Der Himmel strahlte in hellem Blau.

Ein weicher Wind blies laue Luft durch die Straßen.

Ich geh jetzt einfach mal zu Fuß. Wird auch nicht mehr als 'ne halbe Stunde dauern.

Jacques schaltete sein Handy aus.

Man muss den Mut haben, sich zu befreien. Er atmete auf, lief die Rue de Vaugirard bis zum Jardin du Luxembourg, wo ihn die Lust überkam, sich auf einen Stuhl vor das Café neben dem Konzertpavillon zu setzen und einen Grand Crème zu trinken.

Als der alte Kellner ihn nach seinen Wünschen fragte, bemerkte Jacques: »Sie sind aber auch schon eine Ewigkeit hier.«

»Ja, Monsieur, bald zwanzig Jahre.«

»Ist das nicht sehr anstrengend?«

»Im Sommer ist es eine tägliche Hatz, im Winter aber äußerst geruhsam. Und in den Zwischenzeiten hängt es vom Wetter ab.«

»Und warum bleiben Sie hier und gehen nicht woanders hin?«

Prompt antwortete der Kellner mit erhobener Stimme, was so klang, als käme die Antwort spontan aus dem Unterbewusstsein:

»Monsieur, der Garten ist das Paradies, wissen Sie!«

MONSIEUR MAHNT DEN KILLER

Im chinesischen Restaurant »Le Pacifique« in der Rue de Belleville waren die Tische abgeräumt und mit frischen Tischdecken und Servietten versehen, die Essensreste vom Boden gefegt, die Spuren einer lärmenden, unhöflichen Reisegruppe aus Shanghai beseitigt.

Der Kellner Gao Qiu hatte ein ordentliches Trinkgeld eingesteckt und stand mit einer Zigarette vor der Tür, als sein neues Handy klingelte. Es konnte nur sein Auftraggeber sein. Er nahm das Gespräch an. »Oui, Monsieur.«

»Ich bin etwas ungeduldig. Wie weit sind Sie nun mit dem nächsten Projekt?«

»Heute Nacht wird es wohl klappen. Ich habe über meinen Kontakt zusätzliche Informationen erhalten und einen neuen Plan ausgearbeitet. Ich lege Wert auf Sicherheit.«

»Ich auch, das wissen Sie. Heute Nacht wird's aber absolut höchste Zeit. Wenn es notwendig ist, dann sollten Sie sich noch zusätzliche Hilfe organisieren. Am Honorar soll diese Geschichte nicht scheitern. Ich werde deswegen den Chef des 14K anrufen.«

Gao Qiu durchfuhr eine Hitzewelle. Es ging um seine Ehre. Der Drachenmeister würde ihn verantwortlich machen für eine misslungene Aufgabe und ihn vielleicht aus dem Verkehr ziehen.

»Nein, Monsieur, das ist sicher nicht notwendig. Ich habe alles unter Kontrolle. Machen Sie sich keine Sorgen. Heute Nacht wird das Projekt abgeschlossen!«

»Wie kann ich sicher sein, nachdem Sie letzte Nacht gepatzt haben?«

»Monsieur, wenn Sie bedenken, dass es sich um eine geschlossene Station handelte, hatte ich letzte Nacht zu wenig Zeit für die Vorbereitung einer wirklich schwierigen Aufgabe. Für heute ist alles geklärt. Sie können sicher sein.«

»Was macht Sie so zuversichtlich?«

»Das Objekt ist verlegt worden, sagt mein Kontakt, und es steht nicht mehr unter polizeilichem Schutz. Ich habe leichteren Zugang.«

»Geben Sie Bescheid, sobald Sie alles erledigt haben. Ganz gleich, wie spät es ist.«

LOUIS UMGARNT MARGAUX

In der Redaktionskonferenz am späten Nachmittag, als sie das Blatt zumachten, lobte Chefredakteur Jean-Marc Real Margaux für ihren Aufmacher. Den Ansatz mit »Delon« hatten alle anderen verschlafen. Und jetzt rauschte es den ganzen Tag über im Internet. Alle Nachrichtendienste bezogen sich auf den Artikel von Margaux und zitierten die Zeitung.

Das kleine Mädchen war dagegen aus dem Blickfeld der Journalisten verschwunden.

»Und wo bleibt jetzt die Fortsetzung der Geschichte?«, fragte der Chefredakteur Jean-Marc Real.

»Ich habe heute Mittag mit Kommissar Jean Mahon und dem Untersuchungsrichter in ›La Petite Maison‹ gegessen«, sagte Margaux. »Und morgen Abend bin ich mit Alexandre Dati zum Abendessen verabredet. Die beiden Ermordeten gehörten einst zur Vorstadtbande von Dati. Die haben mit Drogen gehandelt. Und zumindest Mohammed hat zusammen mit Dati ein Juweliergeschäft überfallen. Von Dati hoffe ich, mehr über Mohammed zu erfahren, als bisher bekannt ist. Und vielleicht finde ich da Anhaltspunkte für eine Piste.«

»Du und der Richter im ›Fouquet's‹? Die Abteilung ›Petite Maison‹ ist doch nur abends geöffnet!«, sagte Jean-Marc Real. »Hat der Richter dir wenigstens was gesteckt?«

»Nicole macht in den ersten vier Wochen auch mittags auf. Vielleicht sollten wir auch eine Besprechung über deren Küche drucken, was meint ihr? Ich habe hervorragend gegessen.«

»Was?«

»Langustenschwänze!«

»Auf Spesen?«

»Nein, Jacques hat bezahlt.«

Das stimmte nicht. Nicole hatte sie eingeladen. So macht das eine gute Wirtin, die wichtige Gäste an sich binden will. Doch das sollten die Kollegen nicht wissen. Sie würden sich über Margaux und den Richter das Maul zerreißen. Taten sie sowieso schon.

»Wie läuft es denn bei euch?«, fragte der Chefredakteur neugierig. »Ich dachte, es ist finito la musica.«

»Ist es auch. Aber Dienst ist Dienst. Ich will versuchen, noch an das Mädchen ranzukommen. Das ist nicht leicht, und es kann mir nur über Ricou gelingen.«

»Und wie kommst du an Dati?«

»Gute Recherche und Beziehungen. Mehr kann ich dazu nicht sagen.«

Der Senator hatte Margaux am Nachmittag angerufen und die Einladung wiederholt. Dati freue sich, denn er habe ihm, Louis, schon häufiger gesagt, er würde Margaux gern kennenlernen. Eine so großartige und scharfsinnige politische Journalistin.

»Wenn du nicht so jung wärst, hat Dati gesagt, dann würde er dich sogar die Grande Dame des Journalismus in Paris nennen.«

»Der Schmeichler. Das ist schon Grund genug, ihm abzusagen, Louis.«

»Ich hol dich zu Hause ab und bring dich wieder nach Hause. Du wirst sehen, dass es sich lohnt. Nicht nur wegen der anderen Gäste. Aber Dati hat wirklich was zu bieten. Schon allein seine Wohnung in der Avenue Foch musst du mal gesehen haben.«

»Ich dachte, das Essen findet bei dir statt!«

»Dati hat die Einladung an sich gerissen.«

Margaux zögerte ein wenig. Bei einem Essen mit vielen Gästen würde sie kaum Gelegenheit haben, Dati auszufragen.

»Gut, ich komme, aber nur, wenn ich auch etwas davon habe. Ich will mit Dati richtig reden können. Entweder findet das Essen zu dritt statt, oder ich bin die Tischdame von Dati.«

»Olàlà! Margaux in ihrem Element! Du stellst ganz schöne Bedingungen. Aber ich werde das arrangieren. Wir essen zu dritt.«

»Und Valérie ladet ihr einfach so aus?«

»Deren Essen wird verschoben. Lass das mal meine Sorge sein.«

Verstohlen lächelte Louis in sich hinein.

Die Idee, Margaux zum Essen einzuladen, war Alexandre Dati spontan gekommen, als Louis, kaum hatte er Margaux mit dem Untersuchungsrichter und dem Kommissar an einem Tisch gesehen, seinem Gast von der schönen Journalistin vorschwärmte und von einem Abenteuer mit ihr sprach. Dabei ließ der Senator offen, ob er von der Vergangenheit schwärmte oder die Gegenwart meinte.

»Trotz des Richters?«, hatte Dati gefragt, der nicht auf dem Laufenden über die Trennung von Margaux und

Jacques war. Louis drückte sich wieder um eine genaue Antwort.

Er schlug vor, sie sollten als Köder behaupten, die Première Dame komme auch zu dem Essen, wobei er vorgaukeln würde, er richte den Abend aus. Dati war begeistert.

»Also, was ist nun?«, fragte Louis etwas ungeduldig.

Margaux zögerte kurz und überlegte, ob sie vielleicht in eine Falle laufen würde. Aber für ein Treffen mit Dati war ein überschaubares Risiko allemal wert.

»Ich komme direkt vom Büro«, sagte sie schließlich, »schick mir die Adresse. Ich bin dann zwischen halb neun und neun da.«

Sie wollte Louis nicht glauben lassen, er könne sie nach Hause begleiten und dann noch auf eine Tasse Kaffee zu ihr in die Wohnung kommen. In der Hoffnung auf einen Kaffee zum Frühstück.

ZWEITES ABGEHÖRTES TELEFONGESPRÄCH

Der abhörende Agent legte sich gleich zu Beginn seines Protokolls fest: Nach Analyse des Textes lassen sich die Teilnehmer eindeutig festlegen.

Anrufer: Georges Hariri.

Hariri, in Paris als Sohn einer reichen franco-libanesischen Familie geboren, hat unter anderem auch einen französischen Pass. Er vermittelte viele Geschäfte im Auftrag der französischen Regierung unter dem konservativen Premierminister Édouard Balladur und hat als Zwischenhändler allein für einen Waffendeal zwischen Frankreich und Saudi-Arabien, der ein Volumen von sechs Milliarden Euro hat, 300 Millionen Euro erhalten. Politisch ist Hariri in den arabischen Staaten bestens verdrahtet. Er hat für Präsident Sarkozy die Kontakte zum libyschen Führer Muhammed Gaddafi hergestellt und war der entscheidende Mann im Hintergrund, der die Befreiung der bulgarischen Krankenschwestern durch die Frau von Staatspräsident Sarkozy arrangierte. Hariri hat sein Vermögen so angelegt, dass er in Frankreich keine Steuern zahlen muss. Lange Jahre war er Eigentümer des »Hotel Dune«, des teuersten Etablissements in Saint-Tropez. Dort hat er den ehemaligen Innenminister Louis de Ronsard kennengelernt, für den er angeblich das TGV-Geschäft mit Marokko abgewickelt hat.

Der Protokollant des abgehörten Gesprächs fügte in Klammern die Erklärung hinzu: (Frankreich hat für mehrere Milliarden Euro Marokko eine Superschnellzug-Verbindung zwischen Tanger und Casablanca verkauft, die jetzt gebaut wird. Hariri hat als Vermittler eine dreistellige Millionensumme erhalten.)

Hariri ist mit einer Frau aus einer wohlhabenden, marokkanischen Familie verheiratet, der eine der schönsten Besitzungen in Marrakesch gehört.

Angerufener: Alexandre Dati.

Dati leitet eine Holding, die Beteiligungen an den größten französischen Industrieunternehmen aus dem CAC 40 an der Börse hält und bedeutende Investments im Ausland tätigt. Sein Ruf als äußerst geschickter Kommunikator führt dazu, dass er häufig gebeten wird, bei schwierigen internationalen Verhandlungen zu vermitteln oder Kontakte herzustellen, die eine besondere wirtschaftliche oder finanzielle Bedeutung haben. Seine persönlichen Beziehungen reichen bis in die höchsten Etagen der Politik.

Das Telefongespräch beginnt mit kurzen, recht freundlichen Begrüßungsformeln.

Dann Hariri: »Verzeih, dass ich keinen Termin für ein Dîner finde. Aber ich fliege in wenigen Tagen für eine Weile nach Marrakesch …«

Dati: »… oh, in die Orangenplantage deiner Schwiegereltern? Wie herrlich. Ich erinnere mich daran, dort ein paar fröhliche Tage verbracht zu haben. Aber das war vor deiner Zeit.«

Hariri: »Es macht doch wenig Sinn, wenn wir uns bekämpfen. Wir wollen doch beide das erhalten, was uns zusteht.«

Dati: »Im Vertrag steht, dass wir beide zusammen vier Prozent der Gesamtsumme von sieben Milliarden Euro erhalten. Geteilt durch zwei macht das für jeden 140 Millionen. Ich habe davon keinen Centime gesehen. Und trotzdem habe ich Idiot dem Premierminister zehn Millionen für seinen Wahlkampf vorgestreckt.«

Hariri: »Das war vermutlich ein Fehler. Denn Ronsard hat sich selbst besser bedient als uns. Wenn meine Informationen stimmen, dann hat er mehr als siebzig Millionen Dollar aus dem Geschäft für sich abgezweigt und in der Schweiz geparkt. Was hältst du von der Idee: Wir tun uns zusammen und gehen ihn an. Er soll uns wenigstens einen Teil von seiner Beute abgeben.«

Dati: »Woher hast du die Zahl?«

Hariri: »Welche Zahl?«

Dati: »Na ja, die siebzig Millionen von Ronsard.«

Hariri: »Hat mir eine Fee geflüstert.«

Dati: »Hampelmann! Ronsard wollte wahrscheinlich wie üblich vor dir den großen Max spielen. Der ist doch dein Freund aus Saint-Trop. Hat der Angeber dir davon erzählt? Du kannst ihn doch ganz offen auf unseren Teil ansprechen.«

Hariri: »Taktisch wäre es besser, wir gehen beide gegen ihn vor.«

Dati: »Ich weiß nicht. Ich möchte ungern mit dir gemeinsam auftreten. Dein Ruf ist schließlich auch nicht der beste.«

Hariri: »Warum? Werd bitte nicht beleidigend!«

Dati: »Allein schon wegen deiner Steuergeschichte.«

Hariri. »Ich bin freigesprochen worden.«

Dati: »Zwar zahlst du in Frankreich keine Steuern, lebst aber in deinem Stadtpalais auf der Île de la Cité wie ein Krösus. Das nehmen dir viele Leute übel. Ich kenne so einige. Auch ganz oben.«

Hariri: »Vielleicht Chirac, aber Sarkozy steht immer noch zu mir. Wir haben letzte Woche bei Carla zusammen gegessen.«

Dati: »Carla? Gehörst du nicht auch zu deren Sammlung?«

Hariri: »Ich fürchte, unser Gespräch führt zu keinem guten Ende.«

Dati: »Und Sarkozy. Hast du für den nicht den Waffendeal mit Pakistan gefingert? Wie viel hast du dafür bekommen? 200 Millionen?«

Hariri: »Hör doch mit deinen blöden Vorwürfen auf! Sonst könnte ich dich fragen, was eigentlich mit dem Geld aus Libyen geworden ist, das Gaddafi für die Opfer des Attentats der DC 10 der UTA gezahlt hat.«

Dati: »Was soll der Quatsch? Das Geld ist an die Opfer geflossen.«

Hariri: »Nicht aber an die sieben amerikanischen Familien, die sich geweigert haben, das Entschädigungsabkommen mit Libyen zu unterzeichnen. Wo ist deren Geld? Bei dir in der Tasche? Leichenfledderer nennt man Leute wie dich!«

Dati: »Ich bedauere, dass du nicht zur Kooperation bereit bist. Aber eine letzte Frage: Ich habe gehört, der Schwager von Mohammed könnte hinter dessen Ermordung stehen. Arbeitet der nicht für dich?«

Hariri: »Wer sagt das?«

Dati: »Dass er für dich arbeitet? Dir gehört doch das

Ingenieurbüro in Marrakesch, in dem er sitzt und das mit dem TGV-Projekt in Marokko beauftragt ist.«

Hariri: »Woher weißt du, dass Ibrahim verdächtigt wird?«

Dati: »Aus Justizkreisen. Ich kenn mich da ganz gut aus.«

Hariri schaltete wortlos ab.

KALILAS VERSTECK

Der Kellner rechnete im Kopf zusammen, was Jacques ihm schuldete. Einen Grand Crème, eine Tarte à la maison, und einen Drink. Er nahm den Geldschein, klemmte ihn zwischen zwei Finger und pulte aus den vielen, etwas speckigen Taschen seiner Weste die Münzen für das Wechselgeld. Jacques ließ ein großzügiges Trinkgeld auf dem Tisch liegen. Schließlich hatte er kurz nach sechs im Büro angerufen, Martine nach Hause geschickt und sich Zeit für seinen Gin Tonic genommen.

Je länger er hier im Garten dieses Paradieses saß, desto ruhiger wurde er. Seine Gedanken schweiften ab. Hatte Watteau nicht den Jardin du Luxembourg gemalt? In Victor Hugos »Les Misérables« spielt eine Szene hier. Hat nicht fast jede Zeit ihre Autoren und Maler, Philosophen und Komponisten durch den »Luco« geschickt, wie Einheimische den Jardin liebevoll abkürzen?

Die Zeit blieb für einen schönen Moment stehen.

Als das Café um sieben Uhr schloss, stand Jacques entspannt auf und lief gut gelaunt zum Tor auf der Seite des Boulevard Saint-Michel.

Beim Gehen wählte er die Nummer von Kommissar Jean Mahon, der noch im Büro saß. Jacques bat ihn kurz und knapp, jetzt keine Fragen zu stellen, aber im Kinderkrankenhaus Necker zu verbreiten, Kalila sei in der Abteilung für Privatpatienten des Chefarztes untergebracht. Und dort solle er vor irgendeine beliebige, plausibel wirkende Tür eine Wache stellen. Aus schlechtem Gewissen nahm der Kommissar Jacques' Bitte ohne Widerspruch an, obwohl sie ihm nicht einleuchtete. An einem normalen Tag hätten sie um diese Zeit vor ihrem Glas Bruichladdich gesessen und den Tag ausdiskutiert. Auch diese Sache. Aber jetzt schien der Untersuchungsrichter wegen des Verschwindens des Mädchens eingeschnappt zu sein.

Zu Recht? Immerhin könnte es sein, dass Jacques solch einen merkwürdigen Wunsch äußerte, weil er eine Information oder gar eine Spur hatte, die zu Kalila führte.

Auf dem Weg zur Metro drückte Jacques die Kurzwahltaste vier. Jérôme meldete sich sofort und sagte, ohne einen Gruß abzuwarten: »Wann kannst du beim ›Aux Folies‹ sein?«

»Spätestens in zwanzig Minuten. Ich steige jetzt in die Metro.«

»Gut. Ich warte da. Bis gleich!«

Der Arzt trennte die Verbindung sofort.

Mit jeder Station, mit der Jacques sich Belleville näherte, änderte sich das Publikum in seinem Wagen. Die Kleidung der Passagiere, die einstiegen, wurde bunter und lässiger. Und ihr Aussehen entsprach immer weniger dem Kernsatz über die Herkunft der Franzosen, der immer noch in jedem französischen Schulbuch steht: »Nos ancêtres les Gaulois – Unsere Vorfahren, die Gallier.« Jetzt stiegen Menschen ein, deren Vorfahren eher aus der Karibik, aus dem Maghreb oder aus Asien stammten. Jérôme wartete vor Gastons Bistro, winkte Jacques zu, als er von der Metrostation die Straße herauflief, gab ihm kurz die

Hand und sagte: »Wir gehen die Straße hoch zu mir. Ich habe dir am Telefon nichts gesagt, denn weißt du, wer heute alles mithört? Ich bin sicher, der Geheimdienst lässt deine Gespräche immer noch aufzeichnen.«

Damit spielte er darauf an, dass Agenten des Inlandsgeheimdienstes einmal auf Jacques angesetzt worden waren, als er den Staatspräsidenten und dessen Regierungspartei mit seinen gerichtlichen Untersuchungen in die Bredrouille brachte.

Die Rue de Belleville steigt nach dem Bistro »Aux Folies« steil an. Sie kamen an Jacques' Haus vorbei, in dem er in der letzten Etage wohnte. Nur vierhundert Meter weiter oben lag Jèrômes Wohnung in der Cour de la Métairie, einem weiten Innenhof, der so benannt worden war, weil vor Jahrhunderten ein Pachthof an dieser Stelle gelegen hatte.

An der linken Seite des Eingangs erinnerte eine Marmorplakette daran, dass im Juli 1942 die französische Polizei hier die Juden aus Belleville zusammengetrieben und dann fortgebracht hatte. In die deutschen Konzentrationslager.

Die Schuhfabrikation Berthelot war vor einigen Jahrzehnten aus ihren Ateliers gezogen und hatte Platz gemacht für Wohnungen mit großen Fenstern. Jérôme wohnte in der vierten Etage mit einem grandiosen Blick über die Dächer von Paris bis hin zum Eiffelturm.

Jacques war noch nie bei ihm zu Hause gewesen. Sie trafen sich im Bistro oder im Restaurant. Jetzt war er erstaunt über dessen großzügige Wohnung. Seine Praxis lag eine Etage tiefer, was Jacques ebenso verwunderte, denn eigentlich reicht einem Arzt wie Jérôme, der weder Laborantin noch Helferin beschäftigt, ein Besprechungsraum neben dem Wartezimmer.

»Jacques, hast du schon deinen abendlichen Whisky getrunken?«

»Nein, heute bin ich vor lauter Aufregung nicht dazu gekommen. Und jetzt erklär mir bitte, weshalb alles in Ordnung ist, wie du mir auf die Mailbox gesprochen hast.«

Jérôme ging an einen alten Medizinschrank mit Glastüren in der oberen Hälfte, nahm zwei Gläser und eine Whiskyflasche heraus und schob eine Handfläche in Richtung Jacques, womit er andeuten wollte: warte einen Moment. In der Küche ging die Tür des Kühlschranks auf, Jacques hörte Eiswürfel in Gläser klimpern, Jérôme kam mit zwei Whiskys zurück, stellte einen vor Jacques auf ein flaches Tischchen und ließ sich mit einem lauten Seufzen in einen bequemen Sessel fallen. Dann hob er sein Glas wie zum Gruß und nahm einen kleinen Schluck. Und einen zweiten.

»Ist wirklich alles in Butter«, beruhigte Jérôme ihn. »Wie ich gesagt habe: Lass dich nicht ins Bockshorn jagen. Warum, willst du wissen? Nun, nach dem, was du mir gestern Abend erzählt hast, ging ich davon aus, dass das Mädchen in Gefahr ist. Wenn nämlich gestern Nacht jemand versucht hat, sich im Necker in die geschlossene Abteilung einzuschleichen, dann weiß er aus guter Quelle, wo das Mädchen ist. Und was ist eine gute Quelle? Na, es wird dich nicht verwundern: Bei der Polizei hat jemand geplaudert. Und du weißt, das wäre nicht das erste Mal.«

Er nahm einen weiteren Schluck.

»Ich bin deshalb gestern Nacht, nachdem wir bei Gaston unseren Absacker getrunken haben und nach Hause gegangen sind, noch ins Internet und habe schon nach zehn Minuten meinen alten Freund gefunden. Das war ganz leicht. Denn der ist jetzt Chefarzt im Necker. Und halt dich fest. Er hat die kleine Frau immer noch in seinem Team.«

Jérôme schaute in sein Glas, ließ die Eiswürfel klimpern. Jacques schwieg.

»Ich habe meinen Freund noch nachts rausgeklingelt, habe ihm die Notlage erklärt und dann die Verlegung von Kalila in die Obhut der kleinen Frau besprochen. Das war nicht schwer. Auch mit der kleinen Frau …«

»Hat die ›kleine Frau‹ auch einen Namen?«

»Ja, entschuldige Jacques, sie heißt Sophie. Und natürlich habe ich gestern Nacht auch noch mit Sophie gesprochen. Die ist nächtliche Anrufe und Notfälle gewohnt. Sophie meinte, Voraussetzung für eine gute Behandlung sei, Kalila möglichst in eine heimische Umgebung zu bringen.

Na, und was ist heimisch? Dein Zuhause.«

»Du hast sie doch nicht etwa im leeren Hause der Familie untergebracht?«

»Jacques, ich bitte dich. Nein, natürlich nicht. Aber ich habe ein paar Jungs aus Belleville, die mir noch einen großen Gefallen schuldig sind, losgeschickt, um das Kinderzimmer von Kalila so vollständig wie möglich abzubauen und hierherzubringen.«

»Was? Bist du wahnsinnig, Jérôme? Ihr seid in das Haus des Ermordeten eingebrochen? Das ist doch offiziell von der Polizei versiegelt.«

»Erstens war ich nicht dabei. Und zweitens ist es Notwehr. Es kommt doch jetzt auf den Erfolg an, nicht auf so 'ne Kleinigkeit wie ein Polizeisiegel. Damit können die Jungs übrigens umgehen.« Er trank wieder einen Schluck.

»Das Kinderzimmer haben wir unten in meiner Praxis eingerichtet, im Nebenzimmer wohnt Sophie. Ich habe dort, und du brauchst auch in dem Fall nicht zu wissen, warum, ein paar Zimmer, in die ich Kranke einweisen kann.«

»Was immer du als ›krank‹ ansiehst.«

»Was immer ich als Arzt so beurteile.«

ZEUGIN DES MORDES

Es muss entsetzlich sein, was in dem kleinen Kopf jetzt vor sich geht. Sie erlebt, wie ihre Mutter und ihr Vater erschossen werden«, sagte Jacques. »Das Mädchen ist doch für sein Leben gezeichnet.«

»Sicher ist es furchtbar für ein Kind. Selbst für einen Erwachsenen wäre es furchtbar«, sagte Professor Félix Dumas, Chefarzt vom Necker. Wenn er vorgestellt wurde, erklärte Dumas stets mit einem Lächeln, er sei weder verwandt mit dem Schriftsteller, noch mit dem Politiker oder der Malerin.

»Aber ich bin nicht ganz so pessimistisch«, fuhr der Psychiaterfreund von Jérôme fort: »Bisher zeigt Kalila wenige traumatische Störungen. Sie leidet noch nicht unter Albträumen, ist nicht übermäßig verängstigt, reagiert nicht schreckhaft auf Lärm. Lärm könnte die Erinnerung an Schüsse wachrufen.«

»Kann das nicht später auch noch kommen?«, fragte Jacques.

»Das wird es ohne Zweifel. Wir dürfen jetzt nicht denken, das Kind hätte nicht verstanden, was vorgefallen ist. Sie hat eine seelische Verletzung erlitten, und die verursacht lähmende Furcht und Gefühle von Hilflosigkeit und Verlust. Einerseits weiß das Kind, was es erlebt hat und andererseits, will es nicht davon sprechen. Man nennt das eine seelische Spaltung. Aber diese Störungen können überwunden werden. Es kommt darauf an, wie wir jetzt mit dem Mädchen umgehen. Kinder, die aufgrund ihres bisherigen Lebens Vertrauen in Erwachsene aufgebaut haben, stehen das besser durch.«

Jacques schaute in die Runde und wandte sich an Sophie.

»Wie verhält sich Kalila denn im Augenblick?«

Sophie war wirklich klein. Vielleicht einszwanzig groß. Sie wirkte wie die Miniaturausgabe einer zarten, sogar hübschen Frau.

»Als sie heute früh fast glaubte, in ihr Kinderzimmer zu kommen, war sie richtig glücklich«, sagte die kleine Frau. »Wir befinden uns jetzt am zweiten Tag nach der Ermordung ihrer Eltern. Bisher steht sie weitgehend unter Medikamenten. Auch jetzt schläft sie wieder unter einem leichten Beruhigungsmittel. Ich habe den Eindruck, dass sie mir vertraut wie einem Spielkameraden. Deshalb kann ich wahrscheinlich morgen versuchen, mit ihr ins Gespräch zu kommen und zu hören, was sie erzählt. Aber sie muss von sich aus reden wollen.«

Aus Kalilas Zimmer ertönte ein lauter Schrei. Ein kurzer Klageton voll Verzweiflung.

Sophie sprang auf und rannte los.

Félix Dumas, der wie Jacques und Jérôme aufgestanden war, machte ihnen Zeichen, sich wieder zu setzen. »Das ist Sophies Aufgabe. Es kann ein Albtraum sein.«

Sophie trat auch schon wieder in den Raum.

»Sie schläft. Ich habe sie kurz gestreichelt, aber ich vermute, sie hat geträumt.«

»Ich will jetzt nicht drängen«, sagte Jacques zu dem

Psychiater, »aber wir würden ihr natürlich gern ein paar Fragen stellen. Ab wann halten Sie das für möglich?«

Félix Dumas hob die Augenbrauen, wiegte mit dem Kopf und schaute Sophie an.

»Schwer zu sagen«, antwortete sie. »Wenn wir ausschließlich an das Wohl des Kindes denken, dann sollten Sie als Richter erst einmal gar nicht in Erscheinung treten. Selbst eine ausgebildete Polizistin wie Fabienne würde nur stören.«

»Warum?«, fragte Jacques. »Kalila wird sich doch an Fabienne erinnern.«

»Das Kind weiß noch nicht wirklich, was mit den Eltern passiert ist. Also werde ich ihr vom Tod ihres Vaters und ihrer Mutter so schonend wie möglich erzählen. Da haben wir unsere Methoden. Wir vergleichen ihre Lage mit der anderer Kinder, die Ähnliches durchgemacht haben. Wichtig ist, Kalila das Gefühl von Schuld, das sich automatisch einstellt, möglichst schnell zu nehmen.«

»Viele Opfer erzählen später«, sagte der Chefarzt, »das Schlimmste sei nicht das erlebte Drama selbst gewesen, sondern das, was man ihnen hinterher gesagt hat.«

Jacques überlegte einen Augenblick, dann schlug er vor, für Sophie einen Katalog von Fragen aufzuschreiben, die für die Ermittlungen wichtig waren.

»Vielleicht ist es möglich, alle Gespräche, die Sie mit Kalila führen, auf Video aufzuzeichnen. Auch aus dem Banalsten können wir manchmal Schlüsse ziehen.«

»Das machen wir übrigens immer so«, sagte Félix Dumas. »Wir schauen uns die Aufzeichnung gemeinsam an und können im Consilium das weitere Vorgehen besprechen.«

»Sehr gut! Die vielleicht wichtigste Frage aus meiner Sicht als Untersuchungsrichter wäre: Warum hat Mohammed der Familie gesagt, sie wollten Picknick machen. Warum ist er in den Wald von Ville-d'Avray gefahren? Hatte der Vater dort eine Verabredung? Wenn ja, mit wem? Vielleicht liegt in Kalilas Antwort darauf schon die Lösung unseres Rätsels.«

Sophie nickte: »Das kann ich leicht in meine Unterhaltung über die Vorgänge einfließen lassen. Kein Problem.«

HUNGER

Die beiden Freunde hatten Hunger. Aber inzwischen war es spät am Abend. Nach elf Uhr.

Das Bistro »Metro« gleich an der Ecke Cour de la Métairie und Rue de Belleville, nur wenige Meter von Jérômes Wohnung entfernt, hatte schon geschlossen. Jacques konnte Jérôme schließlich überzeugen, nur hundert Meter die Straße hinab bei einem kleinen, wegen seines Neonlichts unwirtlich wirkenden Chinesen einzukehren, wo es, so behauptete Jacques, die besten Dim Sum aus ganz Belleville gab.

Außerdem lag das Restaurant fast schräg gegenüber von Jacques' Wohnung. Und an den Plastiktischen saßen nur Chinesen.

Ein gutes Zeichen.

Als sie eintraten, grüßte Jacques eine junge Chinesin an einem Tisch mit einem alten Paar. Guten Abend, Chan Cui. Und erst als sie saßen, fragte Jérôme flüsternd, wer die Frau denn sei. Jacques lachte. Jérôme müsse sich doch an sie erinnern, denn er habe einmal geholfen, sie vor den Behörden zu verstecken. Das sei Chan Cui, die früher bei ihm schwarz geputzt habe, jetzt aber Aufenthaltspapiere besitze und ganz legal bei ihm für Ordnung sorge.

»Die Dim Sum riechen einmalig, Jacques! Ich bitte um Verzeihung, dass ich daran zweifeln konnte«, schwärmte der Arzt, als ein Stapel dampfender Bambuskörbchen auf ihrem Tisch landete.

»Du kannst noch was von mir lernen, obwohl du schon viel länger hier wohnst.«

»Aber du bist mit den Chinesen nach Belleville eingewandert.«

Jacques nahm sich mit den Holzstäbchen eine Teigtasche aus dem Bambuskörbchen und tauchte sie in die Sojasauce.

»Eine Sorge lässt mich nicht los, Jérôme. Wie sicher ist Kalila bei dir?«

»Außer uns vieren weiß doch keiner davon.«

»Doch. Wie ist Kalila denn zu dir gekommen? In einem Krankenwagen. Und der wurde von jemandem gefahren.«

»Mach dir deshalb keine Sorgen. Wir haben Kalila in einem Lieferwagen abgeholt, den jemand fuhr, den ich kenne. Und dem ich vertraue. Du kannst doch jetzt nicht die Polizei vor meine Tür stellen. Da gibt es bestimmt jemanden, der plaudert. Das hast du doch selbst schon in dem einen oder anderen Fall erlebt. Du kommst zu einer Durchsuchung und dort findet gerade das Großreinemachen statt. Warum? Jemand von der Polizei hat den Verdächtigen noch schnell gewarnt. Und dieser Jemand erhält dann eine kleine Belohnung.«

»Wie wäre es, wenn du einige deiner ›vertrauenswürdigen‹ Kerle motivierst, Wache zu schieben, etwa die, die auch das Kinderzimmer geholt haben?«

»Irgendwann wollen die dafür einen Ausgleich. Ich als Arzt kann das tun. Du als Richter nicht. Oder würdest du einen von denen laufen lassen, wenn er vor dir stünde?«

»Ihn laufen lassen, obwohl ich von seiner Schuld über

zeugt bin? Sicher, klar doch. Das kann er schriftlich haben, wenn er will.«

Erstaunt schaute Jérôme den Untersuchungsrichter an, der ohne eine Miene zu verziehen eine weitere Teigtasche in seinen Mund schob.

Dann lachten beide. Und Jérôme versprach, mit seinen jungen Freunden zu sprechen. Jetzt sei die richtige Zeit, sie anzurufen, denn langsam würden sie wohl wach.

»Wahrscheinlich solltest du deinen Freunden sagen, dass es sich hier um die Zeugin eines Vierfachmordes handelt. Dass sie es also wirklich mit gefährlichen Leuten zu tun haben.«

Als die Rechnung kam, war Jacques wieder einmal verblüfft, wie wenig das Essen hier kostete.

»Schau dir das an. Ich lade dich ein, lieber Jérôme. Gerade einmal 23 Euro. Phantastisch.«

In diesem Moment schlug die Restauranttür auf, und zwei Chinesinnen stürzten schreiend in den Raum. In rasendem Tempo sprang ein halbes Dutzend Chinesen auf und rannte auf die Straße. Draußen ertönte lautes Geschrei, und wenige Minuten später kamen die Männer zurück. Jérôme erkundigte sich, was passiert sei. Vier afrikanische Bootsflüchtlinge wollten den Chinesinnen die Handtaschen entreißen.

»Sie sind doch Richter«, sagte die chinesische Wirtin zu Jacques, »Sie sollten endlich für Sicherheit in Belleville sorgen.«

DIE ANGST DES RICHTERS

Jean Mahon hatte sich mit seinem Dienstwagen zum Frühstück mit Jacques im Bistro »Aux Folies« fahren lassen, war aber unten an der Ecke beim Eingang zur Metrostation Belleville ausgestiegen. Er hatte seinen Fahrer gebeten, dort zu warten und war die wenigen Meter zum Bistro die Rue de Belleville hoch zu Fuß gelaufen. Aus Rücksicht auf Jacques. Denn der predigte gern Bescheidenheit und Demut, wenn es in seinem privaten Umfeld darum ging, sich nicht auffällig als Staatsmacht zu demonstrieren.

Die Leute aus Belleville wussten zwar, dass er Untersuchungsrichter war, ein mächtiger sogar, aber eher einer, der den Großen auf die Finger klopfte und zu den kleinen Leuten hielt. Er war einer der Ihren. Würde er sonst hier wohnen?

Jean Mahon winkte ab, als Gaston ein Croissant brachte, weil er zu Hause mit seiner Frau schon gefrühstückt hatte. Aber er nehme gern noch einen Kaffee.

»Entschuldige, dass ich dich gestern um Mitternacht angerufen habe«, sagte Jacques. »Ich wollte dich beruhigen. Aber am Telefon konnte ich dir keine Details erzählen, etwa wo Kalila ist. Und warum sie da ist.«

Jacques überlegte, ob er sich entschuldigen müsste. Aber nein, er hatte ja Grund für seinen Zorn.

Auch Jean Mahon zögerte mit einem Wort der Entschuldigung. Er fand, Jacques hätte sich ein wenig zu dramatisch benommen.

Beide schauten einen Moment auf das lebendige Treiben in der Rue de Belleville.

Dann begann Jacques ganz plötzlich in völlig normalem Ton, die Lage zu schildern.

Als er geendet hatte, schwieg Kommissar Jean Mahon einen Moment. Schließlich sagte er: »Weißt du, was merkwürdig ist: Die Magnetkarte des Stationsarztes hat sich wiedergefunden. Sie steckte plötzlich am Morgen wieder in seinem Arztkittel.«

»Ich mache mir große Sorgen um die Sicherheit des Mädchens«, sagte Jacques. »Wenn der Vorfall im Krankenhaus Necker wirklich mit den Morden zusammenhängt, können wir ausschließen, dass der Täter ein Verrückter ist.«

»Wir können auch ausschließen, dass es die Rechtsextremen waren«, fügte der Kommissar hinzu. »Wir haben nach dem Bekennerschreiben dem Führer von Nomad 88, der nennt sich wirklich ›Führer‹!, einen nicht ganz freundlichen Hausbesuch abgestattet und ihn mitgenommen. Die wollten nur auffallen. Gott sei Dank ist die Presse nicht drauf eingegangen.«

»Wer könnte sonst infrage kommen? Ich vermute, es ist jemand aus einem System, dem Mohammed aus irgendeinem Grund gefährlich wurde. Aber: wer, welcher Hintergrund, welches Motiv?«

»Ich sehe zwei Schwerpunkte, Jacques. Als allerersten immer noch Drogen. Schließlich lagen im Kofferraum Hanfstängel im Verkaufswert auf der Straße von bald hunderttausend Euro. Und dafür spricht auch die Anwesenheit seines alten Kumpels auf dem Beifahrersitz. Das herauszufinden dürfte nicht allzu schwer sein.«

Jean Mahon rückte seinen Stuhl näher an den Tisch, ehe er weitersprach.

»Es kann sich doch bei den Mördern nur um hiesige Leute handeln, die irgendwo Hanf angepflanzt haben. Wir sind dran und haben die Drogenfahndung mit einbezogen. Zum anderen: Geldwäsche im Zusammenhang mit Drogengeldern. Da wird's schon schwieriger. Dahinter können Leute aus dem Ausland stecken, wer auch immer. Ist aber möglich, wenn wir nur an die Lieferung des Corbeau denken mit dem Foto vor der Bank in Genf. Sobald wir wissen, wer die zweite Person ist, könnten wir weiterkommen. Ich würde auch den Schwager noch nicht ausschließen. Wer weiß, über welche Kontakte der verfügt.«

»Monsieur Ibrahim?«, fragte Jacques scherzend.

»Um Gottes willen! Monsieur Rossi!«, antwortete der Kommissar übertrieben laut.

»Habt ihr über den inzwischen mehr herausgefunden?«

»Nicht wirklich. Ibrahim hat kein Polizeidossier. Er ist nie aufgefallen, ist nicht einmal zu schnell gefahren. Er hat keine Kredite platzen lassen und gilt als belesen und kultiviert, im Gegensatz zu seinem Schwager Mohammed. Ich habe einen Freund beim Inlandsgeheimdienst angespitzt nachzusehen, ob es nicht in deren Akten etwas gibt. Der will das machen, hat fürs erste nichts gefunden, meint aber, dass Ibrahim sicher schon überprüft worden ist, weil er bei dem Ingenieurbüro arbeitet, das mit der Schnellstrecke der Bahn in Marokko beauftragt ist. Aber – halt dich fest – dieses Ingenieurbüro gehört Georges Hariri.«

»Der Schattenmann hat seine Finger überall drin. Was ist mit dem möglichen Streit um Geld mit Ibrahim Rossi?«

»Keinen Hinweis. Nichts.«

Gaston schaute fragend aus der Tür des Bistros. Alles in Ordnung?

Ja. Wir haben alles. Danke.

»Wer auch immer dahintersteckt«, sagte Jacques, »ich mache mir Sorgen um die Sicherheit des Mädchens. Auch der Mörder weiß: Kalila ist die einzige Zeugin. Wie können wir sie schützen? Jérôme hat seine Jungs mobilisiert. Die haben vielleicht guten Willen, aber denen traue ich nicht allzu viel zu. Auf der anderen Seite hat Jérôme recht: Es hat immer wieder undichte Stellen bei der Polizei gegeben.«

»Bisher habe ich für meine Leute immer die Hand ins Feuer legen können«, sagte Jean Mahon.

»Mag schon sein. Aber kannst du dich an den Fall Angola erinnern? Als wir bei dem Waffenhändler Sotto Calvi anrückten, um sein Büro zu durchsuchen, war der eine Minute vorher über die Tiefgarage geflohen. Irgendjemand hatte ihm einen Tipp gegeben. Irgendjemand von der Polizei.«

»Und wer es war, das haben wir schnell rausbekommen. Es war keiner von meiner Truppe, wenn du dich recht erinnerst, Jacques.«

»Schon richtig. Aber deine Truppe ist zu groß, um ein solches Geheimnis sicher wahren zu können. Nehmen wir mal an, wir müssten einen neuen Einsatz wie vorgestern beim Krankenhaus auslösen. Das bedeutet zu viele Leute, die nicht direkt aus deiner Truppe kommen.«

»Wir können vielleicht zwei Mitarbeiter, Fabienne und noch jemanden aus dem laufenden Betrieb abziehen und ihnen offiziell eine Sondermission anvertrauen. Ist es ja auch, wenn wir sie dann in Jérômes Wohnung oder Praxis einsetzen. Die beiden müssten allerdings dort wohnen.«

»Und sie müssen bewaffnet sein. Wie gut kann Fabienne mit einer Waffe umgehen?«

»Alle in meiner Truppe gehen regelmäßig zum Schießtraining – auch mit der Schnellfeuerwaffe. Wer bei der Treffsicherheit nicht ständig im oberen Drittel liegt, kann bei mir nichts werden.«

Beschlossene Sache.

Jacques zahlte auch den Kaffee des Kommissars und ließ sich überreden, mit ihm ins Büro zu fahren, weil er einen großen Karton mit sich herumschleppte, der in der Metro doch sehr lästig gewesen wäre.

»Was hast du denn da drin?«, fragte der Kommissar.

»Eine neue Kaffeemaschine fürs Büro. Der Kaffee bei Betonmarie ist so viel besser, seitdem sie eine neue Maschine hat – und zwar privat bezahlt, hat mir Justine gesagt. Da habe ich gedacht, was soll der Geiz, ich kaufe jetzt auch eine eigene Maschine für Martine. Wenn du also willst, kannst du jetzt immer gern bei mir auf einen ordentlichen Kaffee vorbeikommen. Sozusagen als Ausgleich zum Whisky!«

»Wie wär's heute Abend?«

»Zum Sonnenuntergang!«

DIE KONTEN DES CORBEAU

Françoise nippte an dem heißen Kaffee und machte ein zustimmendes Geräusch.

»Du bist die Erste, die eine Tasse aus der neuen Maschine bekommt!«, sagte Jacques. »Ich hoffe, du weißt das zu schätzen!«

»Und ob. Ich komme jetzt regelmäßig zu Dienstbeginn!«, sagte Françoise und wies mit dem Finger auf die Wand gegenüber von Jacques' Schreibtisch.

»Schön, dass es immer noch da hängt. Passt wirklich zu dir!«

Jacques hatte ein Original des Titelblattes jener Ausgabe von »L'Aurore« in einem großen Rahmen aufgehängt, in der Émile Zola sein »J'accuse« in der Dreyfusaffäre veröffentlicht hatte.

Eines Tages war ein Paket für den Untersuchungsrichter Jacques Ricou bei Gericht eingetroffen, und weil es keinen Absender trug, wurde es durchleuchtet und besonders kritisch untersucht. Aber es befand sich nur eine Bildrolle mit einem anonymen Brief darin.

»Mein Ahn hat diese Ausgabe von ›L'Aurore‹ im Januar 1898 von dem wenigen Geld, das er verdiente, gekauft, und seitdem befindet sich das Blatt in unserer Familie. Ich habe es von meinem Vater erhalten, so wie mein Vater es von seinem Vater übernahm. Heute meine ich, ›J'accuse‹

gebührt Ihnen. Mögen Sie daraus die gleiche Kraft schöpfen, wie sie in Émile Zola wirkte.«

Jetzt saß Jacques an seinem mit Akten vollgeladenen Bürotisch auf dem alten, gepolsterten Sessel, den er immer mitnahm, wenn er versetzt wurde. Das Möbelstück gehörte zu ihm wie zu manchen Menschen Glücksbringer.

Im Sommer schützten die dicken Mauern des Palais den eher hohen als langen Raum vor der Hitze, die Sonne schien aus Osten schräg durch das verstaubte Fenster, das Jacques geöffnet hatte, als er ins Büro gekommen war. Warme Luft gegen die kalte Feuchtigkeit.

»›J'accuse‹. Ja, ein guter Text. Ich sehe das Blatt kaum noch. Was man jeden Tag vor Augen hat, verschwindet irgendwann mal. Wie der Eiffelturm. Fällt der dir im Stadtbild noch auf?«

Françoise lachte. »Nein, wirklich nicht. Was ist das – Eiffelturm?«

Doch dann wurde sie ernst.

»Der Brief des Corbeau war nicht uninteressant. Eins vorweg: Ich habe nichts über das Nummernkonto rausfinden können. Aber da bin ich immer noch dran. Und zum Foto: Der Mann neben Mohammed ist Georges Hariri. Also wäre es denkbar, dass ihm das Nummernkonto gehört. Ich bin, wie gesagt, dran.

Das zweite Konto, das auf den Namen Aziz Arfi lautet, ist erst vor knapp einem Jahr eingerichtet worden. Aziz Arfi, der Vater von Mohammed, ist allerdings schon vor drei Jahren in Marokko gestorben. Alles deutet darauf hin, dass Mohammed Arfi dieses Konto mit den Papieren seines Vaters eröffnet hat. Immerhin habe ich herausfinden können, dass es sehr wenige Bewegungen auf dem

Konto gab. Bei der Eröffnung wurden sechzigtausend
Euro bar eingezahlt. Und dann kam vor einem halben
Jahr eine einmalige Überweisung von einer Million Euro.«

»Und weißt du, woher?«

»Ich habe keinen Beleg, aber einiges spricht dafür, dass
die Summe von dem besagten Nummernkonto überwiesen wurde. Ich habe bei GG einen Jazzfreund, den ich
beim letzten Festival in Montreux kennengelernt habe.
Den habe ich angemorst und mich für morgen, Samstag,
angemeldet. Ein Wochenende in Genf, warum nicht. Ich
fahre gleich früh mit dem TGV hin.«

»Gut, dass du als Jazz-Sängerin auftrittst. Hattest du
in Montreux nicht auch den Polizisten aus Leipzig kennengelernt, der uns dann im Fall Marc Leroc und Holm
Mormann geholfen hat?«

Diesen Fall zu erwähnen, hätte Jacques sich verkneifen
können. Denn Françoise errötete, als er sie daran erinnerte. Dem Leipziger Polizisten hatte sie im Bett mehr gesagt
als nötig.

Um abzulenken, sagte sie: »Sonntagnachmittag in einer
Woche treten wir wieder in der Kirche Saint-Merri auf,
wenn du Lust hast, komm doch um drei vorbei.«

Jacques fragte: »Willst du noch einen Kaffee?«

»Gern! Er schmeckt wirklich einmalig.«

KALILAS AUSSAGE

Als Marie Gastaud Jacques zu sich bat, fürchtete er, sie wolle ihm doch das Gutachten über Wein als Lebensmittel aufbrummen. Aber dann zeigte sie sich äußerst freundlich und wollte nur über den Stand der Ermittlungen informiert werden.

»Es ist merkwürdig«, sagte Betonmarie, »aber es interessieren sich mehr Leute für den Mord als bisher üblich. Die neue Regierung macht es allerdings ein wenig eleganter als Sarkozy zu seiner Zeit. Der Justizberater des Präsidenten hat einen gemeinsamen Freund bei meinem Mann vorsichtig anfragen lassen, ob er mehr wisse. Wissen wir mehr?«

Jacques, dem Justine einen frischen Kaffee gebracht hatte, erklärte den Stand der Dinge, ohne auf Kalila einzugehen. Entweder Drogen oder Geldwäsche. Wenn aber das Élysée interessiert sei, dann wohl eher Geldwäsche. Oder vielleicht sogar Korruption? Dafür hatte Jacques aber keinen Hinweis.

Als er seine leere Kaffeetasse im Vorzimmer bei Justine abgab, sagte die: »Du hast dir jetzt auch eine eigene Kaffeemaschine geleistet, habe ich von Martine gehört.«

»Ich bin eurem Vorbild gefolgt.«

Sie nahm die leere Tasse und gab ihm eine Bise.

»Du bist doch ein Gentleman und bringst das Geschirr raus.«

Jacques legte seinen Arm um ihre Hüfte und zog sie an sich, um ihre Bise zu beantworten. Sie fasst sich gut an, dachte er. Und attraktiv ist sie auch. Und fröhlich. Dann ließ er sie los, um nicht doch in Versuchung zu geraten, und ging schnell. Nicht im Büro. Lass die Finger davon.

Am Nachmittag rief Margaux an.

Sie flötete ins Telefon. Ihr Chefredakteur mache Druck, sie solle die Geschichte weitertreiben. Heute hätten sie die Geschichte vom Vortag ein wenig ausgewalzt. Aber jetzt hat der Sohn Delon seinen Anwalt geschickt, also könne sie in diese Richtung nicht weiterschreiben. Da habe Jean-Marc nur gefragt: Wozu sie denn den Untersuchungsrichter kenne.

»Gibt es denn irgendeine Möglichkeit, dass ich mit Kalila spreche?«, fragte sie Jacques. »Oder kannst du mir was dazu sagen?«

Er seufzte. »Nein. Und das sage ich nicht, weil ich sauer bin wegen deines Artikels. Sondern weil es zu dem ganzen Fall noch nichts zu sagen gibt.«

»Hast du nicht irgendeinen Krümel, mit dem du mich füttern kannst?«

Sie schlug einen so verzweifelten Ton an, dass Jacques unwillkürlich lachen musste. Mit dieser Tour hatte sie ihn schon so manches Mal erweicht. Aber mit den Jahren hatte er gelernt, mit Journalisten umzugehen. Nicht einen einzigen Satz, den sie zitieren können, darf man denen sagen. Würde er Margaux antworten: »Wir haben noch keine heiße Spur«, dann könnte sie eine Schlagzeile drucken: »Richter Jacques Ricou hilflos in Mordaffäre«. Und dann würde sie den Tathergang noch einmal schildern und ihn wörtlich zitieren.

»Margaux, nichts, nichts, nichts erfährst du von mir. Hast du eigentlich schon dein Dîner mit Dati hinter dir? Hat das was gebracht?«

»Heute Abend. Und zwar bei Dati selbst.«

»Vielleicht erfährst du etwas, das mich interessieren könnte. Ruf mich an.«

Es gab Zeiten, da definierte Jacques sein Leben durch den Dreiklang Paris, Stress und Margaux. Paris und der Stress waren ihm geblieben. Ein bisschen Weiblichkeit sollte aber schon dazugehören.

Das Telefon klingelte.

»Die Pforte fragt, ob sie einen Boten durchlassen darf«, sagte Martine. »Er bringe ein Video, das er angeblich nur dir persönlich aushändigen darf.«

»Kann sein. Sie sollen ihn durchchecken und dann zu dir hochschicken. Du bringst das Video dann zu mir. Sag Jean Mahon Bescheid und frag, ob er sofort rüberkommen kann.«

Professor Félix Dumas hatte dem Video ein kleines Kärtchen beigelegt. Dies sei ein Ausschnitt aus der ersten Aufzeichnung, und die Aussagen von Kalila seien mit Vorsicht zu genießen. Im Falle eines Gerichtsverfahrens halte er selbst sie nicht für verwertbar. Und ganz bewusst habe er nur die Szene kopiert, die die Ermittlungen betreffe. Der restliche Teil des Videos falle in den Bereich der medizinischen Betreuung, also unter die ärztliche Schweigepflicht.

»Da hat er sich aber gut aus der Affäre gezogen«, sagte Kommissar Jean Mahon, als er den Brief gelesen hatte.

»Leider hat er aber auch recht«, sagte Jacques. »Wahrscheinlich dürfte er uns noch nicht einmal diesen Ausschnitt zeigen.«

Jacques schob die DVD in seinen Computer ein. Es dauerte einen Moment, bis ein Bild erschien. Fast der ganze Raum war zu sehen. Die Vorhänge an den großen Fenstern waren halb geschlossen. An den Wänden hingen Plakate von Clowns, von Tieren, von Märchenfiguren. Auf dem Bett, das in einer Ecke stand, lagen viele Plüschtiere zwischen dem Kopfkissen und der verkrumpelten Bettdecke.

Offenbar hatte die Kamera ein Weitwinkelobjektiv und stand an einem festen Platz. Sophie saß mit Kalila auf dem Boden. Das Mädchen weinte.

»Sehe ich Mama und Papa nie wieder?«

»Wenn man tot ist, kommt man in den Himmel. Meine Mama und mein Papa sind auch schon dort. Die treffen jetzt deine Mama und deinen Papa.«

»Warum sind deine Mama und dein Papa schon da?«

»Die waren alt. Wenn man alt ist, dann stirbt man irgendwann.«

»Wie Opapa.«

Kalila nahm ihren Marienkäfer, dann warf sie sich in Sophies Arme und weinte wieder.

»Ich will zu meiner Mama.«

Sophie umarmte das Mädchen fest, wiegte es hin und her und schwieg.

»Warum warst du eigentlich in das Versteck im Auto geklettert?«

Kalila richtete sich auf und sah Sophie an.

»Woher weißt du, dass ich da drin war?«

»Weil du doch da rausgekommen bist.«

»Papa und Mama haben sich gestritten. Papa hat Mama

sogar geschlagen. Dann hat sie geschrien. Wenn die böse waren, habe ich mich immer da verkrochen. Da war ich sicher.«

»Ihr wolltet doch Picknick machen. Machst du gern Picknick?«

»Lieber, wenn noch Christine dabei ist.«

»Wer ist Christine?«

»Weißt du nicht? Meine beste Freundin.« Kalila schaute die kleine Frau an und fragte: »Sind Mama und Papa jetzt tot, weil sie sich gestritten haben?«

»Nein …«, Sophie fing plötzlich an zu schluchzen und nahm Kalila wieder in die Arme. Jetzt weinten beide. Leise. Ihre Körper zitterten. Sophie drückte das Mädchen fest an sich und legte ihre Wange auf deren Kopf. Zwischen ihren geschlossenen Lidern quollen Tränen hervor.

Als sie sich ein wenig gefasst hatte, fragte Sophie: »Und warum seid ihr in den Wald gefahren, wolltet ihr da Picknick machen?«

»Nein, da wollten wir den Onkel treffen.«

»Hatte der Onkel euch gesagt, dass ihr dort hinkommen sollt?«

»Ja, das hat er Papa gesagt. Da sollten wir den Onkel treffen. Und dann zum Picknick fahren.«

Nach einem kurzen Moment des Schweigens brach die Aufzeichnung ab.

Jacques stand auf, ging zum Fenster und schloss es. Er wollte vor dem Kommissar verbergen, dass ihm Tränen in den Augen standen.

Jean Mahon räusperte sich und sagte: »Der Onkel! Und was machen wir jetzt?«

»Ich lass Martine herausfinden, ob der Onkel in Marrakesch in seinem Büro ist und fliege Anfang der Woche hin. Morgen ist Samstag, da können wir ohnehin nichts tun. Und ich muss das offiziell über die marokkanische Botschaft spielen. Ich gebe an, Ibrahim Rossi wegen des Mordes an seinem Schwager als Zeugen befragen zu wollen. Das ist das Natürlichste auf der Welt.«

DIE AMAZONEN DER REPUBLIK

Manchmal drängen sich merkwürdige Gedanken ins Bewusstsein. Jacques überlegte, ob er vielleicht an Verfolgungswahn litte. Also, nicht richtig, aber ob Margaux, als sie ihn zum ersten Mal interviewte und dabei sehr charmierte, den aufstrebenden Untersuchungsrichter Ricou nicht schon längst als Opfer ausgesucht hatte, um ihn wie ein Insekt im Netz der Spinne auszusaugen. Mittels Sex.

Mit Sex nimmt man es in Paris ja nicht so genau. Aber das ist nun wirklich keine verblüffende Erkenntnis.

Schließlich ist die Kultur der Liebe eine Erfindung der französischen Troubadoure, der Minnesänger. Eine Kultur, die der Frau über die Liebe einen neuen gesellschaftlichen Status gibt und sie gleichberechtigt neben den Mann stellt. Ja, häufig bestimmt sie das amouröse Spiel, lässt den Eroberer leiden und lechzen, indem sie ständig neue Beweise für seine Ernsthaftigkeit fordert.

Es gibt in Paris heute noch genügend Fälle, die zeigen, dass Politiker, je höher sie steigen, immer attraktiveres Freiwild für Journalistinnen werden oder für Schauspielerinnen, siehe Monsieur Hollande.

Die schöne Anne Fulda vom Figaro angelte sich Nicolas Sarkozy, damals noch Innenminister, als dessen Ehefrau Cécilia zu einem anderen zog. Anne Fulda ließ sich scheiden.

Zusammen kauften die Journalistin und der Minister Möbel für die zukünftige gemeinsame Wohnung. Aber dann kam Cécilia für ein paar Wochen zurück, und Sarkozy ließ Anne Fulda fallen. Äußerst unelegant.

Aber kaum war Sarkozy zum Präsidenten gewählt, machte Cécilia endgültig die Mücke. Wenig später zog sich die äußerst attraktive Laurence Ferrari eine tief ausgeschnittene Bluse zum Interview mit Sarkozy an, und schon war es um ihn geschehen. Zusammen flogen sie nach Marrakesch. Laurence Ferrari ließ sich scheiden.

Dann kam aber auch schon Carla und grabschte sich den Präsidenten Sarkozy. Seine abgelegte Freundin Ferrari brachte er wenigstens standesgemäß als Moderatorin bei der populärsten Nachrichtensendung von TF1 unter. Aber kaum war Sarkozy abgewählt, wurde Ferrari bei TF1 gefeuert.

Und war nicht der neue Staatspräsident François Hollande mit Valérie Trierweiler auch einer Journalistin von *Paris-Match* aufgesessen?

Jacques legte sich auf seine Couch und las den ganzen Abend lang das Buch eines Journalisten über die Amazonen der Republik. Mit Amazonen waren Journalistinnen gemeint. Als er es nach der letzten Seite zuschlug, schüttelte er den Kopf und goss sich den Rest aus seiner Rotweinflasche ein.

Françoise Giroud, die Mitgründerin des Wochenmagazins *L'Express* und überzeugte Feministin, hatte schon vor vierzig Jahren ganz bewusst junge, schöne Journalistinnen angestellt, um sie auf Politiker anzusetzen.

Voraussetzung: Minirockfigur.

Motto: Auf dem Kopfkissen erfahrt ihr alles.

Zu diesen Amazonen gehörte auch Michèle Cotta, die unverblümt zugab, viele politische Geheimnisse erfahren zu haben, wenn sie ihren weiblichen Charme spielen ließ. Sie hatte unter anderem eine Affäre mit dem jungen Jacques Chirac und später eine mit Staatspräsident François Mitterrand. Und Michèle Cotta brachte es so weit, dass sie im Präsidentschaftswahlkampf 1988 das Fernsehduell zwischen Präsident Mitterrand und seinem Herausforderer Chirac, also zwischen ihrem augenblicklichen und ihrem ehemaligen Liebhaber, moderierte.

Ob vielleicht auch Margaux auf ihn, Jacques, angesetzt worden war?

Nein, das konnte er sich nicht vorstellen. Er war doch nur ein kleiner, weitgehend unbedeutender Untersuchungsrichter, als er Margaux kennen- und lieben gelernt hatte. Na gut, er hatte damals schon den einen oder anderen aufregenden Fall gehabt, aber er war noch nicht so berühmt-berüchtigt wie heute.

Jacques trat an das große Fenster seines Wohnzimmers und genoss den Blick über das nächtliche Paris. Er schaute in die vor ihm liegende Rue de Belleville. Sollte er noch ein letztes Glas im Bistro »Aux Folies« trinken? Heute nicht. Er würde ins Bett gehen.

Das Telefon klingelte. Halb zwölf. Ob etwas passiert war?

Margaux.

»Was ist?«

Margaux sprach vor Aufregung schnell und undeutlich. Vielleicht hatte sie auch einen Schluck Wein zu viel intus. Sie komme gerade von dem Abendessen mit Dati. Ein äußerst zivilisierter Mann übrigens. Er begrüße sie immer mit einem Handkuss. Es sei hoch interessant, was sie von Dati über Mohammed erfahren habe. Jacques sei doch sicher noch wach. Ob sie eben vorbeikommen solle? Sie könnten sich auch im »Aux Folies« treffen.

Nein, Jacques hatte keine Lust. So wichtig wird es nun auch wieder nicht sein.

»Lass uns morgen treffen, Margaux. Allerdings geht's bei mir erst etwas später, weil ich tagsüber bei Michel bin, der will unbedingt nach Australien auswandern, und das will ich ihm ausreden.«

Der Maler Michel Faublée, sein guter Freund, hatte früher eine alte Druckerei im Boulevard de Belleville als Atelier und Wohnung genutzt. Aber dann kaufte er billig ein ehemaliges Bananenreifehaus im Vorort Bezons. Michel nannte dieses neue riesige Atelierhaus, in dem er mit Frau und Kind wohnte und das einmal sein Museum werden sollte, zweideutig la Mûrisserie. Da reift die Kunst wie eine Banane.

Wenn Jacques ihn besuchte, klagte Michel stets über den verkorksten Kunstbetrieb in Frankreich, der vom Kulturminister und seinen Günstlingen bestimmt werde. Er wollte deshalb auswandern. Nach Australien, wo er zwar noch nie gewesen war, aber wo Verwandte seiner Frau lebten.

»Der ist doch verrückt. Michel müsste doch inzwischen über siebzig sein!«

»Eben! Und deshalb muss ich es ihm ausreden.«

»Wann hast du dann morgen Zeit?«

»Sagen wir abends um neun Uhr im ›Aux Folies‹?«

»Um neun. Okay. Bis dann. Schlaf gut.«

GEHEIMNISSE DES MONSIEUR DATI

Jacques fluchte. Die Uhr im Auto zeigte sechs vor neun an, und er stand im Stau. Um zu Michel nach Bezons zu gelangen, hatte er seinen Dienstwagen genommen. Denn die Metro fährt nicht so weit, und mit dem Bus dauert es ewig. Der Besuch bei dem Maler hatte ihn entspannt und von seinem täglichen Stress abgelenkt. Über die Pläne des Künstlers auszuwandern, hatten sie nur kurz geredet.

Michel drückte Jacques zum Abschied sein Buch »Ein Maler fürs Exil« in die Hand, das er im Selbstverlag herausgebracht hatte. Aber nichts deutete darauf hin, dass er bald aufbrechen würde.

Als der Künstler ihn einlud, zum Abendessen zu bleiben, entschuldigte Jacques sich, er sei mit Margaux verabredet. Oh! Nein, nein, nicht, was du denkst. Das ist mühselig zu erklären, aber da läuft nichts mehr. Es geht um einen Fall. Seit Monaten haben wir uns nicht mehr gesehen. Das Mittagessen in »La Petite Maison« zähle ja nicht.

Jacques fand es unhöflich, Margaux im »Aux Folies« warten zu lassen.

Der Stau.

Seit fünf Minuten bewegte sich nichts mehr.

Bis zur Rue de Belleville waren es nur noch fünfhundert

Meter. Er bog rechts ab und schlängelte sich durch kleine Straßen in die Rue Julien Lacroix, die genau vor seinem Haus in die Rue de Belleville mündete und dort die Place Fréhel bildete. Aber da würde er keinen Parkplatz finden. Er fluchte, dann sah er eine kleine freie Stelle vor einer Ausfahrt und rangierte den kleinen Wagen mit Mühe hinein. Er wusste, dass die Ausfahrt nie benutzt wurde. Dann lief er die Rue de Belleville im Trab hinab.

Kurz vor dem Bistro »Aux Folies« herrschte Chaos.

Große Limousinen hielten vor dem »Le Pacifique«. Der Eingang war mit Papiergirlanden geschmückt, und abendlich gekleidete Chinesinnen und Chinesen stiegen vorsichtig aus. Eine Hochzeit. Eine chinesische Hochzeit.

Und das »Aux Folies« war rappelvoll.

Am Straßenrand warteten Trauben von jungen Menschen, die auf einen leeren Tisch hofften. Die Passanten mussten auf die Straße ausweichen, um vorbeigehen zu können.

Belleville zeigte sich an diesem warmen Samstagabend von seiner besten Seite als Schmelztiegel, der alte Einwohner mit den Migranten von überall her vermischt.

Im »Aux Folies« herrschte unter jungen Künstlern die Farbe schwarz vor. Obwohl schwarz ja nach Ansicht der Maler keine Farbe ist. Schwarz war die Farbe des Existenzialismus, aber das wissen sie schon nicht mehr. Schwarz ist einfach »in« unter Künstlern.

Drei junge Juden kamen mit Kippa auf dem Hinterkopf die Straße hoch, vielleicht waren sie in der Synagoge um die Ecke gewesen.

Autos hupten, weil immer mehr Leute sich ihren Weg zwischen den Fahrzeugen suchten.

Mit erhobener Faust und lautem Geschrei drohte eine alte Tunesierin, die ihre große Familie hinter sich wusste, einem Fahrer, der versuchte, indem er laut Gas gab und langsam anfuhr, die Fußgänger vor seiner Motorhaube zu erschrecken, um die Lücke zum Wagen vor ihm zu schließen.

Margaux war noch nicht da.

Gaston stand an der Tür. Als er Jacques sah, kam er auf die Straße und sagte: »Heute ist der Teufel los. Willst du einen Platz an der Theke?«

»Nein. Eher einen Tisch für zwei.«

»Oje, da sehe ich heute schwarz.«

»Margaux wollte mir von ihren Recherchen bei jemandem erzählen, der vielleicht was zu meinem Mordfall sagen kann.« Und dann, mit einem Blick auf die Menschenmasse, fügte er mit einer Handbewegung hinzu: »Das gibt heute noch eine Prügelei, wenn das so weitergeht.«

»Ich weiß nicht, was ich machen soll«, sagte Gaston nachdenklich, aber seine Miene erhellte sich, als Margaux sich aus der Menge auf der Straße löste. Sie gab Jacques eine Bise und Gaston auch, so als sei es das Natürlichste auf der Welt.

»Mein Gott, das sieht aber nicht so aus, als könnten wir hier sprechen«, sagte sie. »Was machen wir jetzt? Sollen wir zu dir raufgehen?«

»Wir können die Straße hochgehen zur Place Fréhel«, sagte Jacques. »Da komme ich gerade her, und da ist es noch ziemlich ruhig. Die Bar ›Culture rapide‹ hat immer noch ein paar Stühle und Tische draußen.«

»Oje, das ist aber ganz schön verratzt«, sagte Margaux.

»Du wirst dich wundern«, sagte Gaston. »Da hat eine

Selbstinitiative im Frühjahr in drei Beeten je fünf ziemlich große Apfelbäume gepflanzt. Und es wachsen jetzt mitten auf dem geteerten Platz Tulpen in einer blauen Badewanne. In ein paar Jahren kann es da ganz urtümlich aussehen.«

Als sie die Straße hochgingen, sah Margaux, dass die kleine Buchhandlung einem Schuhladen gewichen war. Schade. Als sie in der Bar saßen, erzählte Margaux von dem Dîner mit Alexandre Dati. Ja, Louis de Mangeville war auch dabei gewesen. In Datis Wohnung in der Avenue Foch. Der hat keinen eigenen Geschmack. Eingerichtet hat es wohl ein Innenarchitekt. Das sieht man sofort. Ganz im Stil Karl Lagerfelds. Teuer, eleganter Plüsch und Seide. Dazwischen alte Meister und moderne Leinwände. Und im Eingang auch ein großer Michel Faublée.

Nach dem ersten großen Schluck aus dem Weinglas war sie nicht mehr zu stoppen.

»Dati hat eine Theorie, weshalb Mohammed sterben musste. Und wer dahintersteckt. Er kennt Mohammed aus Jugendzeiten, aber er verschweigt, dass beide derselben Bande angehört haben. Nebenbei hat er erwähnt, Mohammed sei zusammen mit seinem engsten Buddy umgelegt worden, angeblich ein Mitglied der Drogenszene. Zu der gehörte übrigens auch Mohammeds jetziger Schwager, der sich so vornehm gibt, aber in Wirklichkeit der Finanzminister der Bande gewesen ist. Dati sagt, er habe Mohammed, wegen seiner Muskelpakete, gern als Begleiter in Clubs mitgenommen. Da habe Mohammed viele Kontakte geschlossen, eben auch mit Antoine Delon. Vater Delon hasst jedoch Mohammed, weil er ihn dafür verantwortlich macht, dass aus seinem Sohn nur ein Lederjacken-Model geworden ist. Es ist schon zweimal auf

Mohammed geschossen worden. Und immer hieß es, Vater Delon stecke dahinter. Das muss nicht stimmen.«

Ehe Jacques etwas sagen konnte, trank sie noch einen Schluck Wein und redete sofort weiter.

»Dati vermutet eher, dass Mohammeds Probleme woanders liegen. In den Clubs hat er auch Georges Hariri kennengelernt und sofort seine Chance erkannt und ergriffen. Hariri war der Mann mit Geld und Beziehungen. Mohammed hat sich an ihn rangeschmissen. Ich mach alles für dich. Ganz egal, ob legal oder nicht. Er führt ihm Mädchen zu und sorgt dafür, dass Hariri immer genügend Bargeld hat, um sein Leben in Frankreich zu finanzieren. Hariri zahlt hier keine Steuern, aber er lebt auf großem Fuß. Wie? Mit Schwarzgeld, das ihm Mohammed regelmäßig aus der Schweiz holt. Ja, oder holte.«

Margaux lachte kurz und erklärte: »Hariri hat eben viele Freunde in der Politik, ganz eng ist er mit dem ehemaligen Innenminister Ronsard. Aber auch für Sarkozy hat er viel getan. Mohammed kennt die meisten Geschichten, an denen Hariri beteiligt war. Zuletzt hat Mohammed in einem Club laut getönt, Hariri könne beweisen, dass Libyen, zu Zeiten von Gaddafi, fünfzig Millionen Dollar in den Wahlkampf von Sarkozy gesteckt habe. Und Hariri habe ihm, Mohammed, die Beweise zur Aufbewahrung gegeben. Zur Sicherheit. Die lägen jetzt in einem Safe in der Schweiz. Unter einer Nummer, klar, nicht unter seinem Namen.«

»Was sagst du dazu, zu all dem?«, fragte Margaux abschließend.

Jacques schwieg einen Moment. Diese Geschichte musste er erst einmal verdauen.

»Das klingt unwahrscheinlich«, sagte er dann. »Auf der anderen Seite haben wir ja erlebt, wie Sarkozy Gaddafi umschwänzelt, ihm sogar erlaubt hat, sein Zelt im Garten des Gästehauses vom Élysée aufzuschlagen.«

»Vielleicht hat Sarkozy schließlich zum Sturz von Gaddafi beigetragen, damit niemand von den Zahlungen erfährt.«

»Noch verrücktere Idee! Aber was verrückt klingt, kann erst recht wahr sein. Mein Gott, was haben wir in Frankreich schon alles gesehen«, sagte Jacques. »Angenommen, da wär was dran. Dann hätte entweder Hariri ein Interesse daran, dass Mohammed schweigt. Aber dafür braucht er ihn nicht umlegen zu lassen. Oder aber die Leute, die verhindern wollen, dass die Wahrheit über Zahlungen Libyens an Sarkozy rauskommt. Also dessen nähere Umgebung. Zur Not haben die alles von ihren Freunden im Geheimdienst erledigen lassen. Soll ja vorkommen.«

»Soll vorkommen, wie wir wissen«, sagte Margaux und spielte auf den Versuch des Geheimdienstes an, Jacques zu ermorden, aber so, dass es wie eine zufällige Lebensmittelvergiftung ausgesehen hätte.

Und die haben im Fall Mohammed ganz bewusst eine alte Schweizer Waffe genommen, dachte Jacques, um die Polizei zu verwirren.

Er konnte Margaux nicht alles sagen. Und er dachte an den anonymen Brief des Corbeau und das Foto. Mohammed und Hariri vor einer Bank in Genf. Vielleicht hat das eine ganz andere Bedeutung, als nur die Konten auf dieser Bank.

DER SCHUSS DES CHINESEN

Linda hatte Gao Qiu gleich zu Anfang der Hochzeitsfeier entdeckt. Sie kniff ihn in den Oberarm, fragte, an welchem Tisch er bediene. Dort werde sie sich hinsetzen. Sie könne sich setzen, wohin sie wolle. Er werde das schon regeln. Aber er glaube, es seien Platzkarten vorgesehen.

Braut und Bräutigam standen auf einem kleinen Podest am Ende des Restaurants, nicht weit von der Tür, die in die Küche führt, und nahmen Glückwünsche und Geschenke entgegen. Linda hatte ihren Hong bao, den traditionellen roten Umschlag mit dem Geldgeschenk, mit einer tiefen Verbeugung abgegeben. Siebenundneunzig Euro hatte sie hineingelegt. Für eine kleine Krankenschwester war das viel Geld. Die sieben sollte der Braut, und die neun dem Bräutigam Glück bringen. Andere Gäste würden in ihrem Hong bao viel mehr Geld schenken.

Die Mädchen hatten schon häufig darüber spekuliert, wie viel wohl an dem Hochzeitsabend zusammenkommen würde. Mehr als zehntausend Euro auf jeden Fall. Das war üblich.

Der Empfang zog sich über anderthalb Stunden hin, weil es ewig brauchte, bis sich alle Gäste durch den Stau und das Gewimmel in der Rue de Belleville ins Restaurant gekämpft hatten.

Linda saß als gute Freundin der Braut am langen Ehren-
tisch.

Wenn Gao Qiu Teller deckte oder neue Schalen mit
Speisen auftrug, presste er mal seinen Arm, mal seinen
Oberschenkel an Lindas Rücken oder Seite. Sie strahlte
ihn dafür an.

Es wurden viele Reden gehalten.

Nicht nur vom Vater des Bräutigams und vom Vater
der Braut. Auch der Drachenmeister der Triade 14K er-
griff das Wort. Dass er die Einladung angenommen hatte, zeugte von der Bedeutung der Brauteltern. Während
er noch sprach, schaute Gao Qiu aus der Küchentür und
winkte einen der Männer des Drachenmeisters zu sich.
Sie verschwanden hinter der Tür. Dann kam der Mann
zurück, gab einigen anderen Männern im Saal Zeichen,
woraufhin die sich so unauffällig wie möglich von ihren
Tischen erhoben. Die einen strebten zum Eingang, die
anderen in die Küche.

Der alte Mann spürte die Unruhe und beendete seine
Ansprache, hob das Glas in Richtung des Brautpaars und
rief den Trinkspruch Gambei. Alle standen auf, hielten ihr
Glas mit beiden Händen, stießen miteinander an, Gambei,
und tranken einen Schluck. Sie hatten sich den französischen Trinksitten ein wenig angenähert und verzichteten
darauf, das Glas bis auf den letzten Tropfen zu leeren.

Dann winkte der Drachenmeister Gao Qiu heran.

»Was ist los?«

»Draußen herrscht immer noch großer Auftrieb. Und
jetzt lümmeln sowohl vor dem Eingang des Restaurants
als auch vor der Hintertür zur Küche jeweils ein halbes
Dutzend junger Kerle aus Afrika rum. Die könnten es auf

die Hochzeitsgeschenke abgesehen haben. Die wissen inzwischen, dass bei Hochzeiten hauptsächlich Bargeld mitgebracht wird.«

»Hast du eine Waffe?«

Gao Qiu zögerte. Die alte Luger lag zwar in dem Versteck, aber die durfte in keinem Fall mehr eingesetzt werden. Die Polizei würde ihm sofort auf die Spur kommen. Er bereute, dass er die Pistole nicht in die Seine geworfen hatte.

»Bring mir deine Waffe!«, sagte der Drachenmeister leise, aber drohend.

Nach fünf Minuten trug Gao Qiu etwas, das er in eine frische weiße Serviette gewickelt hatte, herein und gab es dem alten Mann unter dem Tisch.

»Ist sie geladen und entsichert?«

»Ein Magazin mit acht Schuss, eine Kugel im Lauf.«

»Entsichert?«

»Ja.«

Lautes Geschrei drang vom Eingang her ins Restaurant. Sechs starke Männer der Triade verwehrten einer Gruppe kräftiger Afrikaner den Eintritt. Die Gäste sprangen hilflos und verwirrt von den Tischen auf, einige Chinesen liefen zum Eingang, um zu helfen.

Der Drachenmeister machte zwei Männern, die sich zum Schutz hinter ihn gestellt hatten, Zeichen, ihm in die Küche zu folgen. Er trug die Pistole immer noch in der Serviette verpackt vor sich her und rief Gao Qiu zu: »Wo geht es hier auf die Straße? Vorne, das ist vielleicht nur Ablenkung, und die anderen kommen gleich hinten rein.«

Recht hatte er, der alte weise Mann.

Die drei Chinesen, die den Hintereingang bewachten,

waren von einer Übermacht junger Afrikaner abgedrängt worden. Jetzt stürmten die durch den Mücheneingang, doch dort stand der Drachenmeister und hielt ihnen die Pistole gut sichtbar entgegen.

Ohne ein Wort zu verlieren, schoss er in die Richtung der Afrikaner, doch der Rückschlag war größer, als er erwartet hatte. Die Kugel schlug in den Türrahmen.

Erschrocken blieben die ersten beiden Afrikaner stehen, doch sie wurden von hinten weitergeschoben.

Der Drachenmeister hielt seine Begleiter zurück. Er wollte freies Schussfeld haben. Wieder zielte er. Diesmal traf er einen Afrikaner in die Schulter. Der Verletzte schrie laut auf, drehte sich um und fiel seinen Freunden in die Arme.

Laut lärmend flüchteten die Angreifer mit dem Angeschossenen auf die Straße.

Das Getöse einer sich eskalierenden Straßenschlacht drang hinauf bis auf die Place Fréhel, an der Jacques und Margaux saßen. Aber die taten so, als nähmen sie es nicht wahr.

Beide hatten etwas anderes im Sinn.

Jacques schaute auf das Haus gegenüber, wo in der obersten Etage seine Wohnung lag.

Margaux hatte immer noch das kleine Mädchen im Hinterkopf.

Aber keiner traute sich, darüber zu sprechen. Deshalb war ihr Gespräch in Banalitäten abgeglitten. Über Kino redeten sie, neue Restaurants, Bücher, kommst du überhaupt noch zum Lesen, über Urlaube, verbrachte oder erträumte.

»Warst du vor kurzem noch mal in Honfleur?«, fragte Jacques.

»Nein, das geht nicht mehr. Daran hängen doch zu viele Erinnerungen.«

In ein gemütliches Zimmer unter dem Dach des »Hôtel du Cheval blanc« in Honfleur waren sie an ihrem ersten gemeinsamen Wochenende geflohen. Und hatten zu besonderen Gelegenheiten den Ausflug wiederholt.

Jetzt näherten sich die Sirenen von Polizeiwagen.

Menschen kamen die Rue de Belleville hochgerannt und warfen mit Steinen nach unten. Dann verschwanden sie wieder.

Eine martialisch wirkende Truppe von Polizisten mit Helmen und Schildern sperrte die Rue de Belleville weiter unten ab.

»Jetzt wird's aber ungemütlich«, sagte Margaux und stand zögernd auf.

»Ich hab's Gaston doch vorhergesagt. Das gibt noch 'ne Straßenschlacht.«

Jacques sprang auf, packte Margaux am Arm und zog sie schnell zum Hauseingang gegenüber, verschloss die Tür hinter sich, und holte den Aufzug.

Eine Zeit lang beobachteten sie die Straßenschlacht von seinem Wohnzimmer aus. So richtig ließ sich nicht erkennen, wer gegen wen kämpfte. Aber als sich einige hartgesottene Schläger gegen die Polizei wandten und die Polizisten darauf mit grober Gewalt antworteten, dünnte sich das Schlachtfeld aus.

Vor dem »Le Pacifique« brannte ein umgeworfenes Auto.

Jacques schaute nach seinem Wagen. Der stand immer noch an seinem Platz vor der Ausfahrt.

Als Margaux ihren Arm um seine Hüfte legte und sich an ihn lehnte, zog Jacques den Vorhang zu.

TRAU NIEMANDEM!

Was muss ich für ein schrecklicher Spießer sein, grübelte Jacques, als die Maschine der Royal Air Maroc fünf Minuten nach dem Start auf dem Flughafen Paris-Orly durch die Wolkendecke stieß. Da muss ich vierzig Jahre alt werden, um zum ersten Mal in meinem Leben nach Marrakesch zu fliegen. Als junger Mann hatte es Jacques nie in die alten Kolonien gezogen, sondern zuerst ins alte Hellas, wo die Tugend der Gerechtigkeit ihren philosophischen Ursprung genommen hatte, dann zu den Medicis, die nicht nur die doppelte Buchführung erfunden, sondern auch die größten Künstler ihrer Zeit finanziert hatten.

Aber keine andere Zivilisation hat Jacques' Gedanken mehr beeinflusst als die amerikanische. Freiheit definierte man dort so, wie es ihm gefiel: fast romantisch weit wie die Prärie unter den Hufen der Bisons. Während des Studiums war er einer amerikanischen Freundin gefolgt und hatte mit ihr zusammen zwei Monate in einem Hummer-restaurant in Maine gejobbt. Als Tourist zu reisen, war sowieso nicht sein Ding.

Dass Margaux schon mehrmals im »Mamounia« Urlaub gemacht hatte, wunderte ihn nicht. Die hat immer wieder mal Freunde, die sich dieses extravagante Hotel leisten können, in dem schon Churchill, Roosevelt und die Stones übernachtet haben. Hitchcock ließ hier sogar seinen Film »Der Mann, der zu viel wusste« beginnen.

Selbst Kommissar Jean Mahon war von seiner Frau in den letzten Jahren zu zwei Wochenendtrips in das marokkanische »Saint-Tropez« mitgeschleppt worden. Im Winter tanzen dort in den gleichen Clubs die gleichen Mitglieder der Bling-Bling-Gesellschaft, die im Sommer halb nackt an der Côte d'Azur koksen. Zwar liegt Marrakesch nicht am Meer, aber die tropezianische Institution »Nikki Beach« heißt auch mitten in der Wüste »Nikki Beach«. Eine Flasche Champagner kostet dort so viel wie der Monatslohn eines Gerbers, Töpfers oder Teppichwebers aus der Medina.

Als Jacques dem Kommissar Jean Mahon mit großer Skepsis von den Vermutungen Alexandre Datis über die Gelder aus Libyen für Sarkozys Wahlkampf erzählte, schüttelte der den Kopf. Hirngespinste. Oder? Nun gut, auch eine Piste, die man mal verfolgen könnte. Später mal, wenn bei Ibrahim Rossi gar nichts rauskommt. Vielleicht könnte Margaux dranbleiben?

Als Jacques das Büro mit seinem Köfferchen verließ, um sich nach Orly fahren zu lassen, rief ihm sogar Martine lachend hinterher, er solle auf jeden Fall einen Abend im »Comptoir Paris Marrakech« verbringen. Dort tanzten die schönsten Männer. Und, fügte sie schnell hinzu, natürlich auch die schönsten Frauen.

Morgen früh würde Jacques den Schwager des ermordeten Mohammed treffen, in dessen Büro. Boulevard Mohammed VI. lautete die Adresse, die Martine ihm aufgeschrieben hatte.

Ibrahim Rossi hatte sich zwei Tage nach dem Mord von

sich aus gemeldet und nach seiner Nichte Kalila gefragt. Er und seine Familie würden das arme Mädchen natürlich aufnehmen. Schließlich seien sie die nächsten Verwandten. Sie hätte ja sonst niemanden mehr. Und er selbst habe ja drei Kinder in ähnlichem Alter.

Die Stewardess bot Jacques einen kalten Orangensaft an.

Er nahm das Glas lächelnd und nippte daran.

Vor ihm lag sein Notizbuch, in dem er sich Stichworte zu Ibrahim aufschreiben wollte. Jacques bereitete sich auf jedes Gespräch, jede Vernehmung stets penibel vor. Zuerst würde er Ibrahim Rossi zu Kalila befragen, so als sei das der einzige Grund für seine Reise. Dann vorsichtig zu Ibrahims letztem Besuch in Paris. Schließlich die wesentliche Frage nach den Stunden vor seinem Abflug. Was hat Ibrahim in der Viertelstunde getan, in der vier Menschen im Wald von Ville-d'Avray erschossen wurden?

Und dann, der Gedanke an ein paar Tage Marrakesch wirkte entspannend, sackte er weg.

Nach einer Weile glitt Jacques zurück ins Dösen, hielt die Augen geschlossen und dachte an die Warnung, die ihm Margaux heute früh noch mit auf den Weg gegeben hatte.

Trau niemandem!

Trau wirklich niemandem. Ein Marokkaner erklärt sich wortreich zu deinem besten Freund, tut alles für dich, solange er sich etwas davon verspricht, aber dann würde er dich verkaufen, wenn es ihm nützte. Und wenn du ihn zur Rede stellst, wird er dich weinend umarmen und zur Not hinterrücks erdolchen. Und sich dafür auch noch bei deinem Leichnam mit Tränen entschuldigen.

Jetzt übertreib doch nicht, hatte Jacques geantwortet. Ich kenne ein paar äußerst kultivierte Marokkaner. Die sind mir lieber als so manch ein hintertriebener Franzose. Von denen ich einige Glanzexemplare der feinen Gesellschaft ins Gefängnis gebracht habe! Und dann hatte er gedacht: von wegen Lifestyle-Richter. Aber er hatte es nicht gesagt. Bloß nicht! Um des lieben Friedens willen.

Margaux hatte darauf beharrt.

Trau niemandem!

Ganz so schlimm ist es auch nicht, hatte ihn Kommissar Jean Mahon beruhigt, als sie vor der Taverne »Henri IV« auf dem Pont Neuf eine Tartine aßen und Jacques' Reise besprachen.

Die Reise nach Marrakesch diente gleich zwei Überlegungen. War Schwager Ibrahim der Mörder? Oder betrieben Mohammed und sein in Marrakesch lebender Schwager Ibrahim ein Drogengeschäft? Dafür sprach, dass die Drogenroute aus Südamerika über Marokko nach Europa führte.

»Ich mache dir in Marrakesch einen Kontakt zu einer Marrokanerin, die für die französische Drogenfahndung arbeitet. Den kannst du gebrauchen.«

Ja, aber Margaux sagt: trau niemandem!

»Ganz so schlimm ist es auch nicht«, wiederholte der Kommissar, »das wirst du sehen, wenn du Jil triffst. Sie stammt aus einer besonderen Familie. Ihr Onkel war der General Oufkir, der als Innenminister König Hassan II. stürzen wollte und dafür mit seinem Leben bezahlte. Daraufhin wurde die Familie Oufkir länger als zwanzig Jahre unter Hausarrest gestellt. Du kannst dir vorstellen, dass Jil dem marokkanischen Königshaus gegenüber sehr kritisch ist. Und damit gegen die ganze herrschende Clique. Sie ist ein hervorragender Kontakt für dich.«

»Woher kennst du sie?«

»Vor gut zehn Jahren haben wir einen großen Ring von Drogenschmugglern aufgedeckt. Der Weg der Drogen führte von Südamerika über Mali und Marroko bis nach Frankreich. Und Jil arbeitet schon lange für die französische Drogenfahndung.«

»Offiziell?«, fragte Jacques.

»Natürlich nicht.«

»Arbeitet sie noch für andere?«

»Bei uns? Den Auslandsgeheimdienst? Nee. Aber vermutlich für die DEA in Washington. Da kann sie ihre Erkenntnisse über die Drogenmafia ein zweites Mal verkaufen.«

»Und was ist ihre Tarnung?«

»Offiziell betreibt sie das ›Riad Sultan‹. Ein Kleinod von Hotel mitten in der Medina. Acht Zimmer nur. Da haben wir dich auch untergebracht. So ist es logisch, dass du ständigen Kontakt zu ihr hast. Ihr Fahrer holt dich am Flughafen ab, denn allein findest du das ›Riad‹ nie.«

DIE WIRTIN DES »RIAD SULTAN«

Im langen Innenhof des »Riad Sultan« sprudelte eine kleine Fontäne in der Mitte eines flachen Wasserbeckens, in dem Seerosen blühten. Jacques saß in einem bequemen Korbsessel, und Brahim, Jils Fahrer, brach einen frischen Stängel Minze von einem Busch, der im Blumenbeet neben der hohen Mauer wuchs und steckte ihn in das Teeglas. Dann goss er mit einer artistischen Bewegung aus einem Zinnkessel heißen grünen Tee hinzu.

»Vier Minuten ziehen lassen«, sagte Brahim in bestem Französisch. Er trug einen kurzärmeligen dunkelblauen Kaftan, der ihm gut stand. »Madame Jil kommt bald. Ruhen Sie sich aus. Ich bringe Ihren Koffer in Ihr Appartement.«

Brahim kam noch zweimal, um den Tee nachzufüllen. Jedesmal betonte er, Madame Jil komme bald. Als es dunkel wurde, schien eine Geisterhand den Hof in dezentes Licht zu tauchen. Jacques hatte den Muezzin von einer fernen Moschee das Abendgebet rufen hören. Er wurde unruhig. Aber das hat auch keinen Sinn, sagte er sich. Mein nächster Termin ist morgen früh um 10 Uhr. Lass dich fallen. Aber das gelang nicht. Langsam bekam er Hunger.

Als Jil endlich zu ihm trat, reichte sie ihm die Hand,

setzte sich und fragte: »Wie wäre es mit einem Whisky? Wir haben den Sonnenuntergang hinter uns.«

Jacques lachte: »Gern! Hat Jean Mahon Ihnen unser kleines Geheimnis verraten?«

Jil klatschte in die Hände. Brahim erschien an der Tür, sie bat um zwei Whiskys. Jacques musterte sie. Sportlich. Vielleicht 35 Jahre alt. Enge Jeans und ein schmales T-Shirt, unter dem sich die Brüste abzeichneten. Die langen schwarzen Haare trug sie zum Pferdeschwanz gebunden. Jil hätte auch als Französin durchgehen können. Ja, sogar als Pariserin, was eine Steigerung bedeutete. Die Pariserin verkörperte für Jacques wie keine andere die Essenz von Geschmack, Energie, Charakter und unabhängiger Eleganz.

»Sie sind hungrig«, stellte Jil fest, »wie müde sind Sie?«

»Ich habe im Flugzeug geschlafen. Bin also fit. Und Hunger? Das geht so.«

»Jean hat mir nicht viel gesagt, aber doch einiges angedeutet. Mein Vorschlag ist: Sie gehen jetzt duschen, und in einer Stunde nehme ich Sie mit in das absolute Jetset-Etablissement. »Comptoir Paris Marrakech«. Wenn wir einen guten Tag erwischen, dann sehen wir dort ganz Paris. Bernard-Henri Lévy treibt sich da rum, mal mit der Schauspielerin Arielle Dombasle, seiner Frau oder mit seiner Geliebten, der Guiness-Erbin Daphné! Strauss-Kahn ist ständig da, weil seine Exfrau hier ein phantastisches Anwesen besitzt, Sarkozy und Carla habe ich da ebenso gesehen wie Sarkos Ex, Cécilia mit ihrem neuen Mann.«

»Wenn Sie mich zur Bling-Bling-Gesellschaft zählen, schätzen Sie mich vielleicht falsch ein«, sagte Jacques,

»ich bin eher der Typ für ein gemütliches kleines Restaurant.«

»Das kann ich gut verstehen. Aber ich will Sie mit einem Mann zusammenführen, der aus beruflichen Gründen dort regelmäßig verkehrt. Ein kritischer, wacher Journalist. Er sammelt Informationen, und das weiß jeder. Er dürfte auch für Sie interessant sein. Jean hat mir gesagt, Sie interessieren sich für ein Ingenieurbüro, das an der TGV-Strecke Tanger-Casablanca-Marrakesch-Agadir arbeitet.«

»Na ja. Ich interessiere mich aber eher für einen Ingenieur, der da arbeitet. Ibrahim Rossi. Kennen Sie ihn?«

»Nie gehört. Aber das hat nichts zu sagen.«

»Wir verdächtigen ihn, mit seinem ermordeten Schwager Mohammed in Drogengeschäfte verstrickt zu sein. Zumindest waren sie früher Dealer in der Banlieue.«

»Und jetzt ist er Ingenieur?«

»Ja, an der TGV-Strecke.«

»Im Drogengeschäft würde er mehr verdienen. Er ist mir bisher nie aufgefallen. Aber vielleicht sind das nur kleine Fische im Endgeschäft. Ich kümmere mich hier eher um den großen Transport. Und was den Bau der Schnellstrecke angeht, der ist in Marokko nicht unumstritten. Da kann Ali Ihnen einiges erzählen, was nicht in den Zeitungen steht. Treffen wir ihn an Ihrem ersten Abend hier im ›Comptoir‹, dann wirkt es wie Zufall. Aber was denkt der Geheimdienst, wenn wir uns wenige Stunden nach Ihrer Ankunft mit einem als kritisch bekannten Journalisten in einem kleinen Restaurant verabreden? Das passt vielleicht zu Ihnen. Aber das passt nicht zu dem Journalisten. Und erst recht nicht zu mir. Ich bin in Marrakesch die Besitzerin eines kleinen, feinen ›Riad‹, die aus zwei Gründen am Nachtleben teilnimmt: Weil es ihr angeblich Spaß macht und weil es gut ist für's Geschäft. Das versteht jeder.«

»Ich dachte unter Mohammed VI. sei das Land demokratischer geworden. Muss man vor dem Geheimdienst immer noch Angst haben?«

»Sie vielleicht weniger. ›M 6‹, wie das ihn liebende Volk seinen König nennt, achtet darauf, dass Ausländern nichts geschieht. Schlechte Presse vertreibt Touristen. Aber ich habe meine Lektion gelernt. Ich habe die ersten zwanzig Jahre meines Lebens wie im Gefängnis gelebt. Mein Onkel war ...«

»Ich weiß.«

»Ich weiß nicht, ob Sie sich vorstellen können, was es bedeutet, wenn Sie nie Ihr Haus verlassen können. Nie! Der Geheimdienst war und ist auch heute noch überall. Alles wird abgehört. Hier sagt wirklich niemand am Telefon irgendwas Wichtiges. Noch nicht einmal, wenn Sie mit Ihrer Bank über Kreditzinsen sprechen. Das hat der Journalist, den wir treffen werden, immer wieder erfahren und manchen Monat im Gefängnis verbracht und dort seine Prügel bezogen. Das hat ihn allerdings in seiner kritischen Haltung motiviert. Also: seien wir vorsichtig.«

ALI BABA

Jacques wunderte sich, dass Martine ihm das »Comptoir« empfohlen hatte. In Paris würde sie sich den Besuch eines solchen Luxustempels nie leisten. Und er würde freiwillig auf so einen Besuch verzichten. Schon bei dem pompös gestalteten Eingang mit der orientalisch geschnitzten Doppelpforte standen neben riesigen gelben Rosensträußen zwei gediegen gekleidete Angestellte, die ihm vor Vornehmheit Unbehagen einjagten.

Jil begrüßte sie mit Handschlag und Namen und bat den Maître d'hôtel um einen Tisch für zwei gegenüber der großen Treppe, die nach oben führte.

Warum nur zwei? Treffen wir uns nicht mit jemandem?

Jil machte eine Handbewegung, um Jacques zu bremsen. Ali kommt erst später, flüsterte sie ihm zu, unser dritter Mann. Wir setzen uns dann raus in den Patio.

Hätte nicht ein Mann mit seiner Flöte den Lautenspieler zu orientalischen Klängen begleitet, hätte sich Jacques auch irgendwo auf der Welt in jedem beliebigen Luxushotel befinden können. Überall das gleiche Design: dunkle Holztische, bequeme Sessel, gedämpftes Licht. Hohe Decken.

Marokkanische Küche oder international? Jacques meinte, wenn er schon in Marrakesch sei, dann doch bitte etwas von hier. Zitronenhuhn? Oder ein Mechoui? Jil sprang sofort auf das Zitronenhuhn an. Da blieb Jacques nur das Mechoui.

Es war gegen zehn Uhr. Ob das nicht zu schwer im Magen liege, so spät am Abend?

»Unser Lamm ist in einem traditionellen Erdbodenofen gegart, unglaublich zart und leicht. Machen Sie sich keine Sorgen, Monsieur.«

Jacques schaute Jil an und fragte: »Wein?«

»Gern. Einen Roten«, sagte Jil. »Aber lassen Sie mich aussuchen. Was ziehen Sie vor?«

»Bordeaux. Wenn es geht.«

»Echter Bordeaux ist hier horrend teuer. Ich trinke immer einen Château Roslane, der wächst in der Gegend von Meknès am Fuß des Atlas. Er kommt dem Bordeaux nahe.«

»Gute Wahl«, bestätigte der Sommelier, der genauso gut in ein Pariser Dreisternerestaurant gepasst hätte.

Jil erzählte von den Drogenkurieren, die durch Marokko kamen. In den vergangenen Jahren hatte die chinesische Triade 14K sich den afrikanischen Weg freigeschossen. Keiner ist brutaler als die Chinesen.

»Die sind auch in Frankreich aktiv«, sagte Jacques. »Die landen in Roissy mit gefälschten Kreditkarten aus Hongkong, kaufen in Paris an einem Tag für hundertfünfzigtausend Euro ein und fliegen schon wieder zurück, bevor der erste Karteninhaber es überhaupt bemerkt hat.«

Schließlich wollte Jil genauer wissen, was ihn nach Marrakesch führe.

Also begann Jacques in groben Zügen seinen Fall zu schildern. Er verschwieg, dass einige Indizien auf Ibrahim als möglichen Täter hinwiesen, aber er erzählte von

dem Mädchen, das sich sechs Stunden in dem Wagen mit
den Leichen seiner Eltern versteckt hatte.

»Mein Gott! Das Kind muss doch einen Schaden für sein
Leben erlitten haben«, rief Jil und versuchte ihre Gefühle
zu unterdrücken. »Ich weiß aus eigener Erfahrung, welche ... Ach, lassen wir das.«

Sie nahm einen Schluck Rotwein, als lautes Getöse
ihr Gespräch übertönte. Ein halbes Dutzend schlanker
Bauchtänzerinnen schritt auf einem Bett von Rosenblät-
tern die breite Treppe, ihnen gegenüber, herab. In einer
Hand balancierten sie je eine Kerze, in ihrer Mitte leuchteten zwölf Kerzen auf dem Kopf einer Tänzerin, die sich,
unten angekommen, aus dem Kreis der Tanzenden löste
und zwischen den Tischen wie ein Derwisch mit schnellen Drehungen herumwirbelte.

Es war kurz vor Mitternacht, als Jil vorschlug, in den
Patio, in dessen Mitte ein alter Baum stand, zu wechseln.
Auch hier war es rappelvoll, hauptsächlich mit jungen
lärmenden Menschen, doch Jil hatte vorgesorgt und in
einer Ecke einen Tisch für vier Personen reserviert.

Sie schickte eine SMS, und fünf Minuten später traten
ein Mann in weißem Kaftan und eine Frau an den Tisch.
Sie begrüßten Jil mit großem Lärm und Umarmungen,
und die bot ihnen mit einer einladenden Handbewegung
an, sich dazuzusetzen.

Jacques stand auf und gab zuerst der Frau, dann dem
Mann die Hand. Es waren Ali und seine Frau.

Neben seiner etwas pummeligen Frau wirkte Ali wie
ein spindeldürres Männchen. Aber zäh. Vielleicht fünfzig
Jahre alt?

»Meine Frau spricht kaum französisch«, sagte Ali. »Sie

weiß auch nicht, dass ich Ali Baba bin.« Er zwinkerte Jacques verschmitzt zu.

»Ali Baba ist sowieso eine französische Erfindung«, sagte Jil nüchtern.

»Ich denke, der kommt in den Geschichten von Tausendundeiner Nacht vor«, sagte Jacques.

»Nee, keineswegs«, sagte Ali, »das Märchen von ›iftah ya simsim‹ …«

»Sesam öffne dich!«, übersetzte Jil.

»Dieses Märchen hat ein Franzose vor dreihundert Jahren erfunden«, fuhr Ali fort, »als er die Geschichten von Tausendundeiner Nacht übersetzt hat. Im arabischen Original kommt Ali Baba nicht vor.« Und dann sagte er mit ernster Miene: »Monsieur le Juge, es ist mir eine große Ehre, Sie kennenzulernen. Ich habe viele Ihrer Fälle verfolgt. Phantastisch, wie Sie die Waffenlieferanten für Angola überführt haben. Wenn ich Ihnen irgendwie helfen kann, dann sagen Sie es mir.«

Trau niemandem!

Die Warnung von Margaux hatte sich in sein Bewusstsein eingebrannt.

Jacques zögerte einen Moment, dann beschloss er, Jils Kontakt doch vorsichtig zu trauen.

»Ich interessiere mich für zwei Personen. Für den Millionär Georges Hariri, der Name sagt Ihnen vielleicht etwas, und den Eisenbahningenieur Ibrahim Rossi.«

»Hariri ist hier! Ich habe ihn am Eingang mit einer ganzen Gruppe gesehen«, rief Ali lachend aus. »Er ist eine schillernde Figur mit unglaublichem Einfluss. Nicht nur wegen seines Geldes, sondern auch wegen seines Schwiegervaters, der hier in Marokko ein einflussreicher

Unternehmer ist. Und, es wird Sie nicht wundern, der Schwiegervater hat natürlich einen der größten Aufträge bei dem Bahnprojekt, mit dem Hariri zu tun hat, bekommen. Aber an dem Milliardenprojekt möchten viele verdienen. Deshalb hat Hariri in der Regierung auch eine Menge Feinde. Ich habe raunen hören, dass es einige sehr unzufriedene Männer gibt. Ich müsste mich mal ein wenig umhören, wer dahintersteckt. Das Bahnprojekt hat aber auch viele Gegner im Volk. Vergangenen Herbst haben in Rabat, Casablanca, hier in Marrakesch und vielen anderen Städten Tausende gegen den TGV demonstriert. Der Superschnellzug kostet mindestens sieben Milliarden. Dafür könnte man Schulen, Landstraßen, Kliniken bauen. In vielen Dörfen gibt es keinen Unterricht für die Kinder. Und bis hier demonstriert wird, muss der Zorn unter den Leuten schon groß sein.«

»Und Ibrahim Rossi …«

Jil stupste Jacques an und flüstere ihm zu: »Dahinten an der Tür zur Bar, da kommt gerade Hariri.«

Ein braun gebrannter Mann, vielleicht Anfang fünfzig, beugte sich zu einer hübschen jungen Frau, die in einer fröhlichen Gruppe saß, zog sie sanft zur Seite, legte die Hand auf ihre Schulter und redete auf sie ein. Sie nickte mehrmals, strahlte ihn an und setzte sich wieder. Keiner ihrer Freunde schien die kurze Unterbrechung bemerkt zu haben. Wenige Minuten später brachte ihnen ein Kellner eine Flasche Champagner im Kühler und frische Gläser.

»Das ist doch aber allzu klar, was da abläuft«, sagte Jil. »Ob die glauben, dass keiner was gemerkt hat?«

»Ich wäre vorsichtig an seiner Stelle«, sagte Ali. »Sie ist

auch die Geliebte des Generalstaatsanwalts. Und der ist kein freundlicher Kerl.«

»Und Ibrahim Rossi, kennen Sie ihn? Er arbeitet im Ingenieurbüro des TGV, könnte aber auch was mit Drogen zu tun haben«, fragte Jacques.

»Nein, ich kenne ihn nicht. Aber das Büro gehört auch Hariri. Ich werde mich erkundigen. Das kann ein oder zwei Tage dauern. Wie lange sind Sie in Marrakesch?«

»Das weiß ich noch nicht, sicher ein paar Tage. Wie können wir uns verabreden?«

»Ich gebe Ihnen über Jil eine Nachricht.«

LINDAS VERRAT

Linda klingelte morgens um sieben Uhr an der roten Eingangstür des Wohnblocks. Es dauerte einen Moment, bis der Summer ertönte. Sie war müde von der Nachtschicht. Aber Gao Qiu hatte sie bedrängt, so schnell wie möglich herauszufinden, in welchem Zimmer das Mädchen jetzt untergebracht war. Zuerst war er nur streng gewesen. Als sie ihm keine genauen Angaben machte, wurde er fast zornig.

Jetzt wusste sie Bescheid.

Sie nahm den Aufzug in die siebte Etage. Linda fühlte sich schon fast zu Hause.

Als die Gäste des Hochzeitsfests im »Le Pacifique« wegen des Überfalls der Afrikaner fluchtartig aufgebrochen waren, hatte Linda sich plötzlich in der Küche wiedergefunden. Der Drachenmeister hatte geschossen. Gao Qiu nahm ihm die Pistole ab, wickelte sie in ein Handtuch und versteckte das Päckchen unter seiner Jacke auf dem Rücken zwischen Hemd und Gürtel. Dann packte er Linda an der Hand und zog sie mit. Über den Keller kamen sie zu einem Hinterausgang in die kleine Allee Gabrielle d'Estrées, die durch ein eisernes Gittertor von der Straße geschützt war. Zwischen drei Wohnblocks schlängelten sie sich hindurch bis um die nächste Ecke, und dann traten sie schon durch die rote Eingangstür in sein Haus.

Am frühen Morgen löste er sich von ihr, zog sich an und murmelte, er sei in einer Stunde zurück.

Er musste die Pistole loswerden.

In der Seine findet man immer wieder weggeworfene Waffen, aus der Kanalisation werden sie irgendwann ausgespült. Vergräbt man sie in einem Park oder im Wald, buddelt ein Hund genau an der Stelle.

Gao Qiu nahm sich vor, unter der Granitumrandung des Grabes von Edith Piaf auf dem Friedhof Père Lachaise, der nur wenige Straßen entfernt lag, ein Loch zu graben, die Luger hineinzulegen und den Kies wieder drüberzuhäufen. Dort würde nie jemand nachschauen. Doch als er über die Mauer des Friedhofs geklettert war, sah er die hohe Kuppel des Krematoriums vor sich, und da kam ihm eine noch bessere Idee. Er hangelte sich an dem alten Gebäude hoch bis zu einem der beiden Kamine und hängte die Pistole an einer dicken Schnur nach innen. Hier würde niemand je nachschauen. Und wenn die Schnur nach langer Zeit mürbe würde, dann fiele die Luger in die Brennkammer des Krematoriums, wo sie unter der enormen Hitze zerbröselte.

Linda hatte fest geschlafen, als Gao Qiu zurückkam. Er brachte frische Croissants mit und brühte Kaffee auf. Von dem Geruch wachte sie auf. Sie war die erste Frau, die bei ihm übernachtete, und die er nicht bezahlen musste.

Die Aufzugstür öffnete sich in der siebten Etage mit einigem Rumpeln.

Gao Qiu hatte die Wohnungstür für Linda geöffnet und war wieder ins Bett gekrochen. Heute früh würde sie den Kaffee aufbrühen.

Er war erst gegen ein Uhr aus dem »Le Pacifique« gekommen. Als alle Angestellten gegangen waren, hatte er die Kugel aus dem Türpfosten in der Küche herausgeschnitten. Die Polizisten hatten den Einschuss übersehen. Gott sei Dank. Sie hätten das Projektil mit den Kugeln aus dem Wald von Ville-d'Avray verglichen. Das Loch hatte er dann verkittet und weiße Farbe darübergemalt. Jetzt brauchte er schnell eine neue Waffe. Obwohl man nicht für jeden Auftrag eine Pistole braucht, um ihn auszuführen.

Linda schaute ins Schlafzimmer. Gao Qiu schlief fest. Sie zog die Tür leise zu, ging in die Küche, füllte den Wasserkessel und stellte ihn auf die Gasflamme. Sie häufte sechs Löffel Kaffee in den Filter, deckte zwei Teller, machte Reissuppe in einem kleinen Topf auf niedriger Flamme warm, hackte Schnittlauch und legte ein frisches Baguette in den geflochtenen Brotkorb.

Die Wohnung ist groß genug für drei. Der Gedanke ging ihr durch den Kopf. Ob Gao Qiu ein guter Vater sein würde? Auf jeden Fall schien er gute Gene zu haben. Sportlich und blitzgescheit. Wenn, dann sollte es ein Junge sein.

Erst nachdem sie gefrühstückt hatten, fragte Gao Qiu: »Und? Hast du was erfahren?«

»Ja, habe ich«, sagte Linda. Sie war stolz. Denn es war nicht einfach gewesen rauszubekommen, dass Kalila nicht mehr im Krankenhaus betreut wurde. Zwar hielt ein Polizist rund um die Uhr Wache vor einem Zimmer auf dem Stockwerk des Chefarztes, aber nicht wegen des Mädchens. Die Kinderpsychologin Sophie, rechte Hand des Chefs, habe das Mädchen mit zu sich nach Hause genommen.

»Und wo wohnt Sophie?«, fragte Gao Qiu.

»Das habe ich noch nicht erfahren. Ich darf auch nicht zu neugierig sein. Kennst du nicht irgendeinen Weg, um das rauszukriegen?«

Gao Qiu schwieg und schaute aus dem Fenster.

»Machen wir einen Wettbewerb. Mal sehen, wer es zuerst weiß. Okay?«

DER GEPLATZTE TERMIN

Im Souk verstand Jacques, was Lady Macbeth meinte, als sie klagte, selbst die Wohlgerüche Arabiens würden ihre blutbesudelten Hände nicht reinigen. Die Wohlgerüche Arabiens betäubten ihn. Er meinte, es könnten Zimt, Jasmin, Weihrauch sein, die seine Nase kitzelten.

Brahim führte Jacques durch die engen Gassen der Medina, zeigte ihm den Instrumentenbauer als Merkposten, wenn er den Weg zurück allein suchen würde. Den Gewürzhändler, den Gerber. Jils Angestellter redete wie ein Wasserfall. Er, Brahim, sei ein Gwana und ob Jacques nicht eines Nachts mitkommen wolle zu einer Zeremonie, bei der die Gwana den Messertanz aufführten und den Djinn mit Trommeln rufen? Was ein Gwana sei? Das sind die Abkommen alter Sklaven aus Schwarzafrika.

Als sie aus dem Gewirr des Souk plötzlich auf dem Platz Djemaa el Fna traten, drückte Jacques Brahim fünf Euro in die Hand, bedankte sich und war froh, ihn losgeworden zu sein. Er hatte noch eine halbe Stunde Zeit zu vertrödeln bis zu dem Treffen mit Ibrahim Rossi, versuchte dem wilden Treiben auszuweichen und glaubte sich ins Mittelalter zurückversetzt, als eine Kamelkarawane an ihm vorbeizog. Von einem fliegenden Händler ließ er sich einen Tee eingießen, den er stehend trank.

Die Adresse, die Martine ihm aufgeschrieben hatte, lag

nur wenige Hundert Meter vom modernen Bahnhof entfernt auf der anderen Seite der gewaltigen, bald zehn Meter hohen Stadtmauer aus ockerfarbigem Lehm. Zwölftes Jahrhundert, hatte ihm Brahim gesagt.

Jacques war um zehn Uhr verabredet. Doch als er sich am Empfang des sich über mehrere Etagen eines neuen Gebäudes erstreckenden Ingenieurbüros meldete, sagte die freundliche Dame, Monsieur Rossi werde erst am Nachmittag erwartet. Er habe einen Termin auswärts.

Jacques musste seinen Zorn unterdrücken.

Er hatte unerwartet Zeit. Das war er nicht gewohnt, und er wurde nervös. Dann dachte er daran, dass er während seiner Studienzeit einen Aufsatz von einem ihm bis dahin unbekannten Siegfried Kracauer gelesen hatte, in dem der sich dafür aussprach, man solle nicht der Hektik hinterherjagen, sondern zu Hause die Vorhänge zuziehen und sich langweilen. Aus der Langeweile entstünde die größte Kreativität.

Das hatte Kracauer zwar zu Zeiten der Erfindung des Kinos und des Radios geschrieben. Aber im Web-Mail-Facebook-Twitter-Zeitalter hätte er noch mehr recht.

Also setzte Jacques sich auf eine Bank im neuen Bahnhof und tat nichts.

Er bewunderte die großzügige Architektur, die Sauberkeit und die freundlichen Menschen. Das war hier ganz anders als auf einem Pariser Bahnhof, der vielleicht im 19. Jahrhundert modern gewesen war, heute aber verrußt und dreckig wirkte und wo die Passagiere aggressiv, gehetzt und häufig unfreundlich waren.

Langweile ich mich eben, sagte er sich und wanderte um einige Jahrhunderte zurück auf den großen Platz

Djeemaa el Fna und setzte sich ins »Alhambra« schräg gegenüber vom Café »France«.

Aber Jacques konnte die Langeweile nicht lang ertragen. Er rief Jil an.

Sie lachte, als sie hörte, er sei versetzt worden. Das sei halt so in Marokko. Er solle im »Alhambra« auf sie warten, sagte sie.

Gegen zwölf holte sie ihn ab und führte ihn durch enge Treppen auf die Dachterrasse eines kleinen Restaurants mit zwölf Tischen und einem weiten Blick über die flachen Dächer der Altstadt.

Jil erzählte von der Jagd nach Drogenkurieren. Und davon, dass Marrakesch leider Thailand als Ort des Sextourismus abgelöst habe. Immer mehr Männer kämen, die sich für kleine Jungs oder Mädchen interessierten. Und zu viele Eltern sahen darin die Chance, leicht an Geld zu kommen. Erst vorgestern habe sie einen Hotelgast rausgeschmissen, weil er mit einem zehnjährigen Jungen auf sein Zimmer gehen wollte.

Nach dem Essen, bei dem sie eine halbe Flasche Rosé getrunken hatten, sagte Jil: »Wir gehen in den ›Riad‹. Es ist Zeit für eine Siesta. Du kannst vor vier oder gar halb fünf ohnehin nichts mehr anfangen. Hat man dir gesagt, wann Ibrahim kommt?«

»Nein. Am Nachmittag. Was immer das bedeutet.«

»Um fünf!«

Im Patio des »Riad« bot Jil ihm noch einen Kaffee an und brachte ihn dann zu seinem Zimmer. Zum Abschied gab sie ihm einen Wangenkuss. Er wollte sie an sich ziehen, legte eine Hand um ihre Hüfte und spürte eine Pistole.

»Trägst du die immer?«, fragte er.

Jil lachte, griff hinter sich und zog die flache Waffe hervor. »Ja, die trage ich immer. Und die hat mich auch schon vor so mancher Überraschung bewahrt. Und du?«

Jacques lachte. »Ich bin Richter!«

»Hätte ja sein können.«

Jacques zog sie an sich und gab ihr einen flüchtigen Kuss. Sie ließ es geschehen, streckte sich und lief schnell den Gang hinab.

»Sag Bescheid, wenn du gehst. Entweder Brahim oder ich bringen dich hin.« In seinem großen Zimmer holte Jacques sein Smartphone hervor und suchte nach Mails. Eine interessante Nachricht von Françoise, die erfolgreich von ihrem Wochenende aus Genf zurückgekommen war. Sie schrieb knapp, die besagte Summe sei von dem Nummernkonto überwiesen worden. Wem aber das Nummernkonto gehöre, werde sie erst in ein paar Tagen erfahren. Auf jeden Fall keinem der beiden Männer auf dem Foto.

Die eine Million auf dem Konto von Arfi stammt also von dem anderen Konto auf der Bank GoldGenève. Was aber bedeutet dann das Foto, Mohammed Arfi mit Georges Hariri?

Sonst nichts ausser Routine. Und eine Mail von Margaux. In Paris regnet es. Wie geht's dir? Treffe vielleicht Dati noch einmal für ein Interview. Nichts aus dem Büro. Nichts von Jérôme. No news are good news. Nun gut. Er war ja auch eben gerade mal einen Tag weg. Es kam ihm sehr viel länger vor.

Dann schlief er ein.

Um halb fünf klopfte Jil an seiner Tür.

»Ich dusche schnell«, sagte Jacques, der sich klebrig fühlte.

Ali hatte sich gemeldet. Er habe interessante Neuigkeiten und schlug ein Treffen am nächsten Mittag vor.

Als Jil ihm Brahim als Führer mitgeben wollte, lehnte Jacques die Begleitung ab. »Lass mal gut sein, ich will es allein versuchen.«

»Heute Abend könnten wir in ein kleines Bistro gehen, wo bestimmt kein Tourist auftaucht. Sagt dir das was?«

»Gern. Gibt's so was in Marrakesch?«

»›Le Zinc‹. Liegt im Industrieviertel, also da, wo es keiner erwartet. Es wird dir gefallen.«

»In Paris gab es mal ›Le petit Zinc‹, sehr eng, ging über mehrere Stockwerke und hatte eine gute französische Küche. Nieren oder Kalbsbries. Ein Stammlokal von Mitterrand. Aber das ist verkauft und daraus ein großer Schuppen gebaut worden.«

DAS ATTENTAT

Jacques verlief sich nur zweimal in der Medina. Als er am Bahnhof vorbeikam, zeigte die Uhr halb sechs an. Der Verkehr auf dem Boulevard Mohammed VI. war so stark, dass Autos nur langsam vorankamen. Vor dem Bürohaus, in dem das Ingenieurbüro lag, stand ein großer Bus mit der Aufschrift: »TGV pour la modernité du Maroc«. Superschnellzug für das moderne Marokko. Eine Gruppe französischer Ingenieure kam durch die großen Drehtüren des Gebäudes, sie lachten laut. Jacques sah, wie sie auf den Bus zugingen. Vor der Tür blieben sie stehen, und einige zündeten sich Zigaretten an.

In der Empfangshalle war es angenehm kühl.

Diesmal war Ibrahim Rossi da.

Jacques möge doch bitte in einem der Sessel in der Halle Platz nehmen. Ob er einen Tee wünsche? Oder ein Wasser? Monsieur Rossi werde gleich zu ihm stoßen.

Aus dem Aufzug kamen zwei Franzosen, die durch die Halle liefen und riefen, der Bus solle auf sie warten. Während Jacques ihnen nachsah, war Ibrahim Rossi zu ihm getreten.

»Monsieur Ricou?«

Jacques stand schnell auf und gab dem jugendlich wirkenden Ingenieur die Hand.

»Können wir hier reden?«, fragte Ibrahim Rossi und

führte den Richter aus Paris zu einer ledernen Sitzecke.
»Oben sind die Büros sehr eng und ungemütlich. Ich habe
uns einen Tee bestellt, wenn es Ihnen recht ist.«

Ein Diener mit Pluderhosen und roter Weste goss aus
einer Kupferkanne mit langer Tülle heißen Tee auf die frischen Minzblätter in den Gläsern und stellte einen Teller
mit süßem Gebäck auf den Tisch.

»Entschuldigen Sie, dass ich heute früh nicht zu sprechen war. Es war ein Missverständnis. Aber nun sind Sie
ja da. Was machen Ihre Ermittlungen, haben Sie den Mörder schon? Oder haben Sie einen Verdacht?«

»Dazu ist es leider noch zu früh. Wir kennen noch nicht
einmal das Motiv für die Tat.«

»Meiner Frau und mir geht es natürlich darum, die
kleine Kalila so schnell wie möglich in die Familie zu holen. Wie geht es ihr? Ist sie immer noch im Necker?«

»Sie ist in medizinischer Betreuung. Aber leider muss
sie auch noch einige Zeit in Paris bleiben, so lange, bis wir
sie befragen können.«

»Was heißt einige Zeit? Einige Tage? Einige Wochen?
Sie können doch ein sechsjähriges Mädchen, das erlebt
hat, wie seine Eltern erschossen wurden, nicht in einer
fremden Umgebung festhalten und der Familie entzie-
hen!«

»Es geht um ein paar Tage«, sagte Jacques. »Wie gut
kennen Sie Kalila? Und wann haben Sie das Mädchen
denn zum letzten Mal gesehen?«

»Letzte Woche! Ich war am Abend vor dem Mord noch
bei meinem Schwager zu Hause. Seine Frau hat uns eine
Tagine gekocht. Am nächsten Tag bin ich wieder zurück-
geflogen.«

»Haben Sie von dem Mord vor Ihrem Abflug nichts erfahren?«

»Nein, sonst wäre ich ja geblieben.«

»Um wie viel Uhr ging Ihr Flug?«

»Ich glaube, so gegen Mittag.«

»Haben Sie bei Ihrem Schwager übernachtet?«

»Nein. Wir haben uns nicht so gut verstanden. Da zog ich es vor, woanders zu schlafen.«

»Verzeihen Sie, aber diese Frage gehört zur Routine«, sagte Jacques, »wie haben Sie den Morgen vor dem Abflug verbracht?«

»Brauche ich ein Alibi?« Ibrahim Rossi lachte trocken. Es klang wie ein Hüsteln. »Ich habe bei einer Cousine übernachtet. Sie wird es Ihnen bestätigen. Aber mir wäre es recht, wenn das unter uns bliebe.«

»Sie geben mir Namen und Adresse?«

»Tue ich.«

»Wo waren Sie denn zwischen acht und zehn Uhr?«

»Ich war die ganze Nacht und den Morgen bis zu meinem Abflug mit ihr zusammen. Sie hat mich zum Flughafen gefahren.«

»Was hat sie für einen Wagen?«

»Einen grünen Twingo. Ziemlich altes Gefährt.«

Ibrahim diktierte dem Untersuchungsrichter Namen und Adresse seiner Cousine, falls die Dame eine Cousine war. Und vielleicht würde sie ihm ein falsches Alibi geben.

»Haben Sie irgendeine Ahnung«, fragte Jacques, »wer oder was hinter diesem Mord stecken könnte?«

»Wissen Sie, mein Schwager hatte ein verzwicktes Leben. Da gibt es sicher den einen oder anderen …«

Ibrahim Rossi verstummte.

Jacques wartete.

Ibrahim Rossi schwieg.

Jacques schaute hinaus auf die Straße. Die Franzosen schienen fertig geraucht zu haben. Die meisten waren inzwischen eingestiegen. Ein schwarzer Lieferwagen ohne Fenster setzte sich hinter den Bus.

»Jemand aus dem Umfeld Ihres Schwagers hat gegenüber der Polizei gesagt, zwischen Ihnen beiden hätte es großen Streit wegen Geld, genauer, wegen einer Million auf einem Konto in der Schweiz, gegeben?«

»Er schuldete mir Geld aus einem Geschäft.«

»Man soll eben in der Familie keine Geldgeschäfte machen! Darf ich ein wenig präziser fragen«, sagte Jacques und schlug eine Seite in seinem Dossier auf: »Sagt Ihnen der Name Antoine Delon etwas?«

»Ja, er ist der Partner meines Schwagers im Textilgeschäft.«

»Delon hat ausgesagt, Sie seien vor zwei Wochen in das Büro Ihres Schwagers geplatzt und hätten in Delons Anwesenheit gedroht – das lese ich Ihnen jetzt mal vor: ›Wenn ich die Hunderttausend bis Montag nicht habe, dann lege ich vor deinen Augen deine Tochter um, dann deine Frau, dann dich!‹ Das klingt ziemlich eindeutig.«

Ibrahim Rossi seufzte.

Er überlegte einen Augenblick und sagte dann: »Das ist jetzt so ein Moment, in dem man eigentlich sagt, ohne meinen Anwalt beantworte ich keine Fragen mehr. Aber wir sind ja nun nicht in Frankreich, und Sie sind auch nur hier, damit wir über meine Nichte Kalila sprechen. Das Geld, um das es geht, hat nur mit Geschäftlichem zu tun. Und meine Drohung? Ich bin jähzornig. Und nicht nur das. Ich hasse meinen Schwager. Na, hassen ist vielleicht ein wenig zu drastisch. Aber ich hatte schon immer meine Probleme mit ihm. Da rutscht schon mal so was raus.«

»Gibt es dafür einen Grund?«

»Vermutlich haben Sie schon einiges über seine Jugend herausgefunden. Er gehörte zu einer – so würde ich es nennen – kriminellen Bande.«

»Sie etwa nicht?«

Ibrahim Rossi schaute Jacques entgeistert an.

»Wie kommen Sie auf diese absurde Idee?«

»Zeugenaussagen. Waren Sie nicht verantwortlich für die Finanzen im Drogengeschäft, das Mohammed damals betrieb?«

»Ich sage noch einmal: absurd! Als ich ihn in seinem Büro aufsuchte, habe ich ihm an den Kopf geworfen, er habe Geld veruntreut, das eigentlich mit meinem Geschäft hier in Marrakesch zu tun hat. Mehr will ich dazu nicht sagen.«

»Vielleicht Schwarzgeld, das gewaschen wurde?«

»Mehr sage ich dazu nicht.«

Jacques überlegte einen Moment und schaute wieder durch die Glaswand der Eingangshalle auf die Straße. Der letzte Franzose stieg in den Bus.

»Dann will ich ein wenig genauer werden«, sagte er mit kalter Stimme. »Wir haben Kalila gefragt, wer denn die Verabredung mit ihrem Vater Mohammed im Wald getroffen hätte. Und sie sagte: der Onkel.«

»Unsinn!«, rief Ibrahim Rossi laut. »Ich habe keine Ahnung, weshalb Mohammed in den Wald von Ville-d'Avray gefahren ist.«

»Kalila sieht das anders. Sie sagt, und das haben wir

auf Video aufgenommen, der Onkel habe Mohammed dort hinbestellt. Oder gibt es noch einen anderen Onkel?«

»Nein, ich bin Kalilas einziger Onkel. Aber ich …«

Eine ungeheuere Explosion erschütterte das Gebäude.

Aus dem schwarzen Lieferwagen quoll eine Feuerwalze. Rasend schnell dehnte sie sich aus nach oben und über die ganze Straße. Jacques sah draußen nur noch eine einzige Flammenwelle. Zuerst blendend weiß, dann gelb und schließlich blutrot.

Die Drehtür wurde in die Halle katapultiert. Die riesigen Glasscheiben zerbarsten und flogen durch die Luft. Jacques warf sich Schutz suchend neben einen Sessel und riss die Arme über seinen Kopf. Ibrahim Rossi reagierte fast genauso schnell und lag halb über dem Untersuchungsrichter.

Stille.

Nur das Geräusch der Glasstücke, die auf den Steinboden niederregneten.

Der Körper von Ibrahim Rossi lag schwer auf ihm. Er rührte sich nicht.

Feuer prasselte.

Jacques kroch hinter dem Sessel hervor, blickte sich vorsichtig um und stand auf.

So als wäre er nur gestolpert, rief ihm die Dame vom Empfangstisch zu: »Haben Sie sich verletzt? Geht's?«

Nicht einmal ihre Frisur war verrutscht.

Dort, wo der Lieferwagen gestanden hatte, gähnte ein drei Meter breites und fünfzig Zentimeter tiefes Loch. Das Dach des Wagens lag zwanzig Meter weit weg. Die Druckwelle hatte den Motor sogar noch weiter fliegen lassen. Von dem Bus, in den die Franzosen gestiegen waren, blieb nur ein Gerippe übrig, in dem verbrannte Leichenteile hingen. Die Druckwelle hatte ihn hochgehoben, und jetzt lag er quer über der Straße.

Jacques stand hilflos in dem Trümmerfeld, als Ibrahim Rossi neben ihn trat.

»Haben Sie etwas abbekommen?«, fragte er.

»Nein, ich glaube nicht. Und Sie?«

»Auch nicht. Ich glaube, es ist am besten, wenn wir jetzt gehen. Wir können nichts tun, um zu helfen.«

»Ich möchte eher warten, bis die Polizei kommt«, sagte Jacques.

»Wir sind in Marokko und nicht in Paris. Nehmen Sie meinen Rat an, Monsieur le Juge.« Ibrahim Rossi zog ihn leicht am Arm mit. »Mit der Obrigkeit wollen auch Sie hier nicht unbedingt etwas zu tun haben, solange es nicht sein muss. Morgen können Sie immer noch sehen …«

Einige kleine Feuer brannten noch auf der Straße. Die Fensterscheiben der Gebäude im Umkreis von hundert Metern waren geborsten. Glas lag auf der Straße. Einige Wagen waren verkohlt. Erste Helfer trafen ein und bemühten sich um Verletzte.

Jacques zögerte kurz, dann schloss er sich dem Ingenieur an, der sofort um die nächste Ecke bog, wo die Welt schon wieder heil zu sein schien und wo nur die Sirenen von Feuerwehr, Krankenwagen und Polizei heulten. Ihm war klar: Das Attentat hatte den Franzosen im Bus gegolten. Aber warum? Er konnte sich keinen Reim daraus machen.

»Wo wohnen Sie?« Ibrahim Rossi bot Jacques an, ihn zu seinem Hotel zu führen, aber Jacques dankte. Er müsse sich jetzt einen Moment in Ruhe sammeln. Sie trennten sich an der hohen Stadtmauer. Jacques setzte sich in einem Park auf eine Bank und holte sein Handy hervor. Er hatte einen Anruf erhalten, aber den Klingelton nicht gehört. Es war die Nummer von Jil. Sie hatte keine Nachricht hinterlassen. Er rief zurück. Sie nahm das Gespräch sofort an.

»Jacques, hast du die Explosion gehört? Die kam aus deiner Ecke!«, sagte sie aufgeregt.

Er erzählte ihr nur, was er erlebt hatte. Darüber, was er im Bus gesehen hatte, konnte er nicht mit ihr reden. Ich komme jetzt nach Hause, sagte er, und schüttelte gleichzeitig den Kopf. Nach Hause?

Er wählte die Nummer von Kommissar Jean Mahon in Paris, der nahm sofort ab. Jacques schilderte, was geschehen war, und bat Jean, die offiziellen Stellen in Paris zu unterrichten.

»Wenn der Bus mit den Franzosen das Ziel war«, sagte Jean Mahon, »dann sollten wir sofort ein Team zur Untersuchung schicken. Ich werde das anregen. Bleibst du in Marrakesch?«

»Mal sehen. Ich weiß nicht, was ich hier noch soll. Ibrahim Rossi scheint ein Alibi zu haben. Ich maile dir einen Namen und eine Adresse. Angeblich hat er bei einer Cousine übernachtet und damit ein Alibi. Das könntet ihr schon einmal recherchieren.«

»Cousine ist eigentlich ziemlich altertümlich als Ausrede«, sagte Jean, »heute sagt man doch, meine Sadomasotrainerin oder so …«

Jacques atmete tief durch. »Jean, ich kann jetzt wirklich nicht lachen! Aber noch etwas fällt mir ein. Ich habe Ibrahim Rossi mit der Aussage Kalilas konfrontiert, die ja doch gesagt hat, der Onkel habe Mohammed zur Verabredung in den Wald von Ville-d'Avray bestellt. Er hat es vehement geleugnet. Und er sagt selbst, es gebe keinen anderen Onkel in der Familie. Aber einer Sechsjährigen bringt man ja auch bei, andere Männer mit Onkel anzusprechen. Auf gut Glück solltest du deiner Polizistin, die bei dem Mädchen Wache schiebt, das Bild von Mohammed mit Hariri in Genf mitgeben. Die kleine Frau könnte es Kalila ganz beiläufig zeigen, um zu erfahren, ob das der Onkel war, den sie meint.«

»Entschuldige meine Blödheit vorhin. Die Idee mit dem Foto klingt interessant. Ich werde es ihr sofort mailen. Sie kann es dem Kind auf ihrem iPad zeigen!«, rief Jean. »Und sonst? Soll ich nach Marrakesch kommen und dich unterstützen?«

»Lass mal. Schickt ein paar Sprengstoffspezialisten. Das waren mindestens fünfzig Kilo TNT, vermute ich.«

»Wer benutzt denn heute noch TNT? Da gibt's Besseres!«

»Jean, hör auf, ich kann wirklich nicht mehr!«

Jacques drückte auf die rote Taste. Aus.

Er lehnte sich leicht zurück und schaute hinauf in die zehn Meter hohen Palmen. In der Ferne hörte er immer wieder Sirenen.

Wenn er jetzt Margaux anrufen würde, hätte sie eine Schlagzeile. Attentat auf Richter Ricou in Marrakesch. Die Agenturen werden den Anschlag schon gemeldet haben. Aber niemand wusste etwas von ihm. Hoffentlich hielt Jean Mahon dicht.

Jacques ließ seinen Gedanken freien Lauf. Hatte es 2011 nicht schon einmal einen Anschlag in Marrakesch gegeben? Auf ein Café am Platz Djemaa el Fna. Auch damals waren die meisten Opfer des Bombenanschlags Franzosen gewesen.

Schlecht für den Tourismus. Sehr schlecht für den Tourismus. Und sorgte sich Mohammed VI. nicht um den Tourismus?

Jil hatte ihm gesagt, der Geheimdienst in Marokko sei einer der besten der Welt. Dann wird er alles tun, um solch einen Anschlag zu verhindern.

Doch diesmal waren die Opfer keine Touristen.

Aber wieder traf es Franzosen.

Männer, die an der TGV-Trasse mitarbeiteten. Das Ziel des Bombenanschlags war eindeutig das französische Ingenieurbüro, in dem Marokkaner wie Ibrahim Rossi arbeiteten. Und das Ingenieurbüro gehörte Georges Hariri. Hariri galt wegen seiner Frau und deren Familie als Marokkaner.

Jacques überlegte: Er müsste jetzt dringend Ali treffen. Und vielleicht anschließend auch Hariri. Zu Ali würde Jil den Kontakt herstellen. Aber wie käme er an Hariri ran? Eins nach dem anderen, sagte er sich. Noch hatte er keine Kraft aufzustehen.

Die Sonne war untergegangen. Überall glühten Lampen auf, das kalte Licht der hohen Bogenlampen am Straßenrand mischte sich mit den bunten Birnen, die wie Girlanden über den Wagen fliegender Händler, kleinen Läden oder vollen Cafés hingen.

In seiner Nase bemerkte er das Überbleibsel eines beißenden Geruchs.

Sprengstoff?

Nein.

Verbranntes Fleisch.

DIE NACHT IM »RIAD«

Der Anschlag brachte es nicht bis in die marokkanischen Fernsehnachrichten. Als Jacques sich darüber aufregte, lachte Jil: »Die meisten Fernsehprogramme werden von der Regierung kontrolliert. Wundert dich das?«

Sie goss ihm noch einen Whisky ein und sagte: »Ich lasse uns eine leichte Tagine zubereiten. Es wäre unsinnig, heute Abend auszugehen. Du solltest dich draußen erst einmal nicht zeigen. Das Mädchen am Empfang hat dich gesehen. Sie weiß, dass du mit Ibrahim Rossi gesprochen hast. Und du bist gleich nach der Explosion verschwunden. Ich vermute, Ibrahim hatte inzwischen schon Besuch und hat von dir erzählt. Brahim hört sich mal um.«

Sie aßen im Patio. Jil hatte einen kalten französischen Rosé aus ihrem Weinschrank geholt.

»Die Geschichte mit dem TGV ist ziemlich vertrackt«, sagte sie. »Das fängt damit an, dass Sarkozy ungeheuren Druck auf M6 gemacht hat, Kampfflugzeuge vom Typ Rafale zu kaufen.«

»Die sein Freund Dassault herstellt«, sagte Jacques. »Und die außer der französischen Luftwaffe niemand fliegt.«

»Ja. M6 war auch gewillt, ein paar Rafales zu kaufen, aber die Amerikaner waren einfach schlauer. Die haben ihre Phantom billiger angeboten und gleich die Finanzierung dazu.«

»Aber was hat das mit dem Superschnellzug zu tun?«

»Sarko hat darauf bestanden, dass Marokko ein Großprojekt bei den Franzosen bestellen solle. Wenn keine Flugzeuge, dann wenigstens den TGV. Den will auch niemand in der Welt, obwohl Frankreich Jahrzehnte vor allen anderen technisch dazu in der Lage war.«

Als die erste Flasche Rosé leer war, holte Jil eine zweite und reichte sie Jacques zusammen mit dem Korkenzieher. Er zog den Korken heraus, goss sich ein, probierte und füllte dann Jils Glas. Und seines.

»Aber braucht Marokko einen Superschnellzug?«, fragte er.

»Natürlich nicht! Aber diesmal hat Sarko versprochen, die Finanzierung zu regeln und dann zur Grundsteinlegung zu kommen. Hat er auch gemacht. Sechzig Prozent gibt Frankreich als Kredit, vierzig Prozent geben die Golfstaaten. Also ein gutes Geschäft für Marokko. Und auch ein gutes Geschäft für die französische Industrie. M6 hat sich bei Sarko schließlich artig bedankt. Er soll ihm eine wunderbare Villa im königlichen Areal in Marrakesch geschenkt haben. Auf jeden Fall hat Sarko da schon einige Wochen Urlaub gemacht. Nach seiner verlorenen Wahl.«

»Stimmt das? Das wäre Korruption!«

»Es hat so zumindest schon in einigen arabischen Zeitungen gestanden. Im Grundbuch wird es nicht verzeichnet sein, wenn du das meinst.«

»Trotz allem: das wäre mal interessant zu untersuchen. Ist Sarkozy von dem marokkanischen König bestochen worden? Irre Geschichte von Bestechung. Muss ich mir merken. Könnte ich mal als Fall anleiern.«

»Das gehört hier zum Alltag. Und ich bin sicher, bei dem Bauauftrag für den Superschnellzug werden Millionen fließen, eindeutig Korruption.«

»An wen denkst du?«

»Regierung. Militär. Baufirmen. Jeder, der nur in die Nähe des Vertragsabschlusses kam, wird die Hand aufgemacht haben.«

Brahim kam erst gegen halb elf zurück. Jil forderte ihn auf, sich zu ihnen zu setzen, aber er blieb lieber stehen.

Dreizehn Tote. Elf Franzosen, eine Bettlerin, die vor dem Haus saß, der marokkanische Busfahrer. In der Stadt stehen Polizisten und Militär an jeder Ecke. Vor den meisten Hotels sind Straßensperren eingerichtet worden. Und die Geheimpolizei hat schon mit den ersten Verhaftungen begonnen.

»Irgendeinen Täter werden die in den nächsten Tagen schon präsentieren«, sagte Brahim. »Wahrscheinlich einen Islamisten. Ganz gleich, ob er es war. Übrigens war Ibrahim Rossi einer der ersten, der verhaftet wurde.«

»Sind Sie sicher? Woher wissen Sie das?«, fragte Jacques.

»Wir Gwana haben unsere eigenen Netzwerke. Und manche von uns sind auch bei der Polizei. Sie, Monsieur le Juge, werden noch nicht gesucht. Aber wenn Rossi ausgesagt hat, wird das vielleicht anders sein. Morgen früh weiß ich mehr.«

»Haben Sie etwas gehört, wer dahinterstecken könnte?«, fragte Jacques.

»Unter der Hand sagt man im Militär, der Anschlag sei zu groß gewesen für eine islamistische Gruppe. Mir hat jemand gesagt, er habe einen besonderen Verdacht … aber bitte schön, das klingt jetzt ziemlich verrückt, hat er auch gesagt … das war ein millitärisch geplantes und durchgeführtes Unternehmen. Aber warum sollte das Militär Franzosen in die Luft jagen, die eine TGV-Strecke bauen?«

Jacques hob Schultern und Arme. Dann schüttelte er den Kopf.

Brahim verbeugte sich, schaute Jil fragend an, die ihm zunickte und ging.

»Ja, das klingt verrückt. Wirklich verrückt«, sagte Jacques nach einem Moment des Überlegens. »Aber ich sage, man muss auch den unwahrscheinlichen Spuren nachgehen. Gut, das ist jetzt die Aufgabe von jemand anderem. Ich stelle mir nur die Frage, wie ich mich verhalten soll.«

»Du könntest gleich morgen früh abfliegen, oder?«

»Ungern. Ich würde gern noch Ali treffen. Ibrahim ist verhaftet, an den komme ich nicht mehr ran …«

»Vielleicht ist er morgen früh wieder frei?«, sagte Jil. »Das ist nicht ausgeschlossen.«

»Und ich hätte gern ein Gespräch mit Hariri. Es ist nur die Frage, wie ich an den rankomme. Kannst du mir da helfen?«

Inzwischen war es kurz vor Mitternacht. Jil goß sich noch ein halbes Glas Rosé ein. Dann war auch die Flasche leer.

»Sollen wir noch eine Flasche öffnen, oder möchtest du jetzt den üblichen Whisky als Nachttrunk?«, fragte sie.

Jacques lachte: »Hat dir Jean meine ganze persönliche

Akte geschickt? – Gern einen Whisky. Aber diesmal ohne Wasser. Vielleicht mit zwei Eiswürfeln.«

Jil brachte eine Flasche Scotch, ein Glas und einen Krug mit Eiswürfeln.

»Gieß dir selbst ein.«

Sie setzte sich auf den Diwan neben Jacques, zog die Beine hoch und lehnte sich an ihn.

»Das kann heikel werden für dich«, sagte sie. »Ich überlege, ob wir dich nicht heute Nacht noch ausfiltern sollten.«

»Ausfiltern? Bin ich Kaffee?«

»Als jemand, der sich mit Drogenkurieren befasst, habe ich gute Kontakte zu gewissen Kreisen, die dir helfen könnten, unterzutauchen.«

Jacques goss sich einen starken Whisky ein, ließ zwei Eiswürfel ins Glas fallen und nahm zwei große Züge. Als er die Wirkung spürte, fühlte er sich wohler. Er entspannte sich.

»Jil, vergiss nicht: Ich bin kein Marokkaner, sondern ein französischer Richter in offizieller Mission. Wenn's haarig wird, wende ich mich sofort an unser Generalkonsulat, und gut ist es!«

Jil legte den Arm um seinen Hals und zog sein Gesicht zu sich herunter. Als sie eine Weile später aufstand und ihn an der Hand nahm, goss er sich das Whiskyglas noch einmal voll und folgte ihr in ihr Zimmer, in dessen Mitte ein ungewöhnlich breites Bett stand.

Mitten in der Nacht fiel Jacques ein, dass Jil ihm nicht auf die Frage geantwortet hatte, ob sie ihm zu einem Treffen mit Hariri verhelfen könnte. Sie lag mit ihrem Kopf auf seiner rechten Schulter und atmete ruhig.

Weshalb war sie auf seine Frage nicht eingegangen?
Kannte sie Hariri? Wollte sie ihm etwas verschweigen?

Kommissar Jean Mahon vertraute ihr.

Aber hatte Margaux nicht gesagt: Trau niemandem?

BESUCH IN DER FOLTERKAMMER

Irgendein Lärm musste Jacques geweckt haben. Es war noch dunkel draußen. Allahu akbar. Der Muezzin rief zum Morgengebet. Vielleicht war es das.

Er wollte nachschauen, wie früh es war, aber er erinnerte sich nicht, wo er seine Uhr abgelegt hatte.

Jemand klopfte an der Tür.

Jil schlief fest.

Jacques überlegte kurz, entschied sich dann aber dagegen, selbst zur Tür zu gehen, wie hätte das denn ausgesehen vor den Dienstboten. Stattdessen schüttelte er Jil an der Schulter.

»Was ist?«

»Es klopft jemand an der Tür.«

»Hmmm. Muss das sein?«

Verschlafen stand sie auf, warf sich einen leichten Kaftan über und fragte durch die Tür, was los sei. Nach einem kurzen Wortwechsel setzte sie sich neben Jacques auf die Bettkante, seufzte tief, versuchte mit gespreizten Fingern ihre Haare zu bändigen und sagte: »Sie sind früher da, als ich es erwartet habe. Die Polizei will dich sprechen.«

»Und was machen wir?«

»Die werden dich erst einmal mitnehmen. Da können wir gar nichts machen. Ich hätte dich gestern Abend noch ausfiltern sollen. Ich gehe jetzt runter und halte sie auf.

Du schleichst schnell in dein Zimmer, gehst ins Bad und machst dich frisch. Du weißt nie, wann du wieder dazu kommst.«

»Wie kann ich das Generalkonsulat informieren?«

»Das mache ich. Aber das geht erst morgen früh. Nimm deine Ausweise mit. Hast du irgendetwas Offizielles, das dich als Richter aus Paris ausweist?«

»Habe ich.«

Brahim stand mit einem Tablett, auf dem eine Tasse Kaffee dampfte, an der Treppe des Patio, als Jacques im Anzug mit Krawatte eine halbe Stunde später aus seinem Zimmer kam.

Es wurde langsam hell.

Drei Polizisten in Uniform standen mit umgeschnallten Waffen neben einem Zivilisten. Der schien das Kommando zu haben. Als Jacques die Tasse vom Tablett nahm, ahnend, dass die Polizisten sich provoziert fühlen würden, gab der Chef einen Befehl, und zwei Polizisten durchquerten den Innenhof, machten eine Bewegung, die bedeutete, Jacques solle die Tasse abstellen, und als er nicht schnell genug folgte und die Tasse an den Mund führte, um einen Schluck zu nehmen, packten sie ihn an den Schultern.

Er ließ die Tasse bewusst fallen, sie zerbrach auf dem Boden.

Brahim bückte sich schweigend und las die Scherben auf.

Der Zivilist drehte sich um, als habe er nichts bemerkt und ging zur Haustür. Draußen standen mehrere Polizisten mit Maschinenpistolen neben zwei Jeeps und einer Limousine.

Der Zivilist setzte sich auf den Rücksitz der Limousine und schlug die Tür zu. Die beiden Polizisten, die Jacques aus dem Haus geführt hatten, zerrten ihn hoch auf den Rücksitz eines Jeeps und nahmen rechts und links von ihm Platz. Jacques fühlte sich unwohl. Nicht nur wegen des ruppigen Verhaltens der Polizisten, sondern auch weil auf dem Rücksitz so wenig Platz war, dass die warmen Körper der Marrokaner ihm allzu nah kamen. Er fühlte sich regelrecht zwischen zwei nach Schweiß riechenden Männerkörpern eingeklemmt. Es ekelte ihn.

Die Luft war warm und duftete nach Kümmel und Koriander.

Die Fahrt durch die leeren Straßen zum Kommissariat dauerte keine zehn Minuten.

Jacques hatte nach dem Rasieren eine SMS an Jean Mahon geschickt. Doch der würde jetzt noch schlafen.

Die Polizisten zerrten ihn vom Jeep ins Kommissariat, und immer wenn Jacques versuchte, mit ihnen zu reden, schrien sie ihn an, wohl ahnend, dass er nichts verstand. Sie zerrten ihn in den Keller, wo die Zellen waren. Jacques wollte aus seiner Jacke den Dienstausweis hervorholen, weil er hoffte, der würde mit den französischen Nationalfarben und einem beeindruckenden Stempel wichtig und offiziell wirken, doch als er seine Hand in die Jackentasche steckte, riss ein Polizist sie heraus, fuhr ihn an und stieß ihn in eine der Zellen mit so viel Schwung, dass Jacques stolperte und stürzte. Und zwar so unglücklich, dass er mit dem Kopf auf die Kante einer Liege aufschlug und kurz die Besinnung verlor.

Die Eisentür fiel hinter ihm ins Schloss. Er lag noch immer auf dem Boden. Als er zu sich kam, stand er wütend auf und trommelte gegen die geschlossene Tür.

»Ich bin ein französischer Untersuchungsrichter«, schrie Jacques. »Ich will sofort mit dem Kommissar sprechen. Öffnet die Tür.«

Er schrie, tobte, trat gegen die Tür, bis er merkte, wie vergeblich sein Zornesausbruch war.

Plötzlich öffnete jemand, aber als er auf den sich weitenden Spalt zustürmte, schlugen Holzknüppel auf ihn ein. Auf den Kopf, auf die Arme, auf die Schultern.

Es tat höllisch weh. Aber Jacques spürte es kaum. Er sprang durch die Tür, doch sofort warfen sich drei Mann auf ihn.

Der Zivilist stand rauchend einige Meter entfernt. Als Jacques sich nicht mehr rühren konnte, trat er einige Schritte vor, beugte sich hinunter und drückte die glühende Zigarrette in den Nacken des Richters aus Paris. Er gab einen Befehl. Daraufhin warfen die Polizisten Jacques auf den Rücken und drückten Arme und Beine fest auf den Zementboden, damit er sich nicht rühren könnte. Der Zivilist durchsuchte die Taschen, zog die Brieftasche, das Telefon und den Dienstausweis heraus und ging, ohne einen Blick auf seine Beute zu werfen, zur Treppe.

Jacques wurde wieder mit solcher Gewalt in die Zelle geworfen, dass er sich nicht auf den Beinen halten konnte und auf dem Boden landete. Einen Moment blieb er liegen. Ein wenig verzweifelt. Ein wenig? Ziemlich verzweifelt. Dann setzte er sich auf das Bett. Die Brandwunde im Nacken schmerzte. Jacques stecke den rechten Zeigefinger in den Mund, sammelte Speichel und fuhr damit über die schmerzende Stelle. Es tat weh.

Durch die Eisentür hörte er lautes Rumoren. Plötzlich ein markdurchdringendes Wehgeschrei. Stille. Und wieder der gleiche Ton. Unmenschlich, dachte er. Aber unmenschlich stimmt ja nicht. Da quälen Menschen einen Menschen, der wie ein gefolterter Mensch schreit. Dann ein drittes Mal der Ton, der diesmal länger anhielt und dann immer leiser werdend abschwoll.

Jacques hielt es nicht aus.

Wieder schlug er gegen die Tür.

Stille draußen.

Er legte sich auf das Bett und versuchte sich zu entspannen.

Eine Stunde, vielleicht mehr oder weniger mochte vergangen sein, da öffnete sich die Tür wieder. Diesmal zog Jacques sich zurück. Drei Mann standen draußen.

Der Zivilist schob sich an ihnen vorbei und sagte: »Folgen Sie mir.«

Ohne auf eine Reaktion von Jacques zu warten, drehte er sich um und ging die Treppe hoch. Zwei Uniformierte packten Jacques an den Armen, er versuchte sich loszureißen, aber der dritte gab ihm von hinten einen Schlag mit dem Holzstock auf die Schultern.

In dem Raum, in den sie ihn brachten, hing ein Foto des Königs in einem billigen Rahmen. Auf der einen Seite des Tisches stand ein Hocker, auf der anderen waren mehrere Stühle. Jacques wurde der Schemel zugewiesen.

Der Zivilist breitete auf dem Tisch die Papiere von Jacques aus.

»Was machen Sie in Marrakesch?«, fragte er.

»Ich bin in offizieller Mission als französischer Untersuchungsrichter eingereist. Ihre Botschaft in Paris ist darüber informiert worden. Und ich protestiere gegen meine Festnahme und die Gewalt …«

»Ruhig!«, brüllte der Zivilist. Und als Jacques trotzdem laut weiterredete, gab sein Gegenüber mit dem Kinn ein Zeichen und einer der beiden Polizisten, die immer noch dicht neben Jacques standen, hielt ihm mit seiner kräftigen Hand den Mund zu, während der andere Jacques' Arme an seinen Körper drückte.

»Sie haben hier gar nichts zu protestieren!«, sagte der Zivilist. »Sie waren gestern an dem Ort, an dem elf Ihrer Landsleute mit einer Bombe getötet wurden. Und Sie sind sofort nach der Explosion geflohen. Das macht Sie verdächtig. Warum sind Sie nicht geblieben?«

Jacques überlegte einen Moment. Jetzt galt es, eine Antwort zu finden, die seinem Peiniger keine Angriffsfläche bieten würde.

»Genau diese Frage habe ich mir auch gestellt«, sagte Jacques, »als Richter sollte ich bei der Untersuchung helfen. Aber ich bin ein französischer und kein marrokanischer Justizbeamter. Ich habe hier also keine Aufgabe. Und noch etwas: Normalerweise kommen Polizei und Richter erst eine Weile nach der Tat. Diesmal aber war ich Zeuge des Attentats. Ich habe von dem Sessel aus, auf dem ich saß, die Explosion von der ersten Sekunde an gesehen. Ich glaube, ich war einfach geschockt.«

»Was haben Sie dann gemacht?«

Jacques schilderte es in knappen Worten, erwähnte aber nicht die Rolle von Ibrahim Rossi. Doch dass er Rossi getroffen hatte und mit ihm gegangen war, wusste der Zivilist bereits. Eine gute Stunde lang ging der Mann immer wieder Jacques' Zeitplan, beginnend mit seiner Ankunft auf dem Flughafen Marrakesch-Menara durch. Plötzlich erhob er sich und sagte: »Sie können jetzt gehen. Aber bleiben Sie in Marrakesch, bis wir Ihnen Bescheid geben. Ich bin sicher, dass Sie uns noch helfen können, die Attentäter zu beschreiben. Gehen Sie mal in Gedanken durch, was Sie gesehen haben. Sie waren ja schon am Vormittag dort. Was haben Sie da beobachtet? Was ist Ihnen am Nachmittag aufgefallen? Lassen Sie den Tag in Ihrem Gedächtnis Revue passieren. Plötzlich fällt Ihnen etwas ein. Dann rufen Sie mich an. Falls wir uns nicht vorher bei Ihnen melden.«

Er wedelte mit einer Hand in Richtung des Tisches und sagte, Jacques könne seinen »Krempel« mitnehmen. In der Brieftasche lagen noch alle Karten und Ausweise, aber kein einziger Geldschein. Fast sechshundert Euro fehlten und dreitausend Dirham, die er am Flughafen gegen knapp dreihundert Euro eingetauscht hatte.

Als er auf der Straße stand und nach der Uhrzeit schauen wollte, stellte er fest, dass die Uhr nicht an seinem Handgelenk war. Das Mobilphone zeigte halb elf.

Wohin sollte er sich jetzt wenden? Ans französische Generalkonsulat? Oder sollte er sich erst einmal mit Jil besprechen?

Er hatte kein Geld und damit ein ganz banales Problem. Wie sollte er hier wegkommen? Doch nicht zu Fuß! Er hob das Telefon hoch und suchte nach dem Eintrag für Jils Nummer, doch bevor er ihn fand und wählen konnte, fuhr ein Wagen vor, der nur ein paar Dutzend Meter entfernt geparkt hatte, und Brahim stieg aus.

»Jil schickt mich«, sagte der Gwana, lachte ein wenig und schlug die Wagentür hinter Jacques zu.

DIE HINTERMÄNNER

Ali war sein nächstes Ziel. Der marokkanische Journalist hatte Jil einen Boten geschickt, der nicht mehr sagen konnte als das, was ihm Ali aufgetragen hatte, nämlich – es lohne sich. Für Mittag schlug Ali ein Treffen an einem verschwiegenen Ort vor.

Jil lachte, als Jacques fragte, woher sie gewusst habe, wann es der rechte Moment wäre, Brahim zu schicken.

»Ganz einfach. Brahim hat beim Chef des Kommissariats einen Umschlag mit fünftausend Euro abgegeben. Da konnte er sich ausrechnen, dass es höchstens noch eine Stunde dauern würde.«

»Hast du nicht das Konsulat angerufen?«

»Dort läuft ein Tonband, das mitteilt, man könne erst ab zehn jemanden erreichen. Da habe ich mir gedacht, es ist sinnvoller, den marokkanischen Weg zu gehen. Und siehe da, es hat ja auch, wie gewünscht, gewirkt. Es war allerdings ziemlich teuer. Aber schließlich bist du ja nicht irgendwer.«

Ähnlich verzweifelt hatte Kommissar Jean Mahon geklungen, als Jacques ihn auf der Fahrt zu Jils »Riad« anrief. Er hatte die SMS von Jacques um sieben Uhr früh gelesen, doch konnte er im französischen Außenministerium erst gegen halb elf einen kompetenten Beamten sprechen. Da war Jacques aber schon wieder auf freiem Fuß.

Ihm war es peinlich, dass Jil Bestechungsgeld für ihn ausgegeben hatte, denn er war überzeugt, dass er ohnehin freigekommen wäre. Aber als er mit Jil darüber sprechen wollte, lachte sie laut.

»Wenn du meinst! Offenbar hast du keine Ahnung.«

»Das Geld bekommst du von mir zurück.«

»Lass mal. Das verrechne ich mit meinen Leuten.«

»Mit deinen Leuten?«

»Von der Drogenfahndung. Das ist einfacher. Die kennen das schon. Ich schlage vor: Du machst dich frisch, ziehst dir was Legeres an und packst deine Sachen. Wenn du vom Treffen mit Ali zurück bist, werde ich dich gleich hier um die Ecke bei einer Bekannten unterbringen, wo die Polizei dich nicht sofort auflesen kann.«

Es war heiß geworden.

Das monotone Schaukeln des Wagens auf der kleinen Straße Richtung Atlas-Gebirge ermüdete Jacques, ihm fielen die Augen zu. Ali hatte das Haus seiner Schwester in einem kleinen Ort südlich von Marrakesch als Treffpunkt vorgeschlagen. Nachdem die Polizei Jacques festgenommen hatte, dürfe man sie nicht mehr zusammen sehen.

Brahim fuhr schnell, und Jacques hatte anfangs Angst, sie könnten mit einem der Kamele oder Pferdewagen zusammenstoßen, die ihnen entgegenkamen.

Das Dorf wirkte wie ausgestorben.

Der ockerfarbene Staub des Lehms, aus dem die flachen Häuser gebaut waren, wirbelte hinter dem Wagen hoch. Brahim schien den Weg schon häufiger gefahren zu sein. Denn ohne sich zu erkundigen, fand er in den verwinkelten Straßen des Ortes die Ecke, an dem ein kleines Mädchen stand und auf Jacques wartete.

Jacques grüßte sie auf Französisch, sie antwortete nicht, sondern drehte sich um und lief schnell durch die Gassen, die so eng waren, dass ein Kamel oder ein Esel, aber kein Auto hindurchpassten. Gegen die Sonne schützte eine lange Matte aus Stroh, oder war es Schilf?, die auf den Dächern rechts und links lag. Das Mädchen sprang von einem Bein auf das andere, und als es bei einer kleinen Pforte anhielt, wollte Jacques sie fragen, ob er hier Ali treffen würde. Aber das Mädchen zog nur eine Schnute, als wolle es pfeifen und rannte davon. Es war wohl stumm.

Ali öffnete die Holztür, zog Jacques schnell ins Innere und führte ihn in ein kahles Zimmer, dessen Tür zum Garten hin offen stand. Dort wuchsen einige Olivenbäume, drei Ziegen standen in einem alten Arganbaum und knabberten an den Zweigen.

Der Boden des Raumes war mit Teppichen ausgelegt. Ali wiederholte, welche Ehre es ihm sei, dem Untersuchungsrichter aus Paris zu helfen, goss ihm Tee mit Minze in ein kleines Glas und reichte ihm eine Schale Datteln. Dann zog er sein Notizbuch hervor.

»Was ich herausgefunden habe, ist Gold wert. Monsieur le Juge, ich muss ja auch von irgendetwas leben. Wie hoch ist das Honorar, das die französische Justiz mir zahlen kann?«

Jacques war überrascht. Aber der Mann hatte ja recht. Weshalb sollte er recherchieren, ohne entlohnt zu werden.

»Ali, wir werden einen Weg finden, Sie zufriedenzustellen.«

»Sagen Sie mir, wie viel das sein wird?«

Jacques fiel ein, dass die Polizisten ihm sein Geld abgenommen hatten.

Aber das konnte er Ali nicht sagen. Er musste bluffen. Was war wohl Alis Monatsverdienst? Er versuchte eine Summe über den Daumen anzupeilen.

»Das kann sehr hoch gehen. Vielleicht tausend oder zweitausend Euro.«

Ali überlegte einen Augenblick, schaute in sein Notizbuch, schwieg.

Hatte Jacques zu wenig angeboten? Oder gehörte es zum Bazar, eine Summe, gleichgültig wie hoch sie war, erst einmal infrage zu stellen?

»Vielleicht werden Sie meine Informationen doch wertvoller einschätzen«, sagte Ali. »Aber das können Sie selbst beurteilen, wenn Sie hören, was ich herausgefunden habe. Und das ist hundertprozentig sicher. Das Attentat ist vom marokkanischen Militär in Auftrag gegeben worden. Durchgeführt haben es Ehemalige, die jetzt in einer Sicherheitsfirma angestellt sind. Den Explosivstoff hat ihnen ein Sprengmeister der Armee ausgehändigt.«

»Aber, Ali, welches Interesse hat das Militär an solch einem Anschlag? Es geht doch um ein staatliches Projekt, an dem französische Ingenieure mitarbeiten.«

»Ja, es geht um ein staatliches Projekt, aber die Franzosen verdienen daran viel Geld. Und wahrscheinlich war das hier eine Warnung an Frankreich.«

»Warum sollte Frankreich gewarnt werden?«

»Weil es seine geheimen Verabredungen nicht einhält.«

»Woher haben Sie Ihr Wissen?«

»Es war nicht allzu schwierig, die Informationen zu erhalten, Monsieur Ricou. Ich vermute, die Botschaft soll auch ankommen. Der Sprengmeister ist mit meiner Frau verwandt. Und er hat ziemlich bereitwillig ausgesagt gegen eine Entschädigung, die ich für Sie vorgestreckt habe.«

»Vielleicht hat er nur wegen des Geldes eine Geschichte erfunden.«

Ali seufzte: »Bitte halten Sie mich nicht für einen Dilettanten. Auch wir Journalisten haben unsere Ehre. Und unsere Regeln. Zwei voneinander unabhängige Quellen müssen eine Tatsache bestätigen, bevor wir sie weitergeben.«

»Gut. Und wer war die zweite Quelle?«

»Ein Gewährsmann bei der DST, beim Geheimdienst. Ich kenne ihn gut, und helfe ihm, wann immer ich einen bezahlten Auftrag habe, seine Geliebte zu finanzieren. Um seine Glaubwürdigkeit zu unterstreichen, hat er vorausgesagt, dass heute oder morgen eine angebliche Terrorgruppe von Islamisten wegen des Attentats verhaftet werden wird. Und man wird viele Kilo Schwarzpulver bei deren Chef in der Wohnung finden.«

»Das war kein Schwarzpulver bei dem Attentat!«, sagte Jacques.

»Macht nichts. Vielleicht soll es den Franzosen beweisen, dass das Attentat eine Warnung war. Aber nur eine erste Warnung.«

»Und wovor wird mit solch einem drastischen Attentat gewarnt? Es sind ein Dutzend Menschen dabei umgekommen!«

»Angeblich werden seit einiger Zeit die verabredeten Schmiergelder von den Franzosen nicht mehr gezahlt. Dabei handelt es sich um einige Millionen Euro. Und wenn das Militär dahintersteckt, dann warten sehr hochgestellte Leute aus der Regierung auf das Geld.«

»Die Bombe explodierte vor dem Ingenieurbüro, das Hariri gehört. Verteilt er die Schmiergelder?«

»Ich weiß es nicht«, sagte Ali. »Aber es könnte schon sein, dass er dafür zuständig ist.«

Jacques schüttelte den Kopf. Das klang absurd. Aber vielleicht regelte man in diesem Land solche Dinge mit Gewalt, und da der Bus der Franzosen eindeutig Ziel der Bombe gewesen war, kann es wirklich ein Schreckschuss in Richtung Frankreich gewesen sein. Kommt euren Zusagen nach! Bei solchen Milliardenverträgen ging es immer, und zwar wirklich immer um Bestechung mit hohen Summen.

Der ehemalige französische Außenminister Roland Dumas, den er einmal bei einem Essen mit Margaux im Restaurant »Lipp« getroffen hatte, als die mit dem ehemaligen Vertrauten von Präsident Mitterrand ein Hintergrundgespräch führte, erzählte eine besonders absurde Geschichte:

Frankreich verkaufte zwei Fregatten an Taiwan. Er, Außenminister Dumas, sperrte sich strikt gegen das Geschäft, weil er fürchtete, es würde die Beziehungen zur kommunistischen Volksrepublik China auf lange Zeit belasten. Aber Präsident François Mitterrand stimmte dem Vertrag auf Drängen von Premierminister Michel Rocard zu. Und es gab keine Verstimmung mit Peking, weil die kommunistische Partei dort hundert Millionen Dollar Schweigegeld aus dem Geschäft erhielt. Hundert Millionen, die in der Kaufsumme versteckt und von Taiwan bezahlt worden waren.

Und in den Milliarden, die im TGV-Geschäft zwischen Frankreich und Marokko fließen, werden sicherlich im

Kaufpreis auch einige Millionen versteckt sein, die an Würdenträger in Marroko gehen sollten. Aber wie glaubwürdig waren Ali und seine angeblichen Quellen?

»Wenn das richtig ist, dann ist Ihre Information sehr viel wert«, sagte Jacques. »Ich frage mich, wie wir weiterkommen. Ich müsste mit Ibrahim Rossi sprechen und am liebsten mit Hariri selbst. Aber wie komme ich an den ran?«

»Können Sie sich vorstellen, dass meine Recherche zehntausend Euro wert ist?«, fragte Ali.

Das Geschacher stimmte Jacques unwirsch. Aber das durfte er Ali gegenüber nicht zeigen. Das sei sehr viel Geld, murmelte er, das könne er allein nicht entscheiden, und solch eine hohe Summe trage er auch nicht bei sich.

»Ich könnte Ihnen noch weiter helfen«, sagte Ali, »denn durch meine Quelle beim DST weiß ich, wo Hariri und Rossi sich heute treffen, um über die Folgen des Attentats zu sprechen. Auch die wissen ja, was hinter der Bombe steckt.«

»Ist Rossi von der Polizei wieder freigelassen worden?«

»Gestern Abend noch. Für fünftausend Dirham. Es liegt ja auch wirklich nichts gegen ihn vor.«

Für ihn hatte Jil zehnmal so viel gezahlt, dachte Jacques.

»Ich könnte Sie dorthin führen. Aber dabei riskiere ich, ins Fadenkreuz der Hintermänner des Attentats zu geraten. Ich müsste mich schon einige Monate absetzen können.«

Jacques nickte. Eine Paketlösung, wie er es nannte, könnte natürlich reichlicher entlohnt werden.

(K)EIN UNFALL

Gegen vier Uhr kühlte es am Fuß des Atlasgebirges ein wenig ab.

Brahim hatte den Wagen im Schatten eines hohen Eukalyptusbaumes geparkt. Jacques und Ali saßen an einem Plastiktisch im »Café moderne« an der BP-Tankstelle eines kleinen Ortes und warteten.

Etwa zwei Kilometer entfernt führte eine Palmenallee von der verstaubten Landstraße in die Orangenhaine von Hariris Schwiegervater. Mitten in der vierzig Hektar großen Plantage stand eine alte Kasbah. Drei Stockwerke hoch, ein Quadrat mit je einem Turm an den Ecken. Nur Schießscharten nach außen.

»Hariri wohnt auf dem Gelände in einer modernen Villa, die er für sich und seine Frau dort gebaut hat«, sagte Ali. »Mit Pool und allem westlichen Luxus. Kennen Sie eigentlich die Geschichte seiner Frau?«

Jacques schüttelte den Kopf. Zwischen vier und fünf Uhr sollte Ibrahim Rossi sich mit Georges Hariri treffen. Dann wollte Jacques ihnen einen Besuch abstatten.

»Eine sehr schöne Frau«, sagte Ali, »als junges Mädchen hat sie in Paris studiert und war verlobt mit einem reichen Mann. Vielleicht kennen Sie seinen Namen. Dati. Iskandar Dati.«

»Ja, er nennt sich jetzt Alexandre.«

»Früher habe ich Geld als Taxifahrer verdient und Dati manchmal hierhergefahren. Er hat sich gut mit dem Vater seiner Verlobten verstanden. Doch dann hat Hariri ihm das Mädchen in Paris ausgespannt. Was Hariri nicht wusste, sie vielleicht zu dem Zeitpunkt auch nicht, dass sie von Dati schwanger war. Dati wollte die Frau und das Kind. Aber Hariri hat sie zur Abtreibung gezwungen. Jetzt haben sie keine Kinder, und alle in ihrer Familie sagen, das sei der Fluch wegen der Abtreibung. Und Hariri geht fremd, wenn er nur einen Rock sieht.«

Ein heller Mercedes fuhr schnell durch das Dorf, bremste bei der Abzweigung zur Orangenplantage und bog in die Palmenallee ein.

»Das ist Rossis Wagen«, sagte Ali und stand auf. »Er fährt selbst. Sollen wir hinterher?«

»Lassen wir ihnen eine halbe Stunde, sich zu besprechen«, sagte Jacques.

Doch schon fünfzehn Minuten später kam der helle Mercedes wieder auf der Palmenallee zurück. Jacques sprang auf, rief Ali zu, er solle sich beeilen, Brahim ließ den Wagen an. Der Mercedes bog jedoch nicht in ihre Richtung auf die Landstraße ein, sondern nahm den Weg ins Gebirge.

»Hariri hat sich in den Bergen ein Liebesnest mit schönster Aussicht ins Abendrot zugelegt. Ganz modern«, sagte Ali. »Wahrscheinlich fährt er mit Ibrahim Rossi da hin.«

Brahim gab sich alle Mühe, mit seinem alten Wagen den Abstand zum Mercedes zu verringern, aber der fuhr schneller durch die steilen Kurven. Brahim fluchte, als er Rossi aus den Augen verloren hatte und nicht einmal seine Staubwolke sah.

Doch nach einer weiten Kurve war der Mercedes wohl von Straßenarbeiten aufgehalten worden. Brahim fuhr langsamer, und Jacques erkannte zwei Männer im Auto.

»Da sitzt Hariri neben Rossi«, sagte Ali aufgeregt und lehnte sich vor. Riesige Maschinen standen am Straßenrand. Es waren keine Arbeiter zu sehen. Brahim hielt, ging vom Gas.

Der Mercedes rollte langsam über das Schotterbett der Straße. Als er auf der Höhe der Baumaschinen war, hob ein Bagger erstaunlich schnell seine schwere Schaufel. Mit laut aufheulendem Dieselmotor drehten sich die Ketten, aus dem Auspuffrohr quollen stoßweise schwarze Rauchwolken nach oben, und der Bagger machte einen Sprung vorwärts. Die Schaufel traf den Mercedes genau in die Seite und warf den Wagen mit Rossi und Hariri den steilen Felsabhang hinab.

Der schwere Bagger schien einen Moment anzuhalten, doch dann stürzte er mit großem Getöse hinterher.

Mein Gott!, rief Jacques oder dachte es nur.

Brahim hielt an.

Ali sprang aus dem Wagen und wollte zu dem Unfallort rennen.

»Bleib hier«, befahl Brahim ihm kurz. Und Ali kam wie ein gefügiger Hund mit eingezogenem Schwanz zurück.

Wenige Sekunden später sah Jacques einen Mann in lehmfarbener Arbeitskleidung auf einem Motorrad die Baustelle verlassen und mit Karacho den Berg hochfahren.

Brahim hatte sein Telefon aus dem Kaftan gezogen und den Notruf gedrückt. Aber er bekam kein Netz. Von der

Unfallstelle aus schaute Jacques in den Abgrund. Der
Mercedes war fünfzig Meter tief gefallen. Der Bagger hatte den hinteren Teil der Limousine plattgedrückt und war
gut zwanzig Meter tiefer liegen geblieben.

Es rührte sich niemand.

Der Felshang war zu steil und zu glatt, um hinunter-
zuklettern.

Brahim fragte, ob sie den Unfall nicht der Polizei melden sollten?

»Ja, aber wie? Und, ein Unfall war das niemals.«

Jacques fragte Ali, ob er die Telefonnummer der Orangenplantage von Hariris Schwiegervater habe. Nein, aber
die könnte er schnell rausfinden. Die stünde wahrscheinlich im Telefonbuch.

Jacques schlug vor, zurück zum »Café moderne« an
der Tankstelle zu fahren. Von dort aus könnte Ali auf der
Orangenplantage anrufen, den Vorfall anonym melden
und sofort aufhängen. Das wäre besser als eine Meldung
bei der Polizei, denn die würde die Nummer des Anrufers
sehen.

»Gut, dann steigt aber schnell ein«, sagte Brahim und
drehte den Wagen.

MONSIEUR BEDRÄNGT DEN MÖRDER

Um ein Uhr saß Monsieur an seinem gewohnten Platz im »Le Pacifique«. Das Lokal war voller als üblich. Vielleicht war die Schlacht mit den Afrikanern während des Hochzeitsfestes am Wochenende trotz allem Werbung gewesen.

Gao Qiu hatte ihn nicht kommen sehen. Er griff eine Speisekarte und begrüßte Monsieur wie jeden Stammgast.

Monsieur nahm die Karte, schaute hinein und sagte: »Ich werde langsam ungeduldig. Sie haben den Auftrag noch nicht ausgeführt. Warum nicht?«

Gao Qiu zeigte mit der rechten Hand in die Speisekarte, so als erkläre er ein Gericht.

»Kompliziert. Die Polizei hat das Mädchen aus dem Krankenhaus verlegt, und ich konnte bisher noch nicht herausfinden, wohin. Ich weiß aber, unter wessen Obhut sie ist.«

»Und?«

»Monsieur, ich werde das Objekt schon treffen.«

»Von wegen ›treffen‹. Es wäre sinnvoll, wenn Sie keine Schusswaffe einsetzen, sondern es wie einen Unfall aussehen lassen. Alles andere bringt die Gemüter in Wallung. Und wenn Gefühle hochkochen, dann wird der Druck auf die Polizei, den Fall sofort zu lösen, besonders stark.«

»Sicher Monsieur. Es kann allerdings sein, dass der

Chef des 14K Sie wegen einer finanziellen Unterstützung ansprechen wird. Denn um das Objekt zu finden, habe ich ihn um Mithilfe bitten müssen. Dem 14K gehören mehrere Tausend Familien in Paris an. Und alle Mitglieder des 14K sind in erhöhter Alarmbereitschaft und aufgefordert, sich nach der Person umzuschauen, die sich um das Kind kümmert. Da eine Belohnung ausgesetzt ist, spielen auch viele junge Leute nach der Schule oder nach der Arbeit Detektiv. Und Sie wissen, Monsieur, Kinder sind sehr erfinderisch.«

»Mag sein. Hoffentlich klappt's bald. Wer ist diese merkwürdige Person?«

»Eine Spezialistin für Traumakinder. Sie ist eine kleine Frau, von der Größe eines zehnjährigen Kindes.«

»Ich gebe Ihnen noch höchstens drei Tage. Der zuständige Untersuchungsrichter ist im Moment verreist. Wenn er wiederkommt, wird er sich darum bemühen, das Kind zu befragen. Und wenn Sie die Aufgabe bis dahin nicht erledigt haben, werde ich den Drachenmeister bitten, jemand anderen einzusetzen.«

Gao Qiu schwieg.

»Und wie immer nehme ich als Vorspeise gedämpfte Reisravioli mit Lauch«, sagte Monsieur nach einer unangenehm langen Pause. »Danach von den Salz-und-Pfeffer-Spezialitäten des Hauses die Wachtel und die Krabbenzangen. Dazu Tagesgemüse aus dem Wok.«

»Und ein Tsingtao Bier?«

Monsieur schmunzelte.

»Ja, ein Tsingtao Bier!«

DER ZWEITE BRIEF DES CORBEAU

In den frühen Morgenstunden war eine große braune Versandtasche von einem Kurier beim Pförtner am Eingang des Verlagshauses abgegeben worden. Für Margaux. Der Pförtner legte den Umschlag zum Posteingang. Und als die Post in der Redaktion verteilt war, hatte Margaux ihren Schreibtisch schon wieder wegen eines Termins verlassen. Als sie dann am späten Nachmittag von ihrer Recherche zurückkam, musste sie schnell die zwanzig Zeilen für die Online-Ausgabe texten. Den Artikel für die gedruckte Ausgabe würde sie anschließend schreiben. Sie fluchte leise vor sich hin. Eine Story in zwanzig Zeilen zu verfassen ist schwieriger als in zweihundert.

Nach Redaktionsschluss gegen halb acht räumte sie ihren Schreibtisch auf und griff in den Posteingangskorb. Zuerst öffnete sie die normalen Briefe, meist waren es Einladungen zu Veranstaltungen der Ministerien des Senats oder des Abgeordnetenhauses oder von Botschaften. Manche warf Margaux sofort in den Papierkorb, auf andere schrieb sie ja oder nein. Die Redaktionssekretärin würde alles Weitere übernehmen. Zum Schluss blieb die braune Versandtasche übrig, und Margaux überlegte kurz, ob sie die nicht ungeöffnet in den Abfall werfen sollte. Ach Gott, wahrscheinlich schickt da wieder irgendjemand, der sich verfolgt fühlt, seine Akten. Oder ich soll helfen, ein Manuskript zu veröffentlichen. Lästig. Na gut, der Umschlag fühlte sich dünn an. Sie riss die Lasche oben auf und griff hinein. Drei fotokopierte Seiten. Auf dem ersten Blatt war unter den Wappen des Königreichs Marokko und der Republik Frankreich angegeben, dass es sich um einen Vertrag handele. In gewundenen, schwülstigen Formulierungen versicherten sich die Vertragsparteien ihres Vertrauens und so weiter. Margaux blätterte weiter. Blatt 23 und 24 des Vertrags. Ein großer Teil des Textes war geschwärzt.

Plötzlich war Margaux hellwach.

Sie nahm sich einen Block und einen Stift. Doch dann stand sie schnell auf, lief zum Kopiergerät, und machte je drei Ablichtungen, legte das Original mitsamt dem braunen Umschlag in ihre Schreibtischschublade und unterstrich die wesentlichen Punkte im Text.

Es handelte sich um einen Auszug aus einem Abkommen, das Frankreich verpflichtete in Marokko eine Schnellbahnstrecke von Tanger nach Casablanca zu bauen.

Margaux konnte aus den Seiten keine wesentlichen Informationen über das Geschäft herauslesen. Dem Corbeau war es offensichtlich nur darum gegangen, die Aufmerksamkeit auf eine Person zu lenken. Denn als Vermittler des Vertrages wurden zwar zwei Namen genannt, aber einer war geschwärzt.

Der andere lautete: Georges Hariri.

Den Vermittlern wurde eine Provision von vier Prozent der Vertragssumme zugesagt. Zahlbar in fünf Tranchen.

Schnell suchte Margaux per Intranet Artikel über das

Geschäft im Archiv der Zeitung. Die Kosten wurden dort mit sieben Milliarden Euro angegeben. Das machte pro Vermittler eine Summe von 140 Millionen.

Margaux griff zum Telefon und wählte die Nummer des Chefredakteurs. Er hob nach dem ersten Klingelton ab.

»Jean-Marc, hast du noch einen Moment? Ich habe eine heiße Sache!«

»Komm rüber.«

Er hatte, wie immer, eine gelbe Gitane im Mund, nahm einen ausgiebigen letzten Zug, drückte den Stummel im Aschenbecher aus und deutete auf den Stuhl vor seinem Schreibtisch.

»Schieß los!«

»Ich habe von einem Corbeau einen Brief erhalten. Ich vermute, er will uns darauf hinweisen, dass in dem TGV-Vertrag mit Marokko hohe Summen an Bestechungsgeldern gezahlt werden. Einer der Schmiergeldvermittler ist offenbar Georges Hariri. Und dem gehört das Ingenieurbüro, vor dem gestern in Marrakesch das irrsinnige Attentat verübt wurde.«

»Man fragt sich immer noch, warum?«

»Wenn ich jetzt ganz gewagt spekuliere, dann könnte diese Sache mit dem Mord an dem Marokkaner Mohammed zusammenhängen. Denn Alexandre Dati hat mir gegenüber eine enge Verbindung zwischen Mohammed und Hariri angedeutet. Und die Geschichte kann besonders pikant werden, weil Hariri angeblich Unterlagen über Zahlungen Gaddafis an Sarkozy während des Wahlkampfes besitzt. Möglicherweise hängt da auch dein Freund Ronsard mit drin.«

»Ronsard? Ist nie mein Freund gewesen! Und das sind

Spekulationen, Margaux. Und Spekulationen drucken wir nicht.«

»Lass mich weiter spekulieren. Bisher sind bei all diesen großen Geschäften immer Vermittler eingeschaltet worden, die mit dem Entstehen des Vertrags nichts zu tun hatten. Sie erhielten wahnsinnige Summen, mit denen zum einen Leute in Regierung und Behörden des anderen Landes bestochen wurden, ein anderer Teil floss zurück auf Schweizer Konten von französischen Politikern, die das vornehm ›Retrokommissionen‹ nennen und damit ihren Lebensstil verbessern oder Wahlkämpfe finanzieren.«

»Was davon ist hart?«, fragte Jean-Marc.

»Hart ist nur, was in den Kopien steht. Falls sie echt sind.«

Das war wenig: Hariri wird als Vermittler neben einem unbekannten Zweiten angegeben und erhält dafür zwei Prozent der Vertragssumme. Mehr ergeben die Kopien nicht. Weder ob, noch wie viel Geld Hariri erhalten hat.

Sie überlegten, wie sie den Fall am besten ausschlachten könnten. Möglich wäre eine Serie. Zuerst eine erste Meldung über den Brief des Corbeau. Und dann weiter recherchieren. Allein der erste Artikel wird Wirbel machen. Und vielleicht Neues zutage fördern.

»Wir machen es so«, sagte der Chefredakteur. »Du hast noch einen weiteren Tag Zeit zu recherchieren. Ruf deinen Freund den Untersuchungsrichter an. Vielleicht hat der auch diesen Brief vom Corbeau erhalten. Wäre ja nicht unüblich. Wenn nicht, umso besser. Dann kannst du mit ihm handeln. In zwei Tagen bringen wir die erste Meldung.«

Zurück an ihrem Platz in der Redaktion überlegte

Margaux, ob sie Jacques anrufen sollte. Der hatte sich aus Marrakesch noch nicht gemeldet. Ob er etwas von dem Attentat mitbekommen hatte? Einen kurzen Moment erschrak sie. War er etwa unter den Opfern? Aber das wäre sofort über die Agenturen gelaufen. Er hätte ruhig mal anrufen können. Und wenn in seinem Büro im Palais de Justice auch dieser Brief des Corbeau eingegangen war, konnte er ihn noch nicht gelesen haben.

Sie wählte die Nummer von Martine. Aber niemand hob so spät noch ab. Dann versuchte sie es bei Kommissar Jean Mahon. Auch der war nicht mehr im Büro. Jacques? Sie zögerte, dann gab sie seine Mobilnummer ein, und als die Mailbox ansprang, sagte sie ein paar herzliche Worte und: »Ruf mal zurück. Ich hab vielleicht was für dich. Es ist aufregend.«

DER WIRKLICHE ONKEL

Sophie liefen die Tränen aus den Augen. Sie führte Chefarzt Félix Dumas das Video vor, das sie am Morgen im provisorischen Kinderzimmer von Kalila aufgenommen hatte. Das Mädchen spielte auf einem Xylophon immer wieder die Melodie des Kinderlieds »A la claire fontaine – an der klaren Quelle« und wiederholte mit ihrem zarten hellen Stimmchen den leicht veränderten Schlussrefrain »Il y a longtemps que je t'aime, Maman, jamais je ne t'oublierai – ich liebe dich seit langem, Mama, nie werde ich dich vergessen«.

Auch der Chefarzt holte aus der Schublade ein Papiertaschentuch und schnäuzte sich.

»Oh je. Das arme Mädchen«, sagte er. »Nur das? Immer wieder das Lied?«

»Ja. Ich rede mit ihr, versuche sie in die Gegenwart zu holen«, sagte Sophie. »Aber ich habe den Eindruck, dass sie keinen Kontakt mehr zu ihrer Umwelt hat und sich mit ihren Gedanken und Gefühlen völlig abgeschnitten vom wirklichen Leben im Kreis dreht.«

»Vermutlich hat sie noch Albträume?«

»Ja. Und führt Selbstgespräche.«

»Ich fürchte, sie hat nicht nur ein Verlusttrauma, sondern vom Miterleben der Mordszene auch ein Existenztrauma. Schlimmer kann's nicht kommen. Wir können das Mädchen nicht länger in dieser merkwürdigen Umgebung des Dorfarztes von Belleville lassen. Wir müssen sie hier behandeln.«

Sophie widersprach. Das sei zu früh. Das Mädchen schlafe sehr viel und fühle sich beschützt in der Gegenwart von ihr und der Polizistin Fabienne, die sie im Augenblick hüte. Vielleicht erinnere sich Kalila, dass Fabienne sie aus dem Auto des Vaters geholt habe.

»In zwei, drei Tagen sprechen wir uns wieder«, sagte Félix Dumas.

Einen Moment lang überlegte der Chefarzt. Dann ging er an seinen Schrank und holte zwei Schachteln mit Pillen und eine Flasche mit einem Saft heraus. Auf einem Rezeptblock notierte er die Dosierung, gab beides schweigend der kleinen Frau, die einen Dank nickte und ging.

Auf dem Flur grüßte sie eine junge chinesische Krankenschwester, die Sophie aus der Kinderabteilung kannte. Sie fragte: »Und wie geht es der Kleinen?«

Sophie hob beide Hände abwehrend, machte nur ein beruhigendes Geräusch, als fordere sie zur Ruhe auf, pssssst, und nickte. Mit Fabiennes Hilfe hatte Sophie einen sicheren Weg für ihren Besuch im Krankenhaus und zurück in Jérômes Praxis in Belleville ausgemacht. Die kleine Frau stieg in der Tiefgarage des Hospitals in den Wagen einer Zivilstreife, der fuhr mit ihr in die Tiefgarage des Palais de Justice auf der Île de la Cité, und dann durch die Garage hindurch zu einer zweiten Ausfahrt. Dort wechselte sie in einen geschlossenen Lieferwagen mit dem Schriftzug einer Wäscherei. Wer auch immer ihr vom Krankenhaus folgte, würde sie spätestens hier aus den Augen verloren haben.

Vor der Einfahrt zum Innenhof des »Cour de la Métairie« parkte der bunte Lotusbus der Ärzte der Welt. Mit
dem Kleinbus versorgten Freiwillige in ganz Paris chinesische Prostituierte mit Kondomen, gaben medizinischen
und menschlichen Rat. In einer langen Schlange standen
Frauen, meist um die vierzig, schweigend in diskretem
Abstand hintereinander.

Sophie blieb nichts anderes übrig, als schnell aus der
Seitentür des Lieferwagens der Wäscherei zu springen
und zur Tür des Hauses zu laufen, in der Jérômes Praxis
und Wohnung lag.

Es war später Nachmittag. Auf der Straße wimmelte es
von Franzosen und Arabern, Chinesen und Afrikanern.

Fabienne öffnete die Tür und legte den Finger an den
Mund. Kalila schlief. Sie sei vor Erschöpfung nach einem
Weinkrampf eingeschlafen.

»War etwas Besonderes?«

»Ja, vielleicht. Wir haben mit meinem iPad gespielt. Das
fand sie lustig, und sie hat sogar ein- oder zweimal gelacht.
Dann entdeckte sie ein Foto, das ich gerade empfangen
hatte. Darauf ist ihr Vater zu sehen mit einem Familien-
freund. Ich fragte sie, ob sie den Freund kenne. Sie sagte:
Ja, das ist Onkel Hariri, der hat die Verabredung mit Papa
zum Picknick getroffen. Papa hat uns gesagt, wenn Onkel
Hariri was sagt, ist es wichtig. Dann hat sie das Bild von
ihrem Vater auf dem iPad geküsst und fing an zu weinen.«

»Ohgott, das hättest du nie tun dürfen!«, rief Sophie.

»Entschuldigung, das ist ganz unbewusst passiert!«

Fabienne sah die kleine Frau schuldbewusst an. Natürlich hatte sie das Foto absichtlich auf dem iPad hochgela-
den, sodass Kalila es sehen würde. Und sie hatte sich auch

versichert, dass das Video lief, sodass die Reaktion des Mädchens aufgezeichnet würde. Und sobald sie konnte, hatte sie Kommissar Jean Mahon informiert.

Plötzlich klangen aus dem Kinderzimmer die klaren Töne des Xylophons, und Kalilas zarte Stimme sang: »Ich liebe dich seit langem, Mama, nie werde ich dich vergessen.«

FLUCHT IN DEN UNTERGRUND

Brahim und Jacques warteten im Auto, während Ali vom »Café moderne« aus mit der Orangenplantage von Hariris Schwiegervater telefonierte.

Jacques hörte seine Mailbox ab: »Sie haben zwei neue Anrufe.«

Margaux. Ja, er hätte sie anrufen sollen und hatte ein schlechtes Gewissen. Aber dann sagte er sich, alles, was er ihr erzählt hätte, wäre in einen Artikel geflossen. Na ja, und um ehrlich zu sein, dann war da die Sache mit Jil.

Der zweite Anruf war von Kommissar Mahon. Spannende Entwicklung! Mehr deutete Jean nicht an. In der Zeit, in der alles abgehört wurde, in Marokko wahrscheinlich nicht nur von den Amerikanern, sicher auch von den Franzosen und auch vom heimischen Geheimdienst, hielt er sich zurück.

Nach fünf Minuten kam Ali schnellen Schritts zurück.

»Alles klar?«, fragte Jacques.

»Ja, ich habe dem Mann, der das Telefon abhob, nur kurz und knapp gesagt, was passiert ist und gleich wieder eingehängt. Vorsichtshalber habe ich das Telefon im Café benutzt. Kostete drei Dirham.«

Ali schaute Jacques an. Der nickte. Drei Dirham mehr auf der Rechnung.

Brahim fuhr los.

»Könnt ihr mich im Dorf bei meiner Schwester absetzen?«, fragte Ali. »Das würde mir Zeit sparen.«

Brahim sah zu Jacques. Der nickte. Weshalb nicht?

Die kerzengerade Straße schien direkt im Sonnenuntergang zu verschwinden.

Brahim fuhr in gemächlichem Tempo. Jeder versank in seine Gedanken.

Jacques überlegte, ob er den Kommissar oder gar Margaux in Paris anrufen sollte, entschied sich aber dagegen. Ali und Brahim würden mithören. Er überlegte: Stecken dieselben Leute hinter dem Anschlag auf Rossi und Hariri mit dem Bagger wie die, die das Attentat in Marrakesch verübt hatten? Denkbar wäre es. Aber er sah darin keine Logik. Wenn das Attentat eine Warnung an Hariri war, damit er die Gelder auszahlte, dann war der Anschlag auf ihn persönlich sinnlos. Das war kein Unfall gewesen, der Bagger hatte auf Rossi und Hariri gewartet.

»Ali, was glauben Sie steckt hinter dem Anschlag mit dem Bagger?«, fragte Jacques.

»Der Unfall vorhin?«

»Das war kein Unfall! Das war doch gezielt! Wer konnte wissen, dass Rossi und Hariri in die Berge fahren würden?«

»Wissen Sie, Monsieur le Juge, ich will einmal ganz verwegen spekulieren: Können Sie sich vorstellen, dass schon eine junge Dame im Liebesnest von Hariri auf dem Berg gewartet hat? Vielleicht die, mit der er vor ein paar Tagen im ›Comptoir‹ gesprochen hat? Sie erinnern sich? Ich habe damals gesagt, sie ist auch die Geliebte des Generalstaatsanwalts. Es kann schon sein, dass der den Auftrag gegeben hat.«

Brahim gab plötzlich Gas, der Wagen schleuderte leicht auf der staubigen Straße.

»Was ist los?«, fragte Jacques.

»Da ist irgendein Idiot in einem Lieferwagen, der fährt mir fast in den Kofferraum, weil er nicht überholen kann.«

»Lassen Sie ihn doch vorbei.«

Brahim knurrte. Wenn das so einfach wäre. Der Lieferwagen blendete auf, setzte zum Überholen an, fiel wieder zurück, weil auf der Gegenseite zwei Kamele geführt wurden, hupte, blendete wieder auf.

»Können Sie nicht irgendwo ranfahren und halten? Der Kerl ist doch gefährlich«, sagte Jacques.

»In einem Kilometer sind wir bei Alis Dorf. So lange muss er noch warten.«

Brahim drückte den Gashebel noch stärker durch, doch der Lieferwagen fiel erst zurück, als sie das Dorf erreicht hatten. Laut hupend fuhr er an ihnen vorbei, als Brahim auf dem Dorfplatz anhielt, um Ali abzusetzen.

Die Sonne war untergegangen.

Einige spärliche Lampen erleuchteten den Platz, auf dem sich Jung und Alt tummelten.

»Monsieur, unsere Abmachung gilt doch, oder?«, fragte Ali, als er ausstieg. »Ich melde mich in zwei, drei Tagen, dann werden Sie meinen Lohn hoffentlich auszahlen können.«

Jacques nickte, gab ihm die Hand und nickte noch einmal: »Vielen Dank, Ali. Unsere Abmachung gilt natürlich.«

Brahim bog wieder auf die Landstraße ein und fluchte. Wenige Hundert Meter weiter parkte der Lieferwagen. »Der Idiot. Seine Aggressivität hat ihn auch nicht schneller hierhergebracht.«

Der Verkehr ließ im Dunkeln nach. Sie hatten das Dorf erst wenige Minuten hinter sich gelassen, als der Lieferwagen wieder heranpreschte und sein altes Spiel begann. Er blinkte auf. Nahm wieder Abstand. Hupte. Fuhr fast auf die hintere Stoßstange.

Brahim drehte sich fluchend nach hinten um, aber Jacques rief ihm zu: »Lassen Sie sich nicht ablenken. Schauen Sie nach vorne.«

Da raste ein riesiger Baulaster mitten auf der Straße auf sie zu. Über dem Fahrerhaus leuchteten plötzlich sechs starke Scheinwerfer auf und blendeten Brahim und Jacques. Genauso plötzlich gingen die Lampen wieder aus. Jacques konnte kaum noch etwas in der Nacht erkennen. Brahim ging es nicht anders.

Der Lieferwagen hinter ihnen war auf einmal verschwunden.

Brahim stieg mit aller Kraft auf die Bremse.

Jacques wurde in die Gurte geworfen.

Dann versuchte Brahim, den Wagen so weit wie möglich an den rechten Straßenrand zu lenken, doch der Laster mit seinen hohen Rädern und Stoßstangen, gewaltig wie Eisenträger, hielt mit vollem Tempo auf sie zu.

Um einem Aufprall im letzten Moment zu entgehen, riss Brahim das Steuer nach links und gab Vollgas. Jacques schlug die Arme vor seinen Kopf aus Angst, der Laster würde jetzt in seine Seite prallen. Doch Brahim hatte die Entfernung richtig eingeschätzt. Mit Getöse donnerte der Laster hinter ihnen vorbei.

Ihr Wagen schleuderte in ein Feld auf der anderen Seite der Straße, schaukelte, drehte sich auf die Seite, und als

Jacques sich bewegte, kippte er langsam wie in Zeitlupe ganz um und lag auf dem Dach.

Brahim lachte trocken, als er Jacques unverletzt neben sich im Gurt hängen sah.

»Schnell raus! Schnell raus, an deiner Seite!«, rief er ernst. »Die wollten uns umbringen.«

Jacques' Tür klemmte, aber das Fenster war zerschlagen. Er schlängelte sich hinaus auf das Feld. Der Wagen verdeckte ein wenig die Sicht auf die Straße. Etwa dreihundert Meter entfernt standen der Lastwagen und der Lieferwagen.

Brahim zupfte ihn am Ärmel. »Alles okay?«

»Ja. Alles okay.«

»Nichts wie weg. Kriechen, nicht rennen. Sonst sehen die uns.«

Für einen Moment versteckten sie sich hinter einer Hecke.

Der Laster drehte und holperte mit den Vorderrädern auf das Feld. Dann schaltete jemand alle Scheinwerfer an. Brahims Autowrack wurde taghell ausgeleuchtet.

»Wir haben Glück, wir haben Glück«, lachte Brahim wieder. Dann deutete er auf einen etwa zwei Meter hohen, runden Erdwall in kurzer Entfernung. Im Schutz der Hecke krochen die beiden Männer hinter diesen Wall, sodass sie vom Lastwagen aus nicht gesehen werden konnten.

»Kletter über den Erdhaufen«, sagte Brahim, »und rutsch dann rückwärts ganz langsam nach unten! Da ist ein Brunnen, der über eine unterirdische Leitung sein Wasser erhält.«

Gelenkig krabbelte der Gwana los und war sofort im Brunnen verschwunden. Als Jacques etwas ungelenk hin-

terherrutschte, spürte er Brahims Hände an seinen Beinen.
»Noch einen Meter. Gleich ist's geschafft.«

Brahim las ein trockenes Blatt auf und legte es in die
Rinne, die Wasser führte. Als sich das Blatt nach einem
Moment behutsam in eine Richtung bewegte, lachte
Brahim wieder auf. »Wir müssen in die entgegengesetz-
te Richtung. Das Wasser fließt in einer kaum spürbaren
Neigung von den Bergen hinab in die Oase Marrakesch.
Und unsere Verfolger werden vermuten, wir würden da-
hin fliehen. Wir gehen aber in Richtung Berge. Denn acht
oder zehn Kilometer von hier liegt das Dorf Kik. Und dort
findet in diesen Wochen das Gwana Musik-Festival statt.
Unter meinen Leuten, unter den Gwana, finde ich tausend
Freunde, und wir sind sicher. Halt dich an meinem Gürtel
fest. Wir müssen uns vortasten. Hoffentlich kommt der
Vollmond heute raus.«

Und dann erzählte Brahim, dass schon seit Jahrhunderten diese unterirdischen Kanäle, Retaras genannt, müh-
sam Tropfen für Tropfen Marrakesch mit Wasser versorgten. Bei ihrem Bau sei alle paar Hundert Meter die Erde
aus den Retttaras nach oben geschaufelt worden, und
so entstanden diese Brunnen, aus denen die Bauern seit
Ewigkeiten Wasser schöpfen.

Brahim tastete sich durch das Dunkel. Dann blinkte ein
heller Schimmer vor ihm auf. Er nutzte sein Handy als
Taschenlampe.

Jacques hörte es rascheln. Das werden Ratten sein,
dachte er.

Die Decke des Kanals lief oben spitz zusammen und war
so hoch, dass Jacques fast aufrecht gehen konnte.

Es war angenehm kühl in dem Kanal. Um nicht in das

Wasser zu treten, lief er im Watschelgang und setzte seine Füße abwechselnd rechts und links von der Rinne auf. Das war schon bald sehr anstrengend.

Als nach fünfhundert Metern der schwache Schein des Mondes durch die Öffnung des nächsten Brunnens schien, schaltete Brahim das Licht aus. Sie warteten einen Moment.

Geräusche vom Wind, dem Heulen eine Hundes in der Ferne, von einem weinenden Kind oder einem streunenden Kater drangen zu ihnen hinunter.

Als sie nichts Verdächtiges hörten, gingen sie vorsichtig weiter. Plötzlich stank es. Brahim machte Jacques auf einen Haufen Abfall aufmerksam. Offenbar hatte jemand den Brunnen als Müllhalde missbraucht.

Einmal stolperte Jacques über eine Konservendose, dann stieß sein Fuß gegen eine Glasflasche. Nach drei weiteren Brunnen bat er um eine Pause. Aber Brahim hetzte ihn weiter. Noch zwei Brunnen. Dann ruhen wir uns kurz aus. Jetzt war die Wand des Kanals feucht, und eine dicke Wurzel hing herunter, gegen die er mit dem Kopf schlug.

»Feigenbaum«, sagte Brahim.

Endlich lehnten sie sich mit den Rücken gegen die Seitenwand und hielten an.

Jacques fragte, wer sie wohl verfolgt hätte.

Brahim sagte, die Leute, die hinter dem Baggerunfall steckten, wollten Zeugen beseitigen. So einfach sei das. Aber woher wussten die von ihnen? Zum einen wusste es der Motorradfahrer. Der hatte das Auto gesehen. Aber vielleicht waren noch andere daran beteiligt gewesen, die sie nicht gesehen hatten.

Aber woher wussten die, welche Strecke sie zurück-fuhren?

Brahim schwieg. Ob er nachdachte oder es nicht aus-sprechen wollte?

Jacques schwieg. Er hatte eine Vermutung.

War es wirklich so einfach?

Der Angriff hatte erst stattgefunden, nachdem Ali aus-gestiegen war.

Trau niemandem?

»Gehen wir weiter«, sagte Brahim. »Wir haben noch einen langen Weg vor uns.«

»Können wir nicht irgendwann raus und oben schauen, wie wir bequemer weiterkommen?«

»Lieber nicht. Hier sind wir sicher.«

»Du willst doch nicht bis Kik in dem Kanal gehen?«

»Warum nicht?«

»Wie weit ist das noch?«

»Drei oder vier Stunden. Aber es ist sicher. Das hat mir der Djinn geflüstert. Und es ist klug, auf den Djinn zu hören.«

DAS RÄTSEL DES MARABOUT

Die letzten zweihundert Meter war Jacques nur noch mit Mühe hinter Brahim hergekrochen. Im Finstern. Plötzlich durchzuckte ihn ein unerträglicher Schmerz im Oberschenkel. Er schrie kurz auf und setzte sich. Halb ins Wasser, halb neben die Rinne. Ein Krampf. Er streckte das Bein aus und drehte die Zehen nach oben. Brahim machte sofort kehrt. Halt das Bein steif. Er packte es am Unterschenkel und drückte den Fußballen nach oben. Der Krampf löste sich, der Schmerz ließ nach.

Jacques vermutete, dass es kurz vor Mitternacht war. Seit mehr als drei Stunden liefen und krochen sie schon durch die Rettaras.

»Das ist doch Unsinn, Brahim.«

»Das ist sicher, Jacques.«

»Ich kann nicht mehr, Brahim. Wir müssen raus.«

Brahim schwieg.

»Schaffst du's zum nächsten Brunnenschacht?«

»Ich will es versuchen. Wie weit ist es noch?«

»Hundert, hundertfünfzig Meter.«

Der Krampf kehrte noch mehrmals zurück. Jacques ächzte vor sich hin. Der Djinn gibt mir ein Zeichen, dachte er. Aber er behielt es für sich. Aus Vorsicht. Vielleicht glaubte Brahim ersthaft an diese merkwürdigen geisterhaften Plasmawesen.

Inzwischen plagte ihn entsetzlicher Hunger.

Die Öffnung des Brunnenschachts nach oben war ziemlich eng. Vom Himmel warf der Vollmond einen Strahl hellen Lichts in die Tiefe.

»Wie um Gottes willen kommen wir hier raus?«, fragte Jacques.

Der Brunnenrand lag gut vier Meter über ihnen. Brahim stieg in die Hände von Jacques, nutzte dessen Schultern und den Kopf als Treppenstufen und überbrückte die letzten Meter, indem er sich rechts und links mit den Beinen an der unebenen Wand abstützte. Brahim sah sich um und überlegte, wie er Jacques aus dem Brunnen holen könnte.

Jacques war inzwischen völlig erschöpft, an die Brunnenwand gelehnt, tief eingeschlafen. Als er seinen Namen hörte, wusste er nicht, wo er war. Er glaubte sich in seinem Bett in Paris. Jacques! Monsieur!

»Ich habe einen langen, festen Baumast«, hörte er Brahim, »den ich jetzt runterlasse. Daran kannst du hochklettern.«

Jacques wusch sich in der Rinne kurz das Gesicht, nahm einige Schluck Wasser und mühte sich nach oben.

Brahim zog ihn über den Rand des Erdhügels. Als Jacques zusammensackte, fing er ihn auf und lehnte ihn gegen die Erdwand. Einige Meter entfernt stand ein Mann in schmutzigem Kaftan. Brahim rief ihm einen Befehl zu. Er lief weg und kam mit einer Karre, gezogen von einem Maulesel, zurück.

»Der Mann fährt zum Markt nach Kik und nimmt uns auf der Ladefläche, versteckt hinter Gemüsekisten, mit. Er fährt nur über Feldwege. In Kik wird uns niemand suchen.«

Jacques erlebte die Nacht in Kik wie in Trance.

Brahim hatte ihm einen schmutzigen Kaftan besorgt, der nach seinem Besitzer roch, ihm einen Turban umgebunden und in einen kleinen Raum verfrachtet, der nur durch einen Teppichvorhang von dem überfüllten Saal getrennt war. Die ganze Nacht über machten Gwana-Musiker vor einigen Hundert begeisterten Männern Musik. Berühmte Leute, die angeblich mit Randy Westen, Johnny Copeland und Peter Gabriel aufgetreten waren.

Das ist der Afrikanische Blues, hatte Brahim ihm zugeflüstert. Monoton klapperten dicke Kastagnetten aus Eisen und begleiteten eine dreisaitige Laute. Jacques war zu erschöpft. Für ihn war diese Musik nur Lärm. Aber trotz des Lärms döste er ein.

Was für eine schwachsinnige Entscheidung, nach Marrakesch zu reisen. Was für eine unsinnige Idee, Ibrahim Rossi zu verdächtigen. Wahrscheinlich löst sich der Fall in der Zwischenzeit von allein, in Paris. Er würde jetzt am liebsten Jean Mahon anrufen und nach der »spannenden Entwicklung« fragen, die der Kommissar auf der Mailbox angedeutet hatte. Und auch Margaux sprach von »aufregenden« Recherchen. Es drängte ihn, so schnell wie möglich zurückzufliegen. Aber erst einmal musste er sich von seinem stinkenden Kaftan befreien und aus diesem Lehmdorf verschwinden. Mit einem heißen Tee wurde er von Brahim geweckt. Wir fahren in den Morgenstunden mit einer Fuhre Musiker zurück nach Marrakesch. Ich habe alles arrangiert. Aber stell dir vor, Marabout Sidi Chamarouch ist aus Djebel Toubkal rübergekommen. Wir müssen ihn dringend befragen. Das kostet ein wenig, aber Sidi ist der größte aller Marabouts.

Marabouts kannte Jacques aus dem Goutte d'Or in Paris, wo sie ihr Unwesen trieben. Sie behaupteten, mit manch einem Zauberspruch oder Zaubertrank das Leben ihrer Kunden beeinflussen zu können. Sie heilten den, der an ihre Kraft glaubte, sie linderten Liebeskummer, sie stärkten die Manneskraft. In der Hoffnung, ihre Sehnsüchte würden erfüllt, zahlten selbst manche Franzosen erhebliche Summen an Marabouts. Alles bar, natürlich. Meist waren Marabouts reich, ihnen gehörten Immobilien in Paris, und in ihrer Heimat hatten sie viele Frauen und Kinder zu ernähren.

Jacques zuckte mit den Schultern. »Muss ich da mitkommen?«

»Ja. Stell dir vor, Marabout Sidi Chamarouch!«

Sie verließen den kleinen Raum, schlichen sich zu einer Hintertür hinaus, erreichten über zwei Gärten ein Haus, in dem auf einem Teppich der Marabout saß, der Brahim einige Hundert Dirham abnahm, ihn anhörte und dann unter unverständlichem Murmeln mit schwarzer Tusche Zeichen auf ein Holzbrett malte. Er wusch das Geschriebene ab, füllte die grauschwarze Flüssigkeit in ein Fläschchen, das er Brahim reichte. Der nahm einen Schluck, stieß den Korken in den Flaschenhals und wirkte wie betäubt.

»Jetzt du!« Brahim schob Jacques vor. »Jetzt frag du! Er spricht französisch. Oder wünsch dir was!«

»Und weshalb hast du ihn befragt?«

»Das ist geheim.« Brahim lachte. »Was ganz Privates.«

Jacques war mit einem Mal hellwach. Wenn schon, dann wollte er den Marabout herausfordern. Er zog seine Schuhe aus und setzte sich zu ihm auf den Teppich.

Sidi Chamarouch sah ihn scheinbar teilnahmslos an.

Jacques sammelte sich und starrte zurück. Er müsste seine Frage kurz und so präzis stellen, dass sie dem Marabout keine zweideutige Antwort erlaubte. Er gab sich einen Ruck.

»Ist der Onkel der Mörder?«

Der Marabout rührte sich zunächst nicht. Dann griff er ein kleines Papier, schrieb mit seinem Federkiel einige Zeichen drauf, faltete das Blatt und wickelte ein kleines vielfarbiges Bändchen darum.

»Der Onkel ist nicht der Mörder. Solange du dieses Papier mit dir trägst, findest du die hochgestellte Person, die schuldig ist.«

Jacques fühlte sich geschlagen. Ob Marabout oder das Rätsel von Delphi, alles Quatsch. Da kann man auch gleich an den Weihnachtsmann glauben. Er trottete hinter Brahim her zurück in das kleine Versteck hinter dem Teppich. Todmüde. Auf der flachen Bühne wirbelte ein Mann in blutrotem langem Hemd zu lauter Gwana-Musik. Er schwang zwei scharfe Messer über dem Kopf, schnitt sich damit in die Zunge, doch sie blutete nicht, ritzte sich in die Arme, doch sie zeigten keine Wunde.

»Du musst an ihn glauben, dann verletzt er sich nicht«, flüsterte Brahim, der den Messertanz leidenschaftlich verfolgte.

»Ach, von wegen glauben! Lass mich ein wenig schlafen.« Jacques lehnte sich zurück. Die Augen fielen ihm zu. Die monotone Musik lullte ihn ein.

Immer noch in Trance folgte er Brahim am Morgen zu einem Kleinbus, in dem er die letzte Bank, die für drei Personen vorgesehen war, mit vier Musikern teilte. Draußen war es noch Nacht.

Brahim legte ihm eine Laute auf den Schoß. So bist du Musiker.

Der Wagen fuhr holprig. Die Luft roch nach Dieselöl.

Plötzlich wurde es hell.

Jacques döste noch vor sich hin, als Brahim laut eine Warnung auf Arabisch rief. Und mit einem Schlag waren alle wach. Die Musiker fingen an, auf ihren Instrumenten zu spielen, zwei Sänger, die Jacques einrahmten, stimmten einen monotonen Singsang an. Der Wagen begann zu schaukeln.

Militärkontrolle.

Ein Offizier trat an das Fenster des Fahrers, redete auf ihn ein, doch der verstand wegen der lauten Musik kein Wort. Der Offizier schrie ein paar Worte in den Bus, doch die Musik verstummte nicht, sie wurde nur ein wenig leiser. Brahim lachte laut. Jacques hielt die Laute vor seinen Bauch, schaute hinunter und zupfte an einer der drei Saiten.

Der Offizier schaute in den Wagen, schüttelte den Kopf und gab die Fahrt frei.

Der Wagen fuhr weiter. »Das war wohl eine Kontrolle? Aber von wem?«

»Keine Ahnung. Vielleicht suchen sie uns.« Brahim lachte. »Oder irgendwelche Terroristen.«

Die Sonne ging auf. Jacques sah die hohen Mauern von Marrakesch. »Was machen wir jetzt?«, fragte er. »Wir können auf keinen Fall zu Jil.«

»Zu mir kannst du auch nicht. Aber du kommst mit. Ich bring dich bei einem Musikerfreund unter. Wir alle wohnen im ›Ryad Laârouss‹, das ist das Viertel der Gwana. Da sind wir unter unseresgleichen.«

YUANYUANS BELOHNUNG

Frauen, die die Polizei mit zu vielen Kondomen in der Handtasche erwischt, werden gleich mitgenommen. Verdacht der Prostitution. Das wusste YuanYuan inzwischen.

Sie stand in der Schlange der Frauen, denen von Freiwilligen im »lianghua che« geholfen wurde. »Lianghua che« nannten die chinesischen Prostituierten in Belleville den Lotusbus der Ärzte der Welt. Bis zu zweihundert Frauen standen Schlange, wenn der Bus in der Rue de Belleville vorfuhr.

YuanYuan überlegte, wie viele Gummis sie sich geben lassen sollte. Kostenlos. Das war wichtig. Pro Tag verbrauchte sie ein halbes Dutzend. Mindestens. Aber der Bus der Ärzte der Welt kam nur mittwochs. Die Chinesin hatte eine kleine Reserve von Verhütungsmitteln unter ihrem Bett. Aber die war vor den fünf Frauen, mit denen sie das Zimmer teilte, nicht sicher.

Der Lotusbus, groß wie ein Lieferwagen, war in zwei Räume unterteilt, in denen ein Arzt die Besucherinnen untersuchen konnte. Und da YuanYuan den Lotusbus schon seit zwei Jahren regelmäßig aufsuchte, kannte sie die Freiwilligen beim Namen. Laula mochte sie besonders gern. Die empfahl ihr neben Kondomen auch Verhütungsgels und gab ihr persönliche Tipps.

Damit ihre Kleine auf die Schule gehen konnte, war Yuan-Yuan mit einem Touristenvisum nach Frankreich gereist, im Glauben, in kurzer Zeit viel Geld verdienen, die Schulden, die sie wegen der Papiere gemacht hatte, schnell bezahlen und das Schulgeld nach Dongbei schicken zu können. Aber der karge Lohn in der Wäscherei in der Rue de Belleville reichte dafür längst nicht aus. Deshalb stand sie abends auf der Straße. Wie ein paar Hundert anderer Chinesinnen. Auch die meist aus Dongbei. Fast alle waren Mütter, die für ihr Kind zu Hause in China sorgten und sich ihrer Arbeit auf der Straße schämten.

In der Warteschlange redeten sie nicht miteinander. Höhepunkt von YuanYuans Tag in Belleville war das abendliche Skypen mit ihrer Tochter in Dongbei.

Aber ihrer Tochter erzählte sie nur von den Stunden am Bügelbrett.

Der Lieferwagen der Wäscherei fiel YuanYuan sofort auf, als er neben dem Lotusbus hielt. Vielleicht weil er so schmuddelig aussah. Und das widersprach ihrer Vorstellung von frischer Wäsche. Die riecht gut.

Als die Seitentür aufgeschoben wurde und eine sehr kleine Frau herausstieg, dachte die Chinesin wieder an die Belohnung, von der die Männer der Triade 14K gesprochen hatten. Fünftausend Euro für den, der eine Frau sieht, so klein wie eine Zwergin, aber doch keine ist. Eine Frau, so groß wie eine Zehnjährige, eine zehnjährige Französin. Vielleicht so groß wie ihre Tochter, die jetzt bald vierzehn würde. Und die hatte sie jetzt zwei Jahre nicht mehr im Arm gehalten.

Die kleine Frau trippelte schnell in den Innenhof des Cour de la Métairie und verschwand dort.

YuanYuan zögerte nur einen kleinen Moment, sagte der Frau hinter sich in der Schlange, sie komme gleich zurück, und huschte hinter der kleinen Frau her. Sie wartete im Innenbogen des Eingangs zum Hof, bis sie sah, zu welcher Tür diese Frau ging und eilte zurück an ihren Platz vor dem Lotusbus.

Fünf Dutzend Kondome und zwei Tuben Gel gab ihr Laula und bat sie, doch wieder einmal beim Roten Kreuz zu einer HIV-Untersuchung zu gehen. YuanYuan hatte es heute aber eilig. Wer weiß, wer die kleine Frau noch erkannt hatte. Wer es als Erster melden würde, bekäme das Geld.

Aber wem sollte sie erzählen, was sie beobachtet hatte? Der einzige regelmäßige Kunde, von dem sie ahnte, dass er zur Triade 14K gehören könnte, war der merkwürdig stille Kellner, der für zehn Minuten immer ganze zwanzig Euro zahlte. Mehr, als sie verlangte.

Sie knöpfte ihr Kleid oben zu, nahm die billige Goldbrosche ab und zog sich auf der Toilette eines kleinen Cafés die Netzstrümpfe aus. Dann eilte sie die Rue de Belleville hinunter, stand zehn Minuten später im noch leeren Restaurant »Le Pacifique« und fragte, ob Gao Qiu zu sprechen sei?

Aus der Küche hörte sie großes Gelächter, dann kam Gao Qiu und trocknete sich die Hände an einem Spültuch ab.

Er erkannte YuanYuan und fragte unwirsch: »Was willst du?«

»Ich habe gehört, der Drachenmeister hat eine Belohnung ausgesetzt für Auskünfte über die kleine Frau. Gilt das noch?«

»Ja. Das gilt noch. Weißt du etwas?«

Gao Qiu war wie elektrisiert. »Und von wem bekommt man das Geld?«

»Wenn der Hinweis gut ist, besorge ich dir die Belohnung.«

»Fünftausend Euro?«

Die Summe würde ausreichen, um ihre Schulden und das Schulgeld für ihre Tochter auf Jahre hinaus zu bezahlen, auch für die Heimreise. Sie atmete auf, spürte ein Gefühl von Freiheit in ihrer Brust.

»Fünftausend Euro. Und ich gebe dir jetzt schon einmal fünfzig Euro, wenn du mir etwas Genaueres sagen kannst.«

YuanYuan hatte sich genau eingeprägt, was sie gesehen hatte. Sie war nach dem Besuch im Lotusbus zu der Tür gegangen, hinter der die kleine Frau verschwunden war. Da lag unter anderem eine Arztpraxis.

DIE SCHLAGZEILE VON MORGEN

Zuerst spielte der Chefredakteur nur mit seiner Schachtel Gitanes, dann holte er eine der gelben Zigaretten heraus, was Margaux kurz ablenkte, aber in ihrem Redefluss noch nicht unterbrach. Erst wenn er die Zigarette anzünden würde, wäre eine Mahnung fällig. Im Konferenzraum durfte seit Jahren schon nicht mehr geraucht werden.

Auf Vorschlag von Margaux hatte Jean-Marc Real drei seiner besten Rechercheure zu einer Sondersitzung zusammengerufen. Und Margaux führte das Wort. Knapp, kurz und präzise.

»Wir bereiten eine Serie für mindestens drei Tage vor. Am ersten Tag machen wir mit einer Schlagzeile zu dem anonymen Brief auf. Thema: Im TGV-Vertrag mit Marokko steht, dass fast dreihundert Millionen Euro an Vermittler gezahlt werden. Das bewerten wir noch nicht. Aber wir machen einen Kasten, in dem wir erklären, bei welchen großen Verträgen in der letzten Zeit solche Vermittlergebühren vorgesehen waren, die sich dann als Retrokommissionen und Bestechung entpuppten. Das Fregattengeschäft mit Taiwan zum Beispiel. Die U-Boote für Pakistan. Die Waffenlieferungen nach Angola. Der Kauf der ostdeutschen Raffinerie Leuna durch Elf-Aquitaine. Wer sich darum kümmert, ist mir egal. Ich schreibe die Story über den anonymen Brief.«

Jean-Marc nahm die Zigarette in den Mund, zündete sie zwar nicht an, aber fingerte sein Feuerzeug aus der Hemdentasche und ließ es spielend durch seine Finger gleiten.

»Wir sollten auch einen Kasten zum Thema Corbeau und anonyme Briefe machen. Es wird ja behauptet, dass Richter sich manchmal solche Briefe selber schicken, damit sie dann in die entsprechende Richtung recherchieren können.«

»Wer sagt denn so einen Schwachsinn?«, warf Margaux ein.

»Na, frag mal deinen Spezialisten! Nennen wir denn schon am ersten Tag den Namen des Vermittlers, den wir kennen?«, fragte Jean-Marc.

Margaux überlegte einen Moment, ehe sie antwortete: »Das würde ich nicht tun. Dann verderben wir uns die Überraschung des zweiten Tages. Denn in der zweiten Geschichte, immer noch mit Schlagzeile, enthüllen wir, dass der ermordete Mohammed eine enge Beziehung zu dem Vermittler hat, dessen Namen wir kennen und enthüllen. Georges Hariri. Ihr habt mitbekommen, dass der in Marokko verunglückt ist. Er sagt, es sei ein Unfall gewesen. Aber ich habe gestern kurz mit Untersuchungsrichter Ricou sprechen können. Der ist in Marrakesch wegen des Mordes an besagtem Mohammed. Die Geschichte kennt ihr aus dem Blatt. Ricou hat nur kurz angedeutet, dass das Attentat vor dem Ingenieurbüro in Marrakesch und der Anschlag auf Hariri zusammenhängen könnten.«

»Warum nennt Ricou es einen Anschlag?«, fragte der Chefredakteur und ließ das Feuerzeug aufschnappen.

»Er deutet es an. Er fliegt heute zurück, am Abend kann ich ihn sprechen. Das reicht für die zweite Geschichte übermorgen.«

»Hat dein Jacques auch den Brief des Corbeau erhalten?«

»Ich habe ihn nicht gefragt. Und außerdem ist er nicht mein Jacques! Aber ich habe mit seinem Büro telefoniert, seiner Gerichtsprotokollantin angeboten, eine Kopie zu schicken und sie dabei gefragt, ob das sinnvoll sei. Oh ja, hat die geanwortet, das würde Ricou sicher interessieren. Daraus schließe ich: Die haben den Brief nicht.«

»Und warum hast du ihn nicht selber gefragt?«

»Du weißt, nicht nur die NSA hört mit, sondern ganz bestimmt auch jemand aus unseren Diensten. Und die brauchen von unserer Recherche nichts mitzubekommen. Deswegen eine Ansage: Ihr schreibt nur auf Laptops, die nicht ans Internet angeschlossen sind.«

»Und bauen wir in das Stück am zweiten Tag auch die Verhaftung der Terroristen in Marokko ein?«, fragte Claude, einer der jungen Rechercheure am Tisch.

»Wer hat die Geschichte verfolgt?«, fragte Margaux, bevor Jean-Marc Real die kalte Zigarette aus seinem Mund nehmen konnte.

»Sag mal, bist du jetzt der Chefredakteur?«, murrte er.

»Bitte, wenn du mal dein Interesse von der Gitane auf unsere Konferenz lenken kannst, will ich dir gern den Vortritt lassen«, sagte Margaux. Alle lachten laut. Außer Jean-Marc Real.

Schweigen. Er überlegte kurz, ob er jetzt seine Zigarette anzünden sollte, aber das wäre nicht sehr souverän.

»Also, wer kennt die Geschichte am besten?«, fragte der Chefredakteur.

»Vorgestern Nacht wurden elf Leute in Casablanca und in der Nähe von Ouarzazate im Atlasgebirge festgenommen. Die marokkanische Polizei hat eine halbe Tonne Schwarzpulver in einer konspirativen Wohnung sichergestellt«, sagte Claude. »Angeblich gehören sie der AQMI an, also der Al Quaida-Fraktion Maghreb Islamique. Die AQMI hat vor zehn Jahren schon einmal ein Attentat in Casablanca verübt. Dabei sind 33 Leute umgekommen.«

Margaux sah zu Jean-Marc. Der hatte die Zigarette wieder in den Mund gesteckt.

»Was könnte diesmal das Motiv sein?«, fragte sie.

»Es hat ja riesige Demos gegen den Bau des TGV gegeben. Vielleicht will man sich das zunutze machen, um Mitglieder oder wenigstens Sympathisanten zu werben.«

Jetzt zog der Chefredakteur doch die Zigarette wieder zwischen seinen gelben Zähnen hervor und fragte: »Aber wie hängt der Anschlag auf Hariri oder gar der Mord an Mohammed mit der Bombe vor dem Ingenieurbüro zusammen?«

»Da können wir nur spekulieren«, antwortete Margaux. »Für Hariri könnte das gleiche Motiv gelten wie für das Attentat in Marrakesch. Denn vergessen wir nicht: Den Wagen, in dem Hariri verunglückte, fuhr Ibrahim Rossi, Ingenieur in Hariris Büro in Marrakesch. Und Rossi ist dabei umgekommen. Aber wer ist Rossi? Er ist der Schwager des ermordeten Mohammed.«

»Aber du sagst doch, Hariri behauptet, es sei ein Unfall gewesen. Weshalb wohl?«

»Aus Angst?«

»Aus Angst vor wem?«

»Vor den Terroristen? Vor der marokkanischen Polizei? Vor dem König?«

»Gut, dann machen wir auch einen Kasten zu Al Qaida au Maghreb Islamique«, sagte der Chefredakteur. »Für den zweiten Tag brauchen wir sicher wieder die ersten drei Seiten. Fotos gibt's genug.«

»Und was machen wir am dritten Tag?«, fragte Claude.

Jean-Marc Real nahm die Zigarette wieder aus dem Mund und deutete mit ihr auf Margaux.

»Der dritte Tag wird dann ein Hammer«, sagte Margaux. »Kern der Geschichte: Hariri und Ronsard sind alte Kumpels. Ronsard war Minister, als der TGV-Vertrag abgeschlossen wurde. Wir müssen herausfinden, inwieweit Ronsard dafür gesorgt hat, dass Hariri als Vermittler eingetragen wurde. Ich weiß aus einer ziemlich sicheren Quelle, dass Hariri bei dem Vertrag nichts vermittelt hat. Sein Name wurde erst zum Schluss von jemandem aus der Regierung in den Vertragstext eingefügt. Damit er eine Millionenprovision erhält. Na, und mit wem teilt er sich die wohl?«

Jean-Marc Real schaute Margaux fragend an und formte mit den Lippen den Namen Dati. Margaux nickte.

»Außerdem wird es nach den ersten beiden Veröffentlichungen schon irgendwelche Reaktionen geben. Also, für den dritten Tag mache ich mir keine Sorgen. Und vielleicht kannst du dem Richter was entlocken, wenn er heute zurück ist.«

»Vielleicht«, sagte Margaux und räumte ihre Papiere zusammen. Sie schaute die Rechercheure des Sonderteams an und sagte: »An die Arbeit!«

»Viel Glück«, rief ihnen Jean-Marc Real zu, der die Tür zu seinem Arbeitszimmer schloss, eine Flamme aus dem Gasfeuerzeug schießen ließ und damit seine Gitane wieder anzündete. Er nahm einen tiefen Zug und rief seinen alten Freund Ronsard an.

JACQUES' RÜCKKEHR

Als das Flugzeug gestartet war, wachte Jacques auf wie aus einem Albtraum. Zum Glück wusste er nicht, dass der wirkliche Albtraum noch folgen würde.

An dem Morgen, als er mit Brahim aus Kik kommend in Marrakesch im »Riad Laârouss« bei den Gwanas unterschlüpfen wollte, erhielt er über Brahims Leute die Nachricht von Jil, die nicht wusste, wo er abgeblieben war, die Luft sei rein. Die Luft war auch rein.

In derselben Nacht, als er durch die Rettaras geflüchtet war, hatten marokkanische Sicherheitskräfte eine Gruppe von islamischen Terroristen ausgehoben, die angeblich den Anschlag verübt hatte. Ali hatte also recht gehabt. Es wurde eine große Menge Schwarzpulver gefunden.

Für wie dumm hält der marokkanische Geheimdienst uns bloß? Die Presse kann man mit Schwarzpulver in die Irre führen. Aber wir wissen doch, dass Schwarzpulver niemals so viel Sprengkraft entwickeln könnte, um einen Bus zu zerstören.

Nachdem Jacques im »Riad« bei Jil geduscht und sich frisch angezogen hatte, lud er sein Handy wieder auf. Beim ausgiebigen Frühstück erzählte Jil, dass Hariri den Unfall schwer verletzt überlebt habe und noch in der Nacht mit einem Sanitätsflugzeug nach Paris geflogen worden sei.

Rossi war tot.

Jacques berichtete kurz, was er erlebt hatte, und wie er selbst fast von einem Lastwagen in den Hades befördert worden wäre. Auch das wäre kein Unfall gewesen.

»Für mich gibt's hier nichts mehr zu tun«, sagte Jacques. »Ich werde mal im Internet nachschauen, ob ich heute Nachmittag noch einen Flug nach Paris bekomme.«

»Das kann ich für dich machen«, sagte Jil. »Ich rufe bei Royal Maroc an. Da kenne ich jemanden. Geh du nach oben und schlaf noch 'ne Mütze.«

Drei Stunden später spürte Jacques den warmen Körper von Jil unter der Bettdecke. Sie sagte leise: »Heute ist alles ausgebucht. Morgen früh um elf geht ein Direktflug nach Orly. Darauf hast du einen Platz.«

Am nächsten Tag um halb vier nachmittags stieg Jacques am Flughafen Orly-Sud in den Wagen von Kommissar Jean Mahon. Er hatte ihn am Morgen noch von Marrakesch aus angerufen und seine Ankunft angekündigt, aber kaum über den Fall geredet.

»Ich hol dich ab«, sagte Jean Mahon. »Dann können wir im Auto alles besprechen. Wir wissen inzwischen einiges mehr, so viel dass ich glaube, wir könnten den Fall bald aufklären.«

Damit hatte der Kommissar Jacques' Neugier geweckt.

»Kannst du eine Andeutung machen?«

»Wir wissen, was in Genf geschehen ist, und wir wissen, wer der wirkliche Onkel war. Mehr nicht. Aber das reicht ja auch.«

Gleich danach rief Jacques bei Margaux an.

Auf seinem Laptop hatte er in der digitalen Ausgabe

von Margaux' Blatt die Schlagzeile und den Artikel über den Corbeau und den anonymen Brief gelesen.

Er fragte sie, ob in dem Artikel von ihr alles stehe, was sie wisse.

»Nein«, sagte Margaux, das sei der Auftakt für eine Serie. Als sie fragte, ob sie sich sehen könnten, zögerte er kurz. Es sei wichtig, sagte sie. Vielleicht hätte sie Informationen für ihn.

»Gut«, sagte Jacques, aber er müsse zuerst ins Palais de Justice. Da gebe es einiges anzuleiern. Es könne später werden.

»Dann sehen wir uns im Bistro ›Aux Folies‹?«

»Warum nicht.«

Aber er gab zu bedenken, dass im »Aux Folies« viele Ohren gespitzt würden.

Jacques überlegte kurz, ob er auch Jérôme anwählen sollte, um sich nach dem Zustand von Kalila zu erkundigen, doch das schien ihm schließlich zu gefährlich.

Auf der Fahrt vom Flughafen zur Île de la Cité berichtete der Kommissar, der ihn abgeholt hatte, sachlich über die neuen Erkenntnisse, die Jacques noch nicht kennen konnte:

»Erstens: Der Onkel war Georges Hariri. Sagt Kalila. Zweitens: die Million auf Mohammeds Konto in Genf wurde von dem Zahlenkonto überwiesen, dessen Eigentümer der ehemalige Minister Ronsard ist. Das hat Françoise herausgefunden.

Drittens: der anonyme Brief an Margaux besagt, dass Hariri fast 150 Millionen als Provision erhalten hat. Und es scheint so, als sei der Name von Hariri und einem zweiten Vermittler, dessen Name im Brief geschwärzt worden ist, erst ganz kurz vor der Unterzeichnung auf Drängen von Ronsard und dem Premierminister, in den Vertrag eingefügt worden.«

»Das bedeutet: Wir müssen herausfinden, wo Hariri liegt.«

»Im Val-de-Grâce«, sagte der Kommissar. »Und ins Militärkrankenhaus kommt so jemand nur, wenn er über politische Protektion verfügt.«

»Dann müssen wir rausfinden, wer sich für Hariri eingesetzt hat.«

»Vielleicht Ronsard? Auch als ehemaliger Minister hat er noch großen Einfluss. Übrigens steht Hariri seit seiner Ankunft gestern früh unter Polizeischutz. Darum hat die marokkanische Botschaft gebeten. Er ist gestern Nacht noch operiert worden. Nichts Lebensbedrohliches, sagt der Arzt. Ein Bein sei aber fast völlig zerquetscht.«

»Gut. Hariri will ich heute noch sehen«, sagte Jacques, »wenn's geht. Dann müssen wir das vollständige Original des TGV-Vertrags einsehen. Ich wende mich offiziell an das entsprechende Ministerium.«

»Da kenne ich schon die Antwort: secret défense – Militärgeheimnis. Das sagen die doch immer.«

»Mal sehen. Auf jeden Fall solltest du so schnell wie möglich eine Durchsuchung bei Ronsard durchführen. Und zwar gleichzeitig hier in seinem Abgeordnetenbüro in Paris und in seinem Privathaus in Fréjus an der Côte d'Azur. Wie viel Zeit brauchst du für die Vorbereitung? Ich unterzeichne die entsprechenden Papiere, sobald ich im Büro bin.«

»Hier in Paris ginge das noch heute. Aber ich muss eine

277

Truppe nach Fréjus schicken. Selbst wenn wir ein Flugzeug anheuern, dauert das 'ne Weile, bis wir dort sind. Mein Vorschlag wäre: morgen früh um sechs.«

»Klingelt's morgens früh um sechs, ist es nicht der Milchmann. Gilt der Spruch noch?«, fragte Jacques.

»Ja, blöder Spruch. Überholt, würde ich sagen.«

»Es gibt ja auch keine Milchmänner mehr. Aber gut. Mach das so, Jean. Morgen früh um sechs.«

»Willst du mitkommen?«

»Hier in Paris oder in Fréjus?«

»Ist egal. Ich lass mal rausfinden, wo sich Ronsard gerade aufhält. Dort leite ich die Durchsuchung persönlich.«

»Das bringt uns zu Hariri, Jean. Müssten wir uns nicht zur gleichen Zeit bei ihm umschauen?«

»Ja. Du hast recht. Das wird eine größere Operation. Ich hoffe, ich bekomme genügend Leute zusammen.«

»Du siehst müde aus«, sagte Martine, als Jacques in ihr Büro trat. »Betonmarie hätte gern einen Besuch von dir. Sie will auf dem Laufenden bleiben. Aber erst einmal mache ich dir mit unserer neuen Maschine einen Kaffee.«

»Einen Cappuccino bitte!«

Margaux hatte sich schon bei Martine erkundigt, wann Jacques ankommen würde. Er solle sich so schnell wie möglich melden.

»Ach, Margaux, die soll sich mal ein wenig gedulden. Wahrscheinlich will sie nur ein Zitat für den Aufmacher am nächsten Tag.«

Kaum hatte Jacques die Kurzwahltaste gedrückt, meldete sich Jérôme und brüllte ins Telefon, alles sei bestens und wann er heute Abend ins »Aux Folies« kommen könne. Jacques fragte nur, ob es was Neues gebe. »Überhaupt nicht«, war die Antwort.

Jacques konnte schneller als erwartet erledigen, was er sich vorgenommen hatte.

Zuerst hatte er das Video mit Kalilas Aussage angesehen. Als sie in Tränen ausbrach und das Bild des Vaters auf dem iPad küsste, schaltete er das Gerät sofort ab. Er hatte im Moment keinen Nerv für Gefühle.

Dann erhielt er die Nachricht vom Chefarzt des Val-de-Grâce, der Untersuchungsrichter könne Hariri frühestens am nächsten Nachmittag für eine halbe Stunde sprechen. Und das auch nur, wenn sich der Zustand des Patienten verbessere. Was zu erwarten war.

Betonmarie empfing den Untersuchungsrichter für knappe zwanzig Minuten, sie hatte es eilig. Ein Friseurtermin dränge, da sie am Abend zu einem Dîner mondain eingeladen sei.

Jacques verheimlichte ihr die für den nächsten Morgen um sechs Uhr geplante Durchsuchung bei Ronsard. Er hatte Angst, sie könnte es ausplaudern. Bei dem vornehmen Dîner en ville gab man gern mit geheimem Wissen an.

Und was war mit den Konten in Genf? Die Untersuchungsrichterin Françoise, die für einige Tage mit ihrer Jazztruppe zum Festival nach Montreux gefahren war, hatte für Jacques einen kurzen schriftlichen Bericht hinterlassen, den sie Martine nur unter der Bedingung gegeben hatte, dass sie das Papier in den Tresor einschließe. Dort lag schon die Kopie des anonymen Briefes an Margaux.

Das Nummernkonto gehörte dem ehemaligen Innenminister Louis de Ronsard. Er hatte Mohammed eine Million überwiesen.

Jacques schrieb sich die Punkte auf, die jetzt schnell zu klären wären.

Von Ronsard wollte er wissen: Was steht im Vertrag? Weshalb hat er eine Million an Mohammed überwiesen? Wer hat Hariri als Vermittler bestellt? Und warum? Wer ist der zweite Vermittler? Welche Auflagen wurden den Vermittlern gemacht? An wen sollten sie was zahlen?

Hariri sollte drei weitere Punkte aufklären: Warum hat er Mohammed in den Wald von Ville-d'Avray bestellt? Wer ist der Mörder? Weshalb nannte er den Anschlag auf sein Leben einen Unfall?

Bei Margaux rief Jacques erst nach Redaktionsschluss an. Um halb neun sei er mit Jérôme im »Aux Folies« verabredet. Sie könne doch um neun, halb zehn dazustoßen.

Als Jacques im »Aux Folies« ankam, begrüßte Gaston ihn mit einer Umarmung und schob ihn in dem überfüllten Bistro Richtung Theke, wo ihm Jérôme einen Barhocker freigehalten hatte. Sie unterhielten sich flüsternd und mit dem Rücken zu den Gästen. Als Jacques merkte, dass der Arzt nichts von dem Video der kleinen Kalila wusste, ging er darauf auch nicht ein. Jérôme hatte sich mit seinem alten Freund Félix Dumas getroffen, der ihm schilderte, wie schwer der Fall Kalila zu lösen sei. Er habe angeordnet, sie erst einmal für die nächsten drei Tage zu sedieren. Danach müsse man dann auf Sicht fahren.

»Weitersehen?«, fragte Jacques.

»Ja, weitersehen. Auf Sicht fahren. Du weißt schon.«

Um kurz vor zehn klopfte Margaux beiden gleichzeitig

sanft auf die Schulter. Sie begrüßte Jérôme mit einer Bise auf die Wange, Jacques stand auf und bot ihr seinen Hocker an. Sie lachte. Bleib mal sitzen, ich habe dir was zu lesen mitgebracht und gehe erst mal kurz meine Nase pudern. Sie reichte Jacques die druckfrische Ausgabe ihrer Zeitung vom nächsten Tag. Jérôme und Jacques stürzten sich beide gleichzeitig darauf.

Als Margaux wiederkam, sagte Jacques, in dem Artikel stimme einiges nicht. Aber im Bistro sei es doch arg voll. Wollen wir nicht noch bei mir in Ruhe ein Glas trinken? Jérôme, kommst du mit? Nee, Jérôme wusste schon, weshalb er sich zurückzog.

»Du hast ja meine Nummer eingespeichert«, sagte der Arzt lachend. »Melde dich, falls dir eine Frau mit einem scharfen Messer im Treppenhaus auflauert.«

»Gott, war das 'ne gruselige Geschichte«, sagte Margaux. »Ist die Frau eigentlich je gefunden worden?«

»Nie«, sagte Jacques, »eine eiskalte Berufsmörderin. Es würde mich nicht wundern, wenn sie für die Morde im Wald von Ville-d'Avray verantwortlich wäre. So brutal schnell wie die drei Leute im Auto und der Radfahrer umgebracht worden sind, kann das kaum jemand, der nicht darin geübt ist.«

Die Mörderin war auf ihn angesetzt worden, als er einen Mord untersuchte, der zu den Bestechungsgeldern führte, die beim Kauf der DDR-Raffinerie Leuna gezahlt worden waren. In seiner Wohnung öffnete Jacques eine Flasche Rotwein, setzte sich zu Margaux, die es sich auf der breiten Couch gemütlich gemacht hatte, und erzählte von den Tagen in Marrakesch. Von der Explosion vor dem Ingenieurbüro. Von der Verhaftung durch die Polizei.

Von dem Treffen mit Ali, von dem Bagger, der Rossi und Hariri in den Abgrund stürzte, von dem Lastwagen, der ihn fast das Leben gekostet hätte, von der Flucht durch die Rettaras, dem merkwürdigen Ort Kik, an dem die Gwana ihr Musikfestival feierten und von der abenteuerlichen Rückfahrt nach Marrakesch.

Als er eine Pause machte, um das dritte Glas Rotwein einzugießen, fragte Margaux: »Und was ist nun falsch an meinem Artikel?«

»Deine Einschätzung der angeblichen Attentäter von Marrakesch. Mit Schwarzpulver kannst du nicht solche Sprengkraft erzeugen. Das war mindestens TNT. Die Verhaftungen sind reines Schauspiel. Ali, mein geheimer Informant in Marrakesch, hat mir das schon vorausgesagt. Inklusive Schwarzpulver. Er hatte Informationen aus dem Geheimdienst. Also: Die Verhaftung war eine getürkte Aktion, um das Volk zu beruhigen.«

»Wer war es dann?«

»Vielleicht wissen wir morgen mehr.«

»Warum?«

»Ich sage es dir nur, wenn du bereit bist, dich bis morgen früh in Schutzhaft zu begeben. Damit du es niemandem stecken kannst.«

»Schutzhaft nennst du das?« Margaux lachte.

Und erst viel später sagte sie: »Du hast mir ja noch gar nicht gesagt, weshalb ich hier in Schutzhaft bin.«

Er schaute auf seine Uhr, die neben dem Bett lag.

»Wir wissen viel mehr, als du dir in diesem Fall vorstellen kannst. In vier Stunden werden Büro und Privathaus von Ronsard durchsucht, und Ronsard wird verhaftet.«

NÄCHTLICHER BESUCH

Pechschwarz war die Nacht morgens um vier. Eine dunkle Wolkendecke hatte sich über Paris gelegt. Gao Qiu zog sich schwarz an, steckte eine dunkle Strumpfmaske ein und eilte die ausgestorbene Rue de Belleville hoch. Unter dem Eingangsbogen zu dem Innenhof, in dem die Praxis des Arztes lag, verharrte er einen Moment, wartete, bis sich sein Herzschlag beruhigt hatte und schaute sich das Haus an.

Nachdem YuanYuan ihm die Tür gezeigt hatte, durch die die kleine Frau gegangen war, hatte er zwei Nächte lang die Umgebung ausgespäht.

In der ersten Nacht hatte er einen jungen Kerl gesehen, versteckt im Torbogen. Er verriet sich, weil er ab und zu rauchte. Nach drei Stunden wurde er von einem zweiten abgelöst. Der klingelte gegen drei an der Tür zur Arztpraxis und wurde eingelassen. Gao Qiu klemmte eine kleine Kamera, die auf Bewegungen reagierte, zwischen eine Regenrinne und die Hauswand und richtete sie auf die Tür des Arzthauses. Er kontrollierte sie am Nachmittag wieder. Der junge Kerl war erst um sieben Uhr morgens wieder herausgekommen.

Am nächsten Tag drückte er YuanYuan dreihundert Euro in die Hand und gab ihr den Auftrag, den Arzt wegen heftiger Bauchschmerzen aufzusuchen. Er zeigte ihr die Stelle, wo die Bauchspeicheldrüse sitzt. Wenn der Arzt sie dort abtastete, sollte es ihr wehtun. Als sie klagte, ein Arztbesuch koste Geld und müsse gleich bezahlt werden, legte er unmutig noch einmal hundert Euro drauf. Und dann schärfte er ihr ein, worauf sie achten solle.

YuanYuan hatte eine erstaunliche Beobachtungsgabe. Während sie in der Praxis wartete, bis sie dran war, suchte sie die Toilette auf. Die lag direkt neben einer Küche. Da stand ein Kinderteller im Abwasch, ein Becher mit Bildern von den Peanuts. Auf einem der Küchenstühle lag der blaue Pullover einer Frau, die so groß war, wie YuanYuan.

Gao Qiu gab ihr später noch weitere fünfzig Euro. Er glaubte jetzt zu wissen, wo sich die kleine Frau mit dem Mädchen versteckt hielt. Aber, so deutete YuanYuan den Pullover, da wohnte doch mindestens noch ein weiterer Erwachsener, wahrscheinlich eine Frau. Das könnte eine Polizistin sein. In Zivil, dachte Gao Qiu. Das wäre auch logisch. Denn das Kind wird vor ihm versteckt. Vor dem Mörder aus dem Wald von Ville-d'Avray.

Er hatte deshalb einen Plan im Kopf, den er für absolut sicher hielt. Wer auch immer in der Praxis übernachtete, musste mindestens für eine halbe Stunde ausgeschaltet werden. Die Vorbereitungen würde er heute treffen, morgen Nacht könnte er dann die Aufgabe ausführen.

Wieder stand ein junger Kerl im Eingangsbogen und rauchte. Wieder wurde er um drei Uhr abgelöst. Wieder klingelte der andere junge Kerl an der Tür und wurde eingelassen.

Gao Qiu wartete eine halbe Stunde. Niemand ließ sich blicken. Dann kletterte er an der Regenrinne bis in die zweite Etage, band sich eine Schlaufe mit einem Seil, das er mit zwei Krampen an einem Fenstersims befestigte, setzte sich in die Schlaufe und markierte mit einem Klebeband eine Stelle am unteren Ecke eines Fensters im hinteren Teil der Praxis. Hier irgendwo müssten das Mädchen und seine Bewacher schlafen. Dann zog er einen kleinen modernen Bohrer mit Diamantspitze aus einem Beutel und setzte ihn auf dem Klebeband an.

Die Spitze des Dremels drehte sich schnell, regelmäßig und leise. Nach drei Minuten zeigte ein leises Pfeifen an, dass ein Loch durch das Fenster gebohrt worden war, ohne einen Sprung in der Scheibe zu verursachen.

Gao Qiu packte sein Werkzeug schnell und leise ein, zog das Klebeband vom Glas ab und polierte die Stelle mit einem Mikrofasertuch, das keine Spuren hinterließ. Aus einer Brusttasche zog er ein dünnes Plastikrohr und schob es durch das Loch. Es passte perfekt. Morgen Nacht würde er mit seiner gesamten Ausrüstung wiederkommen.

Das Objekt wird morgen Nacht behandelt, tippte Gao Qiu als Kurzmitteilung für Monsieur in sein Handy.

DER MINISTER WÜTET

Ich werde überhaupt nicht mit Ihnen reden. Ich habe nichts zu sagen!«, schrie der ehemalige Innenminister den Kriminalkommissar an. Und fügte grob hinzu, er könne ihn mal am Arsch lecken.

»Sie verstehen, dass ich Ihre Aussage jetzt notieren und von Zeugen bestätigen lasse«, sagte Jean Mahon. »Als Sie noch Innenminister waren, haben Sie jedem Polizisten eingebläut, er solle gegen Beleidigungen sofort vorgehen.«

Genau um sechs Uhr früh hatte Kommissar Jean Mahon in dem berühmten Mittelmeerort Fréjus an der von süß duftenden Glyzinien umrankten Haustür von Louis de Ronsards Villa geklingelt. Als sich niemand regte, klingelte er noch einmal, sogar ein drittes Mal, dann gab er den Befehl, die Tür aufzubrechen.

Im Bademantel kam Ronsard die Treppe aus der oberen Etage so schnell herunter, dass er fast stolperte. Als er die Polizisten in Uniform sah, fragte er brüllend, welcher Richter ihnen den Durchsuchungsbefehl unterschrieben hätte. Aber ohne auf eine Antwort zu warten, fügte er hinzu: »Wer immer es ist, ich scheiß auf ihn!«

Die sechs Polizisten, die Jean Mahon mitgenommen hatte, waren in die verschiedenen Ecken des Hauses ausgeschwärmt, um sicherzustellen, dass niemand im Haus versuchte, Beweismaterial zu vernichten.

Auf dem Treppenansatz erschien eine junge Frau, die nicht aussah wie Ronsards Ehefrau. Sie hielt einen zu großen Morgenmantel mit beiden Händen vor der Brust zusammen. Als sie von Ronsard wissen wollte, was denn los sei, schrie er sie an: »Geh zurück ins Bett. Die Stasi ist da.«

Schon nach einer halben Stunde war Kommissar Jean Mahon klar, dass sie einen großen Fund gemacht hatten. Offenbar war Ronsard von der Idee besessen, dass ein Mann der Macht unverwundbar ist und hatte keine Unterlagen, die ihn belasten würden, aussortiert oder versteckt. Ein Polizist machte Kommissar Jean Mahon auf eine Reihe von Ordnern aufmerksam. Konten Genf, Konten Paris, Konten Italien. Verträge Pakistan, Verträge Saudi-Arabien, Verträge Marokko. Budget Partei.

Unter dem Schreibtisch stand ein kleiner Tresor, dessen Tür nur angelehnt war. Wie blöd kann man sein, dachte der Kommissar. Vielleicht hat er vorhin erst Geld geholt, um das Mädchen zu bezahlen. Neben großen Stapeln von Fünfhunderteuroscheinen, mehrere Hunderttausend Euro, schätzte Jean Mahon, lag eine Handkladde. Mit Bleistift hatte Ronsard in schöner Handschrift eingetragen, wann Mohammed aus Genf Beträge abgeholt und wem übergeben hatte.

Jean Mahon setzte sich an Ronsards Computer, der nicht runtergefahren war, und schaute sich die letzten Bewegungen an. Mail-Verkehr mit einem Chefarzt des Militärkrankenhauses Val-de-Grâce. Meldungen über den Gesundheitszustand von Hariri. Ein paar Tage zuvor ein brisanter Mail-Verkehr mit dem Chef der Luftwaffe. Ronsard spielte sich wie ein amtierenderer Minister auf:

Der General solle dafür sorgen, dass der im Atlasgebirge verunglückte Hariri sofort mit einer Militärmaschine nach Paris geflogen werde. Und der Chef der Luftwaffe gehorchte. Einmal Minister heißt immer Minister. Man weiß ja nie, wann die Regierung wechselt und er wieder ins Amt kommt.

An einem weißen Kabel war auf einem kleinen Tischchen an der Wand ein Handy zum Laden angeschlossen. Jean Mahon nahm es und schaute sich die Liste der zuletzt gewählten Nummern an. Einige Politiker, die er kannte. Und erstaunt notierte er, dass offenbar Chefredakteur Jean-Marc Real eines Abends angerufen und ein längeres Gespräch mit Ronsard geführt hatte. Chefredakteur Jean-Marc Real. Der Chef von Margaux. Das wird Jacques besonders freuen. Den könnte der Untersuchungsrichter vorladen und sich für den bösartigen Artikel seiner Ex rächen.

Die letzte Kurzmitteilung war mitten in der Nacht eingegangen. Jemand hatte sie von einem anderen Handy weitergeleitet. Ronsard hatte sie noch nicht geöffnet. Der Kommissar las sie, aber sie sagte ihm nichts.

Gegen Mittag luden die Polizisten dreißig Kartons mit Beweismaterial, Aktenordnern, Computern, iPads, Mobiltelefonen in ihre Wagen. Der Kommissar klopfte an der Tür des Schlafzimmers, das Ronsard und die junge Frau nicht mehr verlassen hatten. Ronsard schrie: »Ich habe euch Schweinebande nichts zu sagen. Leckt mich! Arschlöcher.«

Gelassen rief der Kommissar durch die Tür: »Können Sie bitte die Bestätigung unterschreiben, dass wir …«

Aber weiter kam er nicht. Ronsard riss die Tür auf,

richtete einen Revolver auf den Kommissar und schrie: »Raus, raus, raus!«

Der Mann schien vergessen zu haben, dass er vor kurzem noch »Erster Bulle im Lande« gewesen war. »Erster Bulle im Lande« wird im Volksmund der Innenminister genannt, denn er ist Chef der Polizei. Deshalb hätte er wissen können, dass der Kommissar zwei seiner Leute rechts und links neben der Tür postieren würde. Sie packten Ronsard, entwanden ihm den Revolver und legten ihm Handschellen an.

»Sie sind verhaftet«, sagte der Kommissar lakonisch. »Nehmt ihn mit. Im Bademantel!«

»Und das Mädchen?«

Insgeheim fand Jean Mahon die Lage amüsant, denn er wusste, was er anrichtete. Draußen stand ein Dutzend Fotografen und Kameraleute. Die Durchsuchung des Privathauses des ehemaligen Ministers, der lange Jahre auch Bürgermeister von Fréjus gewesen war, hatte sich längst rumgesprochen.

»Das Mädchen im Morgenmantel nehmt ihr auch mit.«

Er schaute einen seiner ältesten Mitarbeiter durchdringend an, ohne eine Miene zu verziehen. Der verstand den Blick. Wenn der Morgenmantel des Mädchens ein wenig verrutscht, werden sich die Fotografen freuen.

VERHAFTUNG IM MILITÄRHOSPITAL

So ein Zimmer hat sonst nur ein General«, sagte die Ärztin, die Jacques Ricou zu Georges Hariri führte. Man merkte ihr an, dass sie den Untersuchungsrichter bewunderte.

»Wie geht's ihm denn?«

»Seinem Verhalten nach? Ich würde mal sagen: äußerst depressiv.« Dabei schaute sie Jacques mit einem ironischen Blick von unten an. Vielsagend.

»Ich verstehe das nicht so recht. Die Beinverletzung ist doch kontrollierbar.«

»Aber zwischen den Beinen fehlt jetzt die Kraft.« Sie lachte.

»Wieso?«, fragte Jacques.

»Nicht nur der Oberschenkel war zerquetscht«, sagte die Ärztin und legte ihre Hand auf Jacques' Arm, »sondern auch seine Murmeln. Der wird seine Manneskraft nicht wiederfinden. Da helfen dann auch keine blauen Pillen mehr.«

»Oh je! Wenn er das 'mal psychisch überlebt!«

Jacques hatte sich mit großer Entourage ins Militärkrankenhaus aufgemacht. Martine begleitete ihn als Protokollantin, zwei Polizisten ließ er auf dem Gang vor der Zimmertür warten. Die sollten auch bis auf weiteres bleiben. Zum Schutz von Hariri.

290

Georges Hariri selbst hatte seinen Anwalt Philippe Tessier gebeten, während des Besuchs des Untersuchungsrichters anwesend zu sein. Zu seinem eigenen Schutz.

»Sie scheinen es eilig zu haben, Monsieur le Juge«, sagte Tessier. »Mein Mandant ist vor gerade einmal zwei Tagen operiert worden.«

»Monsieur Tessier, es geht diesmal nicht um Steuerfragen, für die Sie Spezialist sind, sondern um Mord. Genauer gesagt um mindestens vier Tote.« Jacques beschloss, den direkten Weg einzuschlagen. Die Ärzte hatten ihm nur eine halbe Stunde Besuchszeit zugestanden.

Tessier warf Hariri einen Blick zu. Der Kranke saß von mehreren Kissen gestützt im Bett, sein operiertes Bein hing an einem Galgen. Der linke Arm war an eine Infusion angeschlossen. Auf dem Nachttisch lagen in einer nierenförmigen Schale Spritzen.

»Monsieur Hariri. Wann haben Sie Mohammed Arfi zum letzten Mal gesprochen?«

»Monsieur le Juge, das ist eine Weile her. Dazu müsste ich in meine Unterlagen schauen, aber ich vermute, die befinden sich, nach Ihrer Durchsuchung heute früh, im Palais de la Justice. Sie können es dort feststellen.«

»Was war der letzte Auftrag, den er für Sie erledigt hat?«

»Das geht Sie nichts an.«

»Dann will ich genauer fragen. Mohammed Arfi, seine Frau, ein Begleiter und ein unbeteiligter Radfahrer wurden vor wenigen Tagen im Wald von Ville-d'Avray erschossen. Morgens gegen neun Uhr. Haben Sie davon gehört?«

»Ja.«

Jacques überlegte kurz, ob er nicht doch Umwege nehmen sollte, um eine befriedigende Antwort auf seine nächste Frage zu provozieren. Doch dann sah er die Arroganz in den Augen von Anwalt Tessier und den Hochmut in der Haltung von Millionär Hariri, und ihm fiel ein, was ihm Ali über diesen Mann erzählt hatte, der nur an sich dachte, erinnerte sich an die Geschichte, wie Hariri die schwangere Freundin von Dati nicht nur ausgespannt, sondern auch zur Abtreibung gezwungen hatte. Den würde er nur packen, wenn er ihn frontal anginge.

»Weshalb haben Sie Mohammed zu der Verabredung in den Wald bestellt?«

»Wie kommen Sie darauf?«

»Mohammeds Tochter lebt. Das werden Sie wissen. Sie hat ausgesagt.«

Tessier machte eine Handbewegung. Hariri schwieg.

»Wo waren Sie zur Tatzeit?«

»In meinem Büro in Paris.«

»Mit Zeugen?«

»Mit vielen Zeugen.«

»Wir haben bei Ihnen zu Hause heute früh eine große Waffensammlung gefunden. Aber keinen Waffenbesitzschein.«

»Den wird Ihnen mein Anwalt vorlegen können.«

»Seit wann sammeln Sie alte Handfeuerwaffen?«

»Das tut nichts zur Sache«, warf Tessier ein.

»Monsieur Hariri, besitzen Sie auch eine Luger, die für die Schweizer Armee hergestellt worden ist?«

Hariri gab Tessier, der gerade den Mund öffnete, um zu intervenieren, ein Zeichen zu schweigen. Ganz schön autoritär, dachte Jacques.

»Monsieur le Juge, Sie werden ja meine Waffen mitgenommen haben. Die können Sie alle untersuchen. Keine ist in den letzten Jahren abgefeuert worden. Und ich besitze tatsächlich eine Luger. Aber das ist eine Waffe mit einer Geschichte. Sie ist nach dem Ersten Weltkrieg als Kriegsentschädigung von der kaiserlichen Armee an die französische Armee ausgeliefert und später, vor dem Zweiten Weltkrieg, von der französischen Polizei benutzt worden. Keine Schweizer Luger.«

»Ich muss Sie noch einmal fragen, weshalb Sie Mohammed um neun Uhr früh an diese Stelle im Wald bestellt haben.«

Hariri schüttelte den Kopf.

»Wer war der Mörder?«

Hariri schaute den Untersuchungsrichter fast mitleidig an.

»Kennen Sie das Mädchen Kalila?«

»Oh ja, sie ist meine Patentochter«, rief Hariri, und er übersah den strengen Blick seines Anwalts, »wir stehen uns sehr nah. Ich habe leider keine eigenen Kinder, deshalb habe ich sie fast wie meine eigene Tochter angesehen oder wie ein Onkel seine Nichte. Ihr Lieblingskuscheltier ist ein Käfer, den ich ihr geschenkt habe. Ein süßes Mädchen. Gott sei Dank hat sie überlebt.«

»Nur durch einen Zufall hat sie überlebt«, sagte Jacques. »Und sie beharrt darauf, dass Sie Mohammed Arfi mit einer Verabredung an den Tatort gelockt haben.«

Hariri reckte sich, stieß einen kurzen Seufzer aus und sagte: »Quatsch. Alles Quatsch. Woher will sie das wissen?«

»Das hat ihr Vater gesagt.«

Hariri schwieg.

»Wir haben Kalilas Aussage auf Video.«

»Wenn Sie das mal verwenden können! Was ich bezweifle.« Der Anwalt deutete auf die große Uhr über der Tür. »Die halbe Stunde ist schon überschritten. Bitte lassen Sie Monsieur Hariri sich erholen. Ihr Besuch hat ihn sehr geschwächt.«

»Monsieur Hariri, Sie sind hiermit wegen des Verdachts auf Mittäterschaft bei Mord festgenommen. Wir werden Sie zu gegebener Zeit mit der Zeugin konfrontieren«, sagte Jacques. »Vor der Tür dieses Krankenzimmers werden von jetzt ab zwei Polizisten Wache stehen. Sobald Sie gesundheitlich in der Lage sind, werden Sie ins Gefängnis verlegt werden.«

DER CORBEAU PACKT AUS

Die Schutzhaft im Schlafzimmer des Untersuchungsrichters hat sich gelohnt, dachte Margaux vergnügt,
als sie in der Redaktion ihre Kollegen, die an der Serie
»Der Brief des Corbeau und die Folgen« mitarbeiteten,
zusammenrief, um die Texte für den nächsten Tag zu besprechen.

Inzwischen bereute sie den Artikel über den Lifestyle-
Richter.

Jacques war doch der interessanteste Mann in ihrem
Leben.

Um kurz nach sieben war sie in seinem warmen Bett
wach geworden, weil der Kommissar der Police judiciaire
aus Fréjus anrief.

Jacques hatte auf Lautsprecher gestellt, damit sie mithören konnte. Das hieß für sie, sie durfte schreiben, was
sie hörte. Margaux kuschelte sich an ihn, so war sie nicht
nur dem Telefon, sondern auch Jacques näher. Mahon erzählte von den ausfälligen Beleidigungen durch Ronsard,
von der jungen Frau im Morgenmantel, von den Aktenordnern.

Der Kommissar, der kurz vor der Rente stand, hatte in
seinem langen Berufsleben als Polizist selten solch einen
Fund gemacht.

Margaux machte sich im Kopf Notizen.

Sie saß wieder an der Quelle, wie keine andere Journalistin. Nun gut, sie saß nicht, sie lag. Das Kopfkissen bleibt eben doch die beste Fundgrube, dachte sie und schmunzelte in sich hinein. Und Jacques blieb nicht nur interessant, sondern auch ein guter Liebhaber.

Eins war klar. Den Artikel über die Durchsuchungen bei Ronsard und Hariri würde sie selbst schreiben. Mit den Fotos des verhafteten Innenministers und seiner Geliebten machte schon allein diese Geschichte die Schlagzeile und eine volle Seite aus.

Vor der Redaktionskonferenz hatte Margaux auf gut Glück bei Alexandre Dati angerufen. Er war direkt am Telefon, und sie erzählte ihm von der Durchsuchung bei Ronsard.

»Ich weiß noch eine ganze Reihe Details«, sagte Margaux, »aber die will ich nicht am Telefon erzählen. Ich würde Sie deshalb gern sehen.«

»Okay«, antwortete Dati. »Es hören bei Ihnen und bei mir sicher dieselben Leute aus der Piscine mit.«

Piscine, Schwimmbad, hieß die Abhörzentrale des Inlandsgeheimdienstes, weil sie früher in einem ehemaligen Schwimmbad untergebracht gewesen war.

»Ich müsste mal sehen, wann es geht. Morgen fliege ich erst einmal für eine Woche nach Beirut …«

»Monsieur Dati. Wir sind eine Tageszeitung. Es eilt eigentlich. Ich hatte gehofft, Sie heute zu sehen. Am liebsten mittags, denn ich arbeite an einer großen Serie für unsere morgige Ausgabe. Zur Not auch abends, wenn es nicht anders geht.«

»Das wird knapp, ich muss Sie zurückrufen.«

Chefredakteur Jean-Marc Real ließ es sich nicht nehmen, die Konferenz zu leiten. Wieder steckte er eine Gitane zwischen die Lippen, zündete sie nicht an und grinste Margaux zu. Sie tat, als nähme sie davon keine Kenntnis.

Real eröffnete die Konferenz mit einem Lob für Margaux und das Team, die bisher außerordentlichen Wirbel mit der Serie erzeugt hatten. Dann gab er Margaux das Wort. Sie berichtete, ohne die Quelle zu nennen, von den Einzelheiten der Durchsuchung bei Ronsard. Aber jeder im Raum ahnte, woher sie so viel wusste.

Margaux' Handy vibrierte. Sie hatte es vor sich auf den Tisch gelegt und laut erklärt, sie erwarte einen dringenden Anruf in ihrer gemeinsamen Sache.

Der Name Dati erschien auf dem Bildschirm.

Sie legte einen Finger an die Lippen und hob ab.

»Ich weiß jetzt nicht, ob Sie das schaffen, Margaux. Aber bei mir geht nur ein frühes Mittagessen um zwölf Uhr im ›Laurent‹.«

»›Restaurant Laurent‹ in der Avenue Gabriel?«, fragte Margaux und die mithörenden Kollegen schauten sich an und nickten bewundernd. »Das schaffe ich gerade noch. Ich bin gegen zwölf da.«

Die Radionachrichten am Mittag machten mit der Durchsuchung bei dem ehemaligen Innenminister Louis de Ronsard auf. Aber Margaux hörte die Meldung nicht mehr zu Ende, sie fuhr in diesem Augenblick beim Restaurant »Laurent« vor, stieg aus und ließ den Motor laufen, weil ein Wagenmeister ihr die Mühe abnahm, den Wagen zu parken. Das Restaurant »Laurent« liegt in einem eleganten Pavillon in den Gärten im unteren Teil der

Champs-Élysées. Es ist vielleicht das teuerste Restaurant von Paris.

Der Maître d'hôtel erkannte Margaux, sagte, sie werde schon erwartet und führte sie vorbei an dem großen Saal in einen Eckraum mit Blick in den Park. Alexandre Dati saß auf einer Chaiselongue, als sie eintrat und las Nachrichten auf seinem Smartphone.

»Phantastisch! Endlich ist Ronsard dran«, sagte er und begrüßte Margaux mit Handkuss.

Keine Coupe de Champagne. Keinen Alkohol mittags. Einen Salat. Na gut, einen Hummer. Aus der Bretagne. Nicht aus Maine oder Portugal. Nein, ein französischer.

Margaux legte ihr Notizbuch und einen Stift neben das Besteck und sagte: »Sie haben mir von Hariri und Ronsard erzählt. Ich habe ein wenig recherchiert. Ich kenne die Geschichte von Hariris Frau.«

Margaux beobachtete ihr Gegenüber. Dati reagierte nicht, sondern schaute auf seinen Teller.

»Sie scheinen Ronsard gut zu kennen, sind aber nicht sein Freund. Es liegt nun an Ihnen, Monsieur Dati, ob Sie mir vertrauen. Ich kann Sie völlig aus dem Spiel lassen. Ich habe Fragen, die auch durch den Brief des Corbeau ausgelöst wurden, über den ich in den letzten Tagen geschrieben habe.«

»Das habe ich alles mit Interesse gelesen. Sie sind eine gute Schreiberin, Margaux. Mein Kompliment. Ich kann Ihnen wahrscheinlich einiges von dem erklären, was gerade passiert. Aber ich stelle zwei Bedingungen. Erstens haben wir nie miteinander gesprochen. Zweitens kommt mein Name in keiner Ihrer Geschichten vor. In keiner.«

»Das kann ich Ihnen zusagen.«

»Auch wenn Sie feststellen, dass mein Name hier oder da im Mittelpunkt des Geschehens auftaucht?«

»Wenn Sie nicht der Mörder sind, dann verspreche ich es.«

Dati lachte. Nein, der Mörder sei er nun wirklich nicht. Und darüber wisse er auch nichts.

Dati erzählte, Margaux unterbrach ihn nur selten mit Fragen.

Er war der Corbeau. Das gab er zu. Einen Brief hatte er an den Untersuchungsrichter geschickt, den zweiten an Margaux, weil er auf das Dreigestirn Ronsard, Hariri und Mohammed Arfi aufmerksam machen wollte. Mindestens von Ronsard fühlte er sich böse hintergangen.

Die Geschichte begann mit dem TGV-Vertrag zwischen Paris und Rabat.

Weder er noch Hariri hatten irgendetwas mit dem Zustandekommen des Abkommens zu tun. Doch zwei Tage vor Unterschrift rief ihn der Premierminister, mit dem er seit Jahren befreundet war, an. Er werde Dati als Vermittler in den TGV-Vertrag eintragen. Das sei logisch wegen Datis Beziehungen zum Maghreb. Dafür erhalte er zwei Prozent der Vertragssumme. Es werde auf Wunsch von Innenminister Louis de Ronsard ein zweiter Vermittler eingetragen, Georges Hariri. Der erhalte auch zwei Prozent.

Für jeden der Vermittler bedeutete das 140 Millionen. Davon dürften sie je zehn Prozent behalten.

Die eine Hälfte der restlichen Summe würde an Personen in Marokko gezahlt, zum großen Teil bar. Schmiergeld.

Die andere Hälfte sollten die Vermittler auf Konten in

der Schweiz parken. Der Premierminister erwarte von Dati, dass er Millionen für dessen Wahlkampf bereitstellen würde. Und von Hariri erwarte Innenminister de Ronsard das Gleiche für seine Partei.

Eine erste Tranche von zehn Millionen erhielt Dati wenige Tage nach Unterzeichnung.

Auf welche Konten?

Nun, keine in Frankreich.

Er, Dati, habe dem Premierminister diese zehn Millionen für dessen Wahlkampf ausgezahlt.

Bar?

Bar. In Scheinen von fünfhundert Euro.

In der Schweiz?

Ja.

Aber nach der Wahl begann das Drama.

Der Premiermister verlor, der Sozialist François Hollande gewann.

Und der neue Präsident kennt die Gepflogenheiten. Er ließ sofort alle großen Auslandsverträge überprüfen und alle Zahlungen an Vermittler stoppen. Die neuen Herren ahnten natürlich, dass die alte Garde von den Retrokommissionen, wie Schwarzgeld elegant bezeichnet wird, während des Wahlkampfes profitiert hatten.

Er vermute nun, so Dati, dass Hariri schon in der ersten Tranche sehr viel mehr erhalten habe als er selbst. Denn Ronsard verfügte plötzlich über mehr als siebzig Millionen Dollar auf Konten in der Schweiz.

Dati lachte zum ersten Mal.

Ronsard kann aber mit der enormen Summe wenig anfangen. Denn die französische Bank, die das Konto seiner

Partei führt, weigert sich, von ihm weitere Bargeld-Einzahlungen anzunehmen. Die Summen fielen unter das Gesetz gegen Geldwäsche.

Ronsard versuchte daraufhin seine Bank von der Schweiz her aufzukaufen! Aber dazu reichten die siebzig Millionen, über die er verfügt, nicht.

»Zwei Fragen bleiben für mich offen«, sagte Margaux. »Erstens, wer hat Mohammed erschossen? Und warum? Zweitens, was ist der Grund für das Attentat in Marrakesch – und für den Anschlag auf Hariri?«

»Ich habe keine Ahnung, was den Mord an Mohammed betrifft. Das ist auch mir ein Rätsel. Den Grund für das Attentat kenne ich vermutlich. Hariri wie auch ich sollten ja viele Millionen Schmiergelder an Personen in Marokko zahlen, an Minister, Generäle, Geheimdienstchefs. Das kann ich aber nicht, weil ich das Geld nicht bekommen habe. Ich wurde aus Marokko bedroht. Da habe ich denen, die mich regelrecht terrorisierten, genauso wie Ihnen erzählt, nicht ich, aber Hariri hätte das Geld erhalten. Daraufhin ließ der Druck auf mich nach. Aber einen Tag nach dem Attentat erhielt ich wieder eine Warnung. Falls sich herausstellen sollte, dass ich doch Geld bekommen hätte, sei auch ich im Visier. Das Attentat, bei dem ja viele Franzosen umgekommen sind, ist für mich eine Warnung an Hariri. Aber auch an die französische Regierung, die Schmiergelder fließen lassen soll.«

Punkt zwei Uhr erhob sich Dati, dankte Margaux dafür, dass sie gekommen sei und verabschiedete sich mit einem Handkuss.

»Nein, nein, ganz im Gegenteil. Ich muss mich bei Ihnen für das Vertrauen bedanken«, sagte Margaux.

Auf der Rückfahrt ins Büro versank sie in Gedanken und bemerkte kaum, dass sie schon eine halbe Stunde lang im Stau am Quai des Tuileries stand.

Ein ganz kleiner Nebensatz machte sie nachdenklich.

»Nun habe ich denen«, so hatte Dati gesagt, »die mich regelrecht terrorisierten, genauso wie Ihnen erzählt, nicht ich, sondern Hariri hätte das Geld erhalten.«

Genauso wie Dati ihr diese Geschichte erzählte, hat er sie auch denen aufgetischt, die ihn bedrohten. Ein verräterischer Satz. Denn er könnte bedeuten, dass er beide belogen hat, um sich aus einer Zwickmühle zu befreien.

Kurz bevor sie in der Redaktion eintraf, rief sie Jacques auf seinem direkten Apparat an. Sie sprach nur in Andeutungen. Er antwortete genauso knapp. Ja, sie hätten in den Unterlagen bei Ronsard eine Kopie des Vertrags gefunden und wüssten, wer der zweite Vermittler sei. Margaux sagte nur, mit dem habe sie eben gesprochen. Er sei sehr offenherzig gewesen, und jetzt könne sie vieles erklären.

Was zum Beispiel?

Sie kenne die Identität des Corbeau und wisse, wer Geld erhalten habe und wer nicht.

Was es mit einem Konto von Ronsard in der Schweiz auf sich habe … Sollen wir uns heute Abend nach Redaktionsschluss treffen?

»Mal sehen, wann ich hier rauskomme«, sagte Jacques. »Es kann spät werden.«

OBJEKT ERLEDIGT

Jacques und Margaux schliefen. Sie hatten noch lange über den Fall geredet. Hariri und Ronsard waren gebacken. Da waren sich beide sicher. Aber die Frage blieb, wer hat Mohammed erschossen? Und warum?

Auch Alexandre Dati schlief. Er hatte die Verhaftung von Ronsard mit Schadenfreude in allen Abendnachrichten im Fernsehen verfolgt.

Georges Hariri schlief schlecht. Vor seinem Krankenzimmer saßen zwei Polizisten, die sich freuten, wenn eine Schwester Kaffee kochte.

Ronsard konnte nicht einschlafen. Seine Knochen schmerzten vom harten Bett im Gefängnis La Santé in Paris. Seine Eitelkeit war verletzt worden, als die Gefangenen den ehemaligen Innenminister mit lautem Gegröle empfingen. Vielleicht hätte er die Polizisten nicht so grob beleidigen sollen. Sie waren zwar Arschlöcher. Aber man braucht es ja nicht gleich herauszuposaunen. Vielleicht würde er dann noch in seinem Bett in Fréjus schlafen. Und auch nicht allein.

Jérôme schnarchte. Er war spät aus dem Bistro »Aux Folies« in seine Wohnung gewankt und hatte deshalb darauf verzichtet, noch ein paar Takte mit Fabienne, der unbefangenen Polizistin in seiner Praxis, zu flirten.

Félix Dumas dachte an die kleine Frau und das Mädchen. Mit Sophie verband ihn ein besonderes Vertrauens-verhältnis, das auch einmal in eine kleine Affäre ausge-rutscht war, ohne dass es jemandem wehgetan hätte. Der Untersuchungsrichter hatte am Nachmittag angerufen und gefragt, ob das Mädchen nicht endlich so weit sei, befragt werden zu können. Wahrscheinlich könne Sophie doch vorsichtig anfangen, von Ricou vorformulierte Fra-gen in ihr Spiel mit Kalila einfließen zu lassen.

Linda hatte Nachtschicht im Kinderkrankenhaus Ne-cker. Sie dachte nur an ihr eigenes Projekt. In den nächs-ten Tagen wäre sie reif. Dann müsste Gao Qiu abends ausnahmsweise im Bett bleiben und sich nicht wie in den letzten Nächten rumtreiben mit Aufgaben für die Triade 14K und erst morgens todmüde einschlafen. Sie beherrschte die Kunst, ihn wach zu halten.

Kalila schlief. Mit ihrem rechten Arm drückte sie den weichen Marienkäfer an ihre Wange.

Fabienne schlief. Auf dem Boden neben der Couch im Vorzimmer der Praxis lag ihre entsicherte Dienstpistole.

Kommissar Jean Mahon wertete zusammen mit vier Leuten seiner Truppe aus, was die Durchsuchungen bei Ronsard und bei Hariri ergeben hatten. Sie würden Tage, wenn nicht Wochen brauchen, um jedes Detail einordnen zu können. Allein der Computer von Ronsard und sein Telefon erlaubten einen tiefen Blick auf die versteckte Welt von Geld und Politik. Die letzte Kurzmitteilung auf dem Handy von Ronsard lautete: Das Objekt wird nächste Nacht behandelt. Was immer das bedeutet: Es wäre diese Nacht.

Gao Qiu beobachtete den jungen Kerl, der die Rue de Belleville hochgelaufen kam und den Raucher im Eingangsbogen ablöste. Take five! Diesmal wartete Gao Qiu eine Weile, nachdem der junge Kerl in dem Haus mit der Arztpraxis verschwunden war.

Sophie hatte geschlafen. Um drei klingelte es kurz. Sie machte dem jungen Mann auf, den Jérôme scherzhaft »den Leibwächter« nannte, und mit dessen Leib sie die Zeit in dieser Abgeschiedenheit ein wenig verspielte.

Unterhalb der Regenrinne, die Gao Qiu vergangene Nacht hochgeklettert war, stand die alte Karre mit Gummirädern, die er von zwei jungen Mitgliedern der Triade 14K mitten am Tag dort hatte abstellen lassen. Darauf stand eine schwere, verrostete Gasflasche.

Gao Qiu schloss einen dünnen Plastikschlauch an den Eisenbehälter und kletterte hoch bis zu dem kleinen Loch, das er in der letzten Nacht in das Fenster gebohrt hatte, steckte ein Ende des Schlauchs durch die Öffnung, befestigte es mit Klebeband, kletterte wieder hinunter und drehte den Hahn langsam bis zum Anschlag auf. Dann rannte er leise ins Dunkel des Eingangsbogens und kauerte sich hin.

Das Betäubungsgas würde eine halbe Stunde brauchen, bis es sich in der ganzen Etage verbreitet hätte. Wer schlief, schlief tief weiter. Wer wach war, schlief tief ein.

Die Schlösser zu öffnen, war für Gao Qiu ein Kinderspiel. So etwas gehörte zur guten Ausbildung eines Mannes, der allein arbeitete und Aufträge wie diese annahm. Für viel Geld muss man auch Perfektion bieten.

An der Tür zur Praxis legte er sein Ohr ans Holz.

Er hörte nichts.

Er klopfte leise zehn kurze Schläge und zog sich auf

die Treppe nach unten zurück. Eine Minute, zwei, drei vergingen. Keine Reaktion. Das Gas hatte gewirkt. Alle waren betäubt.

Das Schloss aufzumachen, kostete ihn vier Minuten. Zu viel, meinte er selbstkritisch.

Auf der Couch im Vorraum lag die Zivilpolizistin. Er nahm ihre Pistole und steckte sie in den Gürtelbund. Kann man immer mal gebrauchen.

In einem Zimmer mit nur leicht angelehnter Tür schliefen die kleine Frau und der junge Mann auf einer Matratze, die auf dem Boden lag.

Am Ende der Praxis war ein Kinderzimmer eingerichtet.

Gao Qiu schlich zu dem Bett und überlegte nicht lange.

Er nahm das Kopfkissen hoch.

Später, als er kurz vor dem Eingang zu seinem Wohnblock stand, schickte er Monsieur seine letzte Nachricht: Das Zielobjekt ist erledigt.

DIE LETZTE KURZMELDUNG

War das bei dir?«, fragte Jean Mahon den neben ihm sitzenden Polizisten, als es piepste.

»Nee, das war dein Telefon«, antwortete der und zeigte auf das Handy, das neben dem Kommissar lag.

»Das ist nicht meins, sondern das von Ronsard. Irre!«, sagte Jean Mahon, »der sitzt in der Zelle, und wir erhalten seine Nachrichten. Von seiner Biene kann es nicht sein. Die sitzt ja auch.«

»Und wer schreibt was?«

Der Kommissar brauchte einen Moment, um das moderne Handy zu bedienen.

»Da steht nur: ›Das Zielobjekt ist erledigt‹. Was immer das bedeutet.«

»Und was war die Meldung davor?«

Jean Mahon versuchte zurückzublättern, was ihm nicht gelang. Der junge Polizist neben ihm nahm das Gerät und las vor: »Das Objekt wird morgen Nacht behandelt.«

»Was immer das bedeuten soll. Überprüft mal, von wem die Nachricht kommt und woher«, sagte der Kommissar und stand auf. Er streckte sich: »Wollen wir nicht aufhören? Morgen ist auch noch ein Tag.«

»Es ist gleich fünf Uhr«, sagte ein Polizist. »Da lohnt es sich nicht mehr, schlafen zu gehen.«

»Gut. Dann machen wir weiter«, sagte Jean Mahon.

»Und um halb sieben lade ich alle zum Frühstück ins Bistro ›Le Soleil d'or‹ ein.«

Aus dem Frühstück wurde nichts.

Um halb sechs klingelte das Telefon des Kommissars.

Fabienne rief an und konnte kaum sprechen.

Der Kommissar verstand ihr Gestammel nicht und unterbrach sie: »Fabienne, ich höre Sie kaum. Was ist passiert?« Er hob die Hand und bat damit um Ruhe.

»Kalila atmet nicht mehr.«

Es dauerte einen Moment, bis Jean Mahon bewusst wurde, was die Polizistin gesagt hatte.

»Fabienne. Ist das Mädchen tot?«, rief er in den Apparat.

»Ja.«

»Haben Sie den Arzt geholt? Haben Sie den Notruf gewählt?«

»Beides!«

»Wir sind sofort da!«

Als es klingelte, glaubte Jacques, es sei der Wecker. Die Zeiger standen auf kurz nach sieben. Aber es war nicht der Ton des Weckers. Die Klingel schrillte wieder. Die Haustür! Wer, um Gottes willen, läutete zu dieser unchristlichen Zeit?

»Is' was?«, fragte Margaux verschlafen, ohne die Augen zu öffnen.

»Mal sehen«, Jacques stand auf.

Sie drehte sich mit einem kleinen Seufzer um.

Er zog eine Hose an und streifte einen Pullover über. Barfuß taperte er zur Wohnungstür und nahm den Hörer zur Gegensprechanlage in die Hand.

»Wer zum Teufel ist da?«

»Jacques, ich bin's, Jean. Jean Mahon.«

Jacques drückte den Knopf, der die Haustür öffnete. Es war ein schlechtes Zeichen, wenn der Kommissar zu ihm kam. Nahm er den Aufzug oder kam er zu Fuß in die fünfte Etage? Zu Fuß. Tapfer, dachte Jacques. Oder er will Zeit gewinnen.

»Ach«, sagte der Kommissar nur, als er vor Jacques stand. Der alte Polizist schüttelte niedergedrückt den Kopf und nahm seinen Freund in die Arme. »Ach.« Pause zum Atemholen. »Ach, Jacques.«

Für einen Moment schoss es Jacques durch den Kopf, dass Jean Mahon ein persönliches Leid widerfahren war. Hatte ihn seine extravagante Frau verlassen? Er führte Jean Mahon ins Wohnzimmer, setzte ihn in einen Sessel. Kaffee?

»Nein, lass mal, Jacques. Und setz dich.«

Margaux schaute durch die Tür und kauerte sich in die Decke gehüllt auf einen Stuhl.

Wieder stieß Jean Mahon einen langen Seufzer aus, schüttelte den Kopf, stand unruhig auf und ging ans Fenster. Aber er war blind für den Blick über die Dächer von Paris, er sah nicht die beiden riesigen Gemälde an den Wänden gegenüber, weder die Inschrift »il faut se méfier des mots – man muss sich vor den Worten hüten«, noch das haushohe Bild von dem Detektiv mit seiner Lupe.

Jean Mahon schaute ins Nichts.

Zweimal setzte er an, bis er den Satz herausbrachte.

»Das Mädchen ist tot.«

»Oh Gott«, rief Margaux. Sie zitterte und zog die Decke wie eine Schutzhülle um sich. »Oh Gott.«

Zu Jacques' Erinnerung stieg ein Bild hoch. Er sah eine kleine Hand, die vorsichtig den Plüschkäfer aus einer Spalte im Rücksitz des Mordwagens hervorschob, so als sollte er die Lage peilen.

Und dann saß Fabienne an der Tür des Autos und gab dem Mädchen zu trinken.

»Erinnerst du dich an das Video«, fragte Jacques, »das Video, in dem sie Hariri als den Onkel angibt, der den Vater zum Tatort bestellt hat?«

»Ja, ich erinnere mich, Jacques. Und ich höre sie wieder singen.«

»Il y a longtemps que je t'aime, Maman, jamais je ne t'oublierai – ich liebe dich seit langem, Mama, nie werde ich dich vergessen. Jetzt ist sie bei Mama«, die letzten Worte flüsterte Jacques nur noch. Sein Kummer schnürte ihm die Kehle zu.

Margaux weinte.

DER AUFTRAGGEBER

Rechtsanwalt Philippe Tessier hörte die Nachricht mittags im Auto. Er drückte sofort die Taste Telefon, sagte den Namen Hariri, und die Elektronik wählte automatisch dessen Nummer. Ein Grunzen antwortete.

Dann fragte Hariri sofort, wie es mit dem Antrag auf Haftverschonung stehe.

»Das sieht nicht gut aus«, sagte Tessier, »Untersuchungsrichter Ricou sitzt am längeren Hebel. Er hat einfach zu viel Macht. Aber es gibt was Neues, das dir gefallen wird. Die Zeugin, die gegen dich aussagen sollte, lebt nicht mehr.«

»Welche Zeugin, was meinst du?«

»Das Mädchen. Die Tochter von Mohammed. Sie lebt nicht mehr.«

»Red keinen Quatsch!«, sagte Hariri. »Weshalb sollte sie nicht mehr leben? Die ist gerade sechs Jahre alt.«

»Sie ist heute Nacht ermordet worden. Ich habe es eben im Radio gehört.«

»Wie, von wem? Was weißt du?«

»Ich weiß nicht viel. Sie ist tot aufgefunden worden. Und die Polizei geht von Mord aus, lässt aber keine Details raus.«

»Kümmer dich um meine Haftverschonung, das muss doch ein Anwalt von deinem Renommee schaffen.«

»Da irrst du dich. Gegen einen Richter wie Ricou komme auch ich nicht an.«

Hariri hatte aber schon aufgehängt.

Er überlegte einen kurzen Augenblick, dann rief er laut nach der Wache vor seiner Tür, bis ein Polizist den Kopf hereinsteckte.

»Monsieur, kommen Sie rein«, sagte Georges Hariri. »Ich möchte ein Geständnis ablegen.«

»Gut, ich werde es dem Untersuchungsrichter melden.«

»Nix da. Ich werde es sofort machen. Geben Sie mir die Mappe vom Tisch. Und den Füller«, sagte Hariri. »Und jetzt setzen Sie sich hin. Ich werde laut vortragen, was ich schreibe, hinterher werden Sie als Zeuge mitunterschreiben. Das sind meine Bedingungen. Sie können dann voller Stolz Ihrem Chef sagen, Sie hätten mich zu der Aussage überredet. Es dauert auch nicht lange. Es sind höchstens zehn Zeilen. Aber die haben es in sich.«

Hariri beschrieb zunächst eine Routine. Ronsard hatte den Vermittler um Hilfe gebeten, weil er niemanden hatte, der ihm beim illegalen Geldtransfer half. Im Gegenzug versprach Ronsard seinem Freund Hariri, ihn bei internationalen Verträgen stets als Vermittler anzugeben. Mit einer ordentlichen Beteiligung.

Hariri vermittelte Mohammed dann an Ronsard. Und er verabredete für den Innenminister die Termine mit Mohammed, wenn es darum ging, Geld von den Konten aus der Schweiz zu holen. Ronsard hatte nie direkten Telefonkontakt mit Mohammed. Wenn Ronsard und Mohammed sich zur Geldübergabe trafen, hatte Hariri Ort und Uhrzeit für sie ausgemacht. Aber er selbst war nie dabei.

Dann aber erschwerten persönliche Schwächen plötzlich die Beziehung zwischen dem Minister und seinem Geldboten. Mohammed war zu gierig geworden. Vielleicht hatte ihm Hariri auch zu viel erzählt.

Mohammed erpresste Ronsard mit der Drohung, die Existenz seiner Schweizer Konten der Presse zu verraten. Nach einigem Zögern und lauten Auseinandersetzungen bei einer Geldübergabe überwies Ronsard schließlich eine Million an seinen Erpresser und glaubte, damit könne er dessen Gier stillen. Doch da Mohammed wusste, dass Ronsard mehr als sechzig Millionen in der Schweiz geparkt hatte, forderte er mehr. Und er würde immer mehr fordern.

Ronsard hatte nur ein Ziel: Er wollte Präsident der Republik werden.

Bei der nächsten Wahl in fünf Jahren rechnete er sich Chancen aus. Dafür benötigte er das Geld aus der Schweiz.

Und da Ronsard ein im Kampf um die Macht unerbittlicher Politiker war, gab es nur eine klare Lösung.

Er bat seinen Vermittler Georges Hariri, Mohammed um neun Uhr in den Wald von Ville-d'Avray zu bestellen.

Der Polizist hörte gespannt zu.

»Der ehemalige Innenminister soll ein Mörder sein? Monsieur Hariri, ich kann mir das nicht vorstellen.«

»Nein. Er ist ja auch nicht der Mörder. Er ist der Auftraggeber. Und das wäre nicht das erste Mal. Ich weiß nicht, wer es für ihn macht. Aber ich könnte es vielleicht rausfinden. Außer Ronsard und mir wusste niemand, dass Mohammed um neun Uhr an diese Stelle des Waldes kommen würde. Aber sein Mörder wusste es. Und da ich den Mörder nicht bestellt habe, war es Ronsard. Und Ronsard hat ein gutes Motiv. Ich nicht. Er wollte sich des

Erpressers entledigen. Das ist ihm gelungen. Nun hat er auch noch die letzte Zeugin umbringen lassen.«

Georges Hariri lehnte sich für einen Moment zurück, ehe er weitersprach.

»Ich fürchte inzwischen, Ronsard ist ein Wahnsinniger. Wenn er damit durchkommt, ist er in fünf Jahren wirklich Präsident. Und wen alles lässt er dann von seinem Geheimdienst eliminieren? Der Mord an Kalila war der eine zu viel. Aber das verstehen Sie nicht. Meine Frau bekommt keine Kinder. Vielleicht weil sie als junge Frau einen Eingriff erleiden musste. Ich habe Kalila immer wie eine Tochter beschenkt, und wir mochten uns sehr. Ein liebes Mädchen. Sechs Jahre alt. Vor ihren Eltern taten wir immer so, als hätten wir ein besonderes Geheimnis. Wenn sie mich sah, sprang sie hoch und fiel mir um den Hals. Nein, Monsieur Ronsard, jetzt nehmen Sie den Fahrstuhl zum Schafott.«

Hariri ging sein Geständnis noch einmal sorgfältig durch. Er setzte das Datum darunter und den Namen Georges Hariri.

»Jetzt lesen Sie das, unterschreiben es und bringen es Untersuchungsrichter Ricou.«

Als der Polizist das Zimmer verlassen hatte, humpelte Hariri mit seinem Gipsbein zur Tür und verriegelte sie. Dann ging er ins Badezimmer, schloss sich ein und schnitt sich die Pulsadern auf.

EIN WOCHENENDE IN HONFLEUR

Zwei Wochen später. Freitag, am Morgen.

Um neun Uhr kaufte Jacques am Kiosk von Nicolas und Valérie die Zeitungen. Die Schlagzeilen über seinen Fall waren inzwischen von neuen Dramen überlagert worden. Präsident Hollande hatte eine neue Freundin.

»Oh, Monsieur le Juge verreist«, sagte Valérie. »Aber nicht lange, vermute ich, das Gepäck reicht gerade für ein Wochenende, oder nicht?«

Jacques nickte nur, legte das Kleingeld für die Zeitungen auf die Glasschale, winkte freundlich und ging.

Es war zu früh, um zu reden.

Gaston brachte den Café crème und ein warmes Croissant und grinste so, als habe er ein kleines Geheimnis vor dem Untersuchungsrichter.

Margaux würde ihn gleich mit dem Wagen abholen, also schlug Jacques zuerst ihre Zeitung auf. Unten auf der ersten Seite stand eine kurze Notiz, die besagte, der ehemalige Innenminister Louis de Ronsard sei in den Hochsicherheitstrakt des Gefängnisses La Santé verlegt worden. Aber nicht, weil er so gefährlich sei, sondern zum eigenen Schutz, weil ihn Mithäftlinge fast gelyncht hätten. Kindermörder!

Auf der Seite zwei verwirrte ihn die Überschrift »Fiat iustitia, et pereat mundus« über einem langen Kommentar von Chefredakteur Jean-Marc Real. Welcher Leser versteht im Web-Zeitalter noch einen lateinischen Spruch?

Jean-Marc Real schrieb: »Papst Hadrian VI. lehnte es ab, ein Verfahren gegen einen Mörder niederzuschlagen, nur weil dieser von hoher Geburt war. So prägte er die Maxime, die mit der Erkenntnis endet ›… pereat mundus‹ – es soll Gerechtigkeit geschehen, auch wenn die Welt untergeht. Dieser Wahlspruch besagt nichts anderes, als dass Gerechtigkeit für alle gilt, wer auch immer sich verantworten muss. Gerechtigkeit darf vor der weltlichen Macht nicht haltmachen. Ich finde, Frankreich sollte heute einen Untersuchungsrichter ehren, der nicht nur diesen Satz beherzigt, sondern auch Mut und Zivilcourage besitzt, um in diesem Sinn seines Amtes zu walten. Ein Papst ist allmächtig. Aber in Frankreich haben wir in den letzten Jahren erlebt, dass Untersuchungsrichter ermordet wurden, dass sie dem Druck der weltlichen Macht nicht standhielten, dass ihnen Karriere wichtiger war. Einer hält stand. Untersuchungsrichter Jacques Ricou beweist, dass Gerechtigkeit als ethische Tugend stärker ist als jede weltliche Macht.«

Und so ging es noch zwei Spalten weiter.

Gaston lehnte an der Tür des Bistros, zwirbelte seinen Bart und schmunzelte immer noch.

Als Jacques aufschaute, lachte der Wirt und sagte: »Zufrieden?«

»Verrückt! Ich schäme mich fast! So schnell kann es gehen. Ich bin wohl nicht mehr der Lifestyle-Richter?«

Dann zog er ein zerknuddeltes Stück Papier aus der Brusttasche seines Hemdes.

»Gaston, kannst du das eben Ali hinter dem Tresen zeigen. Er soll mir mal sagen, was daraufsteht.«

Gaston nahm das Papier. Und Sekunden später stand Ali vor dem Richter.

»Monsieur le Juge. Meine Hochachtung. Sie kennen den Marabout Sidi Chamarouch aus Djebel Toubkal? Hat er Ihnen das mitgegeben?«

»Ja Ali, aber ich kann es nicht lesen. Was steht da?«

»Der Gerechte siegt über die Mächtigen, Monsieur le Juge. Das hat der Marabout Ihnen vorhergesagt. Und es stimmt. Der Marabout ist weise. Sie haben den Innenminister als korrupten Mörder gefasst. Wir sind in Belleville alle sehr stolz auf Sie. Vielleicht die Chinesen nicht, weil sie nichts mitbekommen. Aber wir Franzosen, wir sind wirklich stolz.«

Ali streckte Jacques die Hand entgegen.

Auf der anderen Straßenseite hupte Margaux und winkte, Jacques solle kommen. Er warf seine Reisetasche auf den Rücksitz des kleinen Wagens, gab ihr einen Kuss auf die Lippen und ließ sich in den Sitz fallen.

Auf nach Honfleur für ein verlängertes Wochenende. In ihr Lieblingshotel »Au Cheval blanc«. Bis Montagabend. Margaux schlug vor, über Land zu fahren. Das dauert zwar eine Stunde länger als auf der Autobahn, ist aber schöner und entspannter. Mittags können wir in einem Landgasthaus in der Normandie Pause machen.

»Von wegen Latein«, sagte Jacques unvermittelt. »Multis gratias ad dominum tuum.«

»Heißt was?«

»So in etwa: Vielen Dank deinem Chefredakteur.«

»Wiedergutmachung. – Wie kommt ihr mit den Auswertungen voran?«

»Was Dati dir erzählt hat, was Hariri gesagt hat, die Unterlagen von Ronsard, alles passt zusammen. Ich frage mich nur eins: Hat Dati die volle Wahrheit gesagt? Ronsard hat siebzig Millionen in der Schweiz geparkt. Und der Premierminister?«

»Hast du irgendeine Stelle, wo du den Hebel ansetzen kannst?«

»Nee. Macht aber nix. Jetzt vergessen wir alles für die Zeit eines Wochenendes in Honfleur. Ich freue mich.«

Jacques legte seine Linke auf den warmen Oberschenkel von Margaux und drückte ein wenig zu. Dann drehte er die Sitzlehne zurück und machte es sich bequem.

»Schlaf doch ein bisschen«, sagte Margaux.

Er summte. Uhummm.

Sein Smartphone klingelte. Er schaute auf den Bildschirm. Eine ausländische Nummer.

»Das ist der letzte Anruf, den ich annehme«, sagte Jacques, »dann keinen mehr. Denn du bist hier, es braucht mich sonst niemand zu erreichen. – Hallo?«

»Hallo mein lieber Jacques. Hier ist Jil aus Marrakesch. Ich bin eben für ein paar Tage in Paris angekommen.«